STORM

闽江口风暴

林苔菁 / 著

九州出版社
JIUZHOUPRESS

图书在版编目（CIP）数据

闽江口风暴 / 林苔菁著. -- 北京 : 九州出版社, 2018.6

ISBN 978-7-5108-7330-0

Ⅰ.①闽… Ⅱ.①林… Ⅲ. ①传记文学－中国－当代 Ⅳ.①I25

中国版本图书馆CIP数据核字（2018）第146738号

闽江口风暴

作　　者	林苔菁　著
出版发行	九州出版社
地　　址	北京市西城区阜外大街甲35号(100037)
发行电话	(010)68992190/3/5/6
网　　址	www.jiuzhoupress.com
电子信箱	jiuzhou@jiuzhoupress.com
印　　刷	三河市金元印装有限公司
开　　本	710毫米×1000毫米　16开
印　　张	18
字　　数	197千字
版　　次	2018年7月第1版
印　　次	2020年7月第2次印刷
书　　号	ISBN 978-7-5108-7330-0
定　　价	68.00元

目录

引子

“五虎”搏浪

闽江口烟波浩渺，江心凸起五块巨礁，形似五只黑白相间张牙舞爪的猛虎。

当海上风云变色，海风鼓起波涛，一涛推着一涛，咆哮着，接连不断地冲向“猛虎”，激起数丈高的浪花，发出阵阵的雷鸣声响。那“五虎”犹如挥爪搏浪、张口狂啸一般，与海浪缠斗在一起，吼声震天外、波涛冲云霄。雷声大作，天昏地暗，大雨倾盆，“五虎”终于力不能敌，声嘶力竭，逐渐被淹没……待天霁浪静，东方升起一轮鲜红的太阳，闽江口千帆竞发，春意盎然。

第一章
山雨欲来风满楼

一九四七年七月四日，全面发动反革命内战的国民党政府通过了蒋介石的“国家总动员提案”，发布了所谓《戡平共党叛乱总动员令》。这时的中国人民解放军，已经在全国范围内开始大举反攻，南线已向长江流域进击，北线则进击中长、北宁两路，解放军所到之处，敌人望风披靡，人民欢声雷动，整个敌我形势和一年前相比已经起了基本的变化，蒋军在战场上业已颓势渐显。蒋介石自己也承认，他的统治已经遭遇了严重危机。这个“总动员令”无疑代表着他的“垂死挣扎”。

一九四七年十月十日，中国人民解放军发表《双十宣言》，其中一段文字这样写道：“为了早日打倒蒋介石，建立民主联合政府，我们号召全国各界同胞，凡我军所到之处，和我们积极合作，肃清反动势力，建立民主秩序。在我军未到之处，则自动拿起武器，实行抗丁抗粮、分田废债，利用敌人空隙，发展游击战争。”

同年十月十五日，中共闽浙赣区党委地下军司令员兼城工部副部长，福建沿海五县（闽清、古田、林森、罗源、连江）中心县委书记林白亲临福州市委魁岐地区工委，召集五县有关同志开会，贯彻党中央和区党委关于开辟江南第二战场的战略决策，并布置学习毛泽东同志游击战争的战略战术和刘少奇同志论“走群众路线”、区党委论“赤手成家、自力更生”的革命理论。同时把福州市委在一九四六年十二月组建的魁岐地区工委改组为连江沿海地区工委，由凌尚武任书记，陈添源、林尧官、林康官、梁秋金、陈可珠、陈浦源为委员。从此，林白在以连江为中心的福建沿海五县领导大家和敌人展开了多种形式的斗争。

当蒋介石听到保密局的报告，称福建沿海一带游击队有燎原之势时，下意识地联想到一九三四年福建沿海地区的先例，自己的军队在前方拼杀，后方起火如不迅速扑灭，一旦时局不可挽回，后路被堵，后果将不堪设想，遂命令朱绍良速赴福州，任福州绥靖公署主任，看好福州和厦门两大港口，并特别向他强调控制闽江口的重要性。

一九四八年二月一日，福建沿海乌云密布，狂风怒吼，涛声澎湃。朱绍良和被任命的福建省第四清剿区指挥官兼连江县县长陈维金走马上任，他们乘军舰从南京到马尾，路经上海之时，朱绍良专程拜会了汤恩伯，密谈军机事宜，而陈维金则拜访了保定军校的同学郑乃一，要郑助其一臂之力。二月五日，陈维金在连江县召开沿海六县“剿共”军事会议，全面贯彻蒋委员长的“戡乱动员令”。连日来，连江县党部发动了大批反动文人和三青团[①]骨干分子，四处奔忙到县城各处的车站、码头和显眼的建筑物上大书特书“消灭共党，戡乱救国”“有匪无我，有我无匪”等反动标语，并铺天盖地到处张贴“戡乱动员令”，沿海各县、乡、镇一律效仿，大有山雨欲来风满楼之势。“剿共”军事会议召开当日，连江县政府会议室里长方形的会议桌旁围坐着众多不同着装的人，有穿黄卡其美式国民党正规军军服的，有穿黄平布地方军服的，有穿黑平布警察制服的，有穿灰毛料中山装的，还有西装革履油头粉面的。桌案上的茶杯飘出铁观音的香气，十多只景德镇八角瓷盘里堆满了红彤彤的福橘，一碟碟酥脆的五香花生米错落摆放，引人流涎。与会者大都互不相识，有的靠椅仰吐烟圈，有的贪婪地剥橘，有的一粒粒抛吃着五香花生米，会议室正中的墙上挂着蒋介石的半身画像，相框两侧悬挂着国民党的党旗和青天白日满地红旗。东侧墙面则挂着巨幅的第四清剿区（林森、长乐②、永泰③、闽清、罗源、连江）形势图，格外引人注目。

除保密局的特工和特务营的军官外，其他与会者都不准携带武器进入会场。剿共会议开了三天，这帮人从不认识到认识，从不打招呼到互相吹捧，一致表达了对共产党人刻骨铭心的仇恨，他们宣称要坚

---

①国民党下属的青年组织，一九三八年四月，国民党临时全国代表大会通过设立三青团。大量吸收公职人员，军警、政工人员入团，同年七月九日，三青团在武昌正式成立。蒋介石任团长。该团成立之初，正值抗日战争进入战略防御阶段，许多知识青年加入三青团开展爱国救亡运动。抗日战争转入相持阶段后，国民党逐渐奉行“限共，防共，反共”的政策，三青团的许多组织在特务分子控制下，成了国民党反共的工具。一九四七年九月，国民党六届四中全会暨中央党团联席会议决定实行“党团合并统一”，将三青团并入国民党。

②位于闽江口南岸的一个县，是省会福州的门户，现为县级市。

③福建省中部的一个县。历史悠久，资源丰富，东邻闽侯县，北接闽清县。

决贯彻国民政府戡乱救国的方针，努力把连江县建成一个国统区的模范县。

会议的最后，福建省第四清剿区指挥官兼连江县长陈维金做了总结性的讲话。此公办事严谨，工于心计。他身穿笔挺的黄卡其美式军服，扛着上校军衔的肩牌，白里透红的脸上戴着一副精美的金丝眼镜，看起来文质彬彬，说起话来十分得体。他文才胜于武才，善于随机应变，见风使舵，深得上司的赏识，与同事都保持着同等的距离，颇得人心。陈维金祖籍江西赣州，出身于富豪之家，曾在南昌中正大学攻读政治法律，跟随蒋经国为三青团出过大力，深得蒋公子器重，在蒋经国的提携下，他进入保定陆军学校学习，毕业后又被调到南京总参谋部工作，不久就当了副总长朱绍良的贴身副官，对朱绍良言听计从。

在这次会议上，他这样说道："由于蒋委员长高瞻远瞩，运筹帷幄，对福建沿海的战略地位十分关注，对福建百姓的安危关怀备至，才把各路英雄调集到连江共商剿共之大计，会议自始至终高举精诚团结之旗帜，你们个个都表达了与共党血战到底的决心，积极配合国军在全国各战场对扛共军的进攻，实在是党国之喜，福建之幸，连江之福！"说着，他从玻璃镜片里窥到了坐在他跟前的几个助手，欣喜之情立即从心头涌到脸庞。眼镜下的肌肉也不由自主地跳动起来。这几个人除了郑乃一是他在保定陆军学校的同学与他亲如手足外，其余的都是他亲自向省李主席和朱主任要来的，有的是反共精英，有的虽说是鸡鸣狗盗之辈，但有肝胆，讲义气，也是难得的人才。"千军易得，一将难求。"他深信这些"将"，将会助他功成名就。其中，坐在他右手边的“将”是福建省保安司令部侦缉队大队长姚大旺。此人皮肤黝黑、满脸疙瘩，肥头大耳、秃顶矮胖，一张蛤蟆嘴配着满口参差不齐的被烟熏黑的牙齿，猪鬃似的眉毛下面长着一对大小不匀的眼睛，他在会场表决心时发出的怪笑，使人听着心惊肉跳。一九四五年前，姚大旺是南北竿塘[①]海匪司令部驻高登岛[②]的一个头目，号称姚爷，独霸一方，在海上杀人越货，捉壮男为匪，霸美女为妾，被他残害奸污的妇女不计其数，家中仅小妾就有十多人。他在海盗中是个“三开”的风云人物，在日寇面前奴颜婢膝，为虎作伥，博取日本人的欢心；在国民党特务的心目中，他足智多谋，与共产党誓不两立，深得赞赏；在海盗上司之间他拍马溜须，逢场作戏，八面玲珑深得好评。日寇投降前夕，南北竿塘四个海盗司令之间矛盾激化，在日本人的授意下，他参与杀害了自己的结拜大哥——良心未泯的林义和司令，事后他还装模作样地哭喊着要为林司令报仇。日寇投降后，他的人马被国军收编，军统特务机关看他是个人才，把他安插在福建省保安司令部当侦缉大队长，授中校军衔，名为在海上对付共产党，实则为他们走私获财。军统福建站站长王调勋说：“姚大旺这种人积恶太

①南竿岛和北竿岛坐落于福建闽江口外，隶属于台湾海峡西北方的马祖列岛。昔日史书上，南竿岛与北竿岛被分别称作下竿塘、上竿塘或南竿塘、北竿塘，合称南北竿塘。一九三五年，马祖列岛始设保甲制，北竿是马祖地区的政治经济中心，一九四九年国民党军队败退台湾，进驻南北竿塘，先是成立马祖守备区指挥部于南竿，接着实施战地政务，并将连江县政府设于南竿，马祖地区的政治经济中心逐渐转移至南竿。一九九二年，马祖地区解除了战地政务，在台湾当局的建设投入下，南北竿塘逐渐成为观光旅游的胜地。

②位于福建省连江县东部，马祖列岛东北，是马祖列岛属岛，距大陆最近点九千米，现改名东沙岛，由台湾当局管辖，面积约一千八百四十平方米。

深，只有和共产党决一死战，别无出路。”

此时会场上的姚大旺正对着陈维金傻笑。

陈维金接着说：“这次军事会议做了以下的部署：一、加强官头[①]、筱埕[②]、黄岐[③]、苔菉[④]、北茭[⑤]、南北竿塘和罗源湾[⑥]驻军的力量，扩充兵源，并由省绥靖公署拨给足够的武器弹药，加强对出入闽江口和过往船只的检查，发现共党分子格杀勿论，严防以上港口受到共军骚扰。运送武器弹药由姚大旺大队长执行。”姚大旺听了最后这句话像皮球一样蹦了起来，两腿一并说了一声：“是，坚决执行命令！”陈维金满意地点点头，接着说：“二、加强对闽江口和敖江口几个乡镇的剿共督导工作，道沃[⑦]、晓沃、百胜、东岱、浦口[⑧]必须迅速成立‘自卫团’，招募忠于党国的闲职军官和退伍军人为‘自卫团’骨干，由各乡镇自筹资金购买武器弹药，自募兵丁建立队伍，务

---

①又名琯头，是福建省福州市连江县南部沿海的一个镇，位于闽江口北岸，距县城十一千米，离福州四十千米。

②福建省黄岐半岛南部沿海的一个镇，东濒马祖列岛，北靠可门港，南临闽江口，西傍敖江口，历来为闽都沿海重镇。

③福州市连江县东北部沿海的一个镇，处于黄岐半岛的中心地带，与马祖列岛隔海相望，是祖国大陆离马祖岛最近的地区。

④黄岐半岛最末端的一个镇，三面临海，是闽浙海上航道的重要节点，距连江县城六十八千米。

⑤黄岐半岛东北端的一个村子，三面临海，扼南北航道之咽喉，与马祖列岛仅一水之隔，地理位置特殊，自然景观奇特，是福建省著名渔村。

⑥位于福建省沿海东北部、闽江口以北约五十千米的天然深水港湾，隶属福州市，北岸属罗源县，南岸属连江县。

⑦隶属连江县晓沃镇的一个村子，位于连江县东南部，位于闽江入海口。

⑧位于敖江北岸入海处，距连江县城七千米。东与筱埕、坑园、官坂等乡镇接壤，西与敖江镇毗邻，南与东岱一衣带水，北与长龙相连。历史悠久，是连江县的重镇之一。

力对付本乡镇的共党地下党，清除匪患。保密局福州站副站长王秀英中校除掌握敌情的动态外，负责督导各乡镇‘自卫团’与共党开展斗争。”王秀英以十分自负的心情，站了起来，说了一句：“遵照指挥官的命令执行！”

这个王秀英堪称美女，身材匀称，乳房高耸，面庞清秀，一双大而明亮的眼睛，身穿黄卡其布美式女军装，系一条水红色领带，二十岁左右，烫短发，戴船形帽，肩上扛着两朵梅花，黑色的高筒靴给她增添了几分威武的形象。她多次结婚，多次离异，近年来干脆愿者同居，分别时言明谁都不许谈起谁，否则王小姐枪子不认人！

王小姐为人既勇又狠，一手好枪法，抗战时在上海作为一名普通的谍报人员与日寇宪兵队及李士群76号特工人员的多次恶斗中从未失过手，被传为“枪口指处鬼神惊”的魔女，受到戴笠的多次奖赏，抗战胜利后她转入国防部保密局，很受毛人凤赏识，被任命为保密局福州站副站长。这次陈维金通过关系要求福建站站长王调勋让王秀英参加福建第四清剿区工作，她在站里挑选了九名特工人员，携带最先进的通讯工具和最新式的枪支接受保密局福建站和陈维金的双重领导。这时，除了姚大旺像馋猫一样看着王小姐外，汤恩伯的特务营营长、风流的郑乃一也正向王小姐挤眉弄眼。陈维金对着性感迷人的王小姐点了点头，伸手做了一个文质彬彬的动作，意思是“请坐，感谢王小姐的大力支持。”

陈维金的这些军事部署都经过充分的讨论，在座的人员都无可非议，但凡有一点儿军事常识的人都清楚，这种会场犹如校场，分配任务犹如派兵点将，陈维金虽没喊“众将官听令”，但实际上大家都把它当作那么回事儿，会前那种吊儿郎当的形象都收敛了。

陈维金两眼像地雷探测器一样，在整个会场来回扫视了几圈，发现与会者都在屏气凝神，洗耳恭听，他充满信心地提高嗓门喊道：“郑乃一中校！”“到！”郑乃一迅速起立，昂首挺胸地答道。“你指挥的快速反应部队——特务营，是指挥部的先锋队，对侦察到的共产党要实行迅雷不及掩耳的突袭，特务营要像一把铁锤，要配合兄弟部队把福建沿海游击队、地下党砸得稀巴烂！”郑乃一听罢，慷慨激昂地答道：“是！”郑乃一是汤恩伯娘舅的儿子，出生在浙江绍兴一门富商之家，因受汤恩伯司令的影响从小就追求戎马生活，立志效忠党国，汤恩伯便将其保送到保定陆军学校学习，他身材魁梧，头脑灵活，成绩突出。但美中不足的是，入学两年之后便目空一切，经常酗酒闹事，打架斗殴，屡犯校规。学校看在汤司令的面上不予追究，毕业时还授予其上尉军衔，并将他送到上海交汤司令管束。

汤恩伯见表弟文武双全，一表人才，十分喜爱，便将他安排在司令部特务营当副营长，授予少校军衔。汤司令是个有名的逃跑将军，他早就预感到国军与共军对阵败局已定，自己早晚要败退到福建向台湾逃逸，眼见陈维金和郑乃一同窗密友谈吐投机，朱绍良又有借汤某亲兵助陈一臂之力的要求，正好顺水推舟成人之美，让表弟早到福建，一举多得。他考虑再三，向郑乃一面授机宜，让他把特务营全部带走，跟随陈维金到福建第四清剿区和福建沿海的共产党游击队打打交道，在军界闯一条捷径。临走时汤恩伯再三叮嘱：“特务营从此归朱主任指挥，要服从陈维金的命令，全力支持他的工作，要精忠报效党国，报效蒋委员长，不成功，便成仁。”

此时此刻，当王小姐听到郑乃一在会场慷慨激昂的回答后，便用轻蔑而又意味深长的眼光望着他，心里说：“你这小子将来要跟姑奶奶配合不好，看我怎样收拾你！”陈维金又接着说：“各县警察局和保安队对县城及其周边地区要严加防范，严防共党渗透，对狱中政治犯要严加看管，如有不轨格杀勿论。”话音刚落，各县警察局长和保安队长几乎同时起立，异口同声地回答道：“是！”陈维金随后又宣读了一份福建省保安司令部水上警察局的命令：“从民国三十七年三月一日起，连江沿海水警大队划归福建第四清剿区指挥。”

命令宣读完毕，陈维金的眼睛又在会场上转了一圈，把目光落在了角落里一个背靠墙面、身穿黑衣、头戴礼帽的人身上，慢条斯理地说：“陈为庆的队伍有五六十人，你们对付拿长矛、扛大刀的地下党和零星游击队是有办法的，你们立地成佛，党国欢迎，政府绝不另眼相看，等你们配合清剿指挥部消灭共党后，将论功行赏。从今天起，浦口将由你们这支队伍来代替‘自卫团’，希望你们好自为之。”

这个名叫陈为庆的黑衣人和先前那些被点到名的人不太一样，听完陈维金的话后，他半字未吐，只是微微点了点头。陈为庆今天不算正式参会，陈维金临时要他来是为了让与会者和他认识一下，以免今后产生误会。

陈为庆高个子，留着分头。因为颧骨突出，两颊无肉，脸显得又长又瘦，张嘴便露出两排黄中带黑的牙。他两眼有些臃肿，常淌眼泪，因此经常戴一副圆形墨镜。他爱穿对襟衣，喜欢戴礼帽，脚上常蹬着缎面轮胎底布鞋，表面看起来一派斯文，实际上却夜夜离不开鸦片和女人。此人话不多，对部下常用手势来下达命令。他的父亲是连江人，也是南竿塘的匪类，一次在海上抢劫一艘货轮的物资时被船员打成重伤，落海身亡。母亲是谁无从知晓。陈为庆从小由他的义父张亦秋副司令抚养长大，后来当了海匪司令部的事务员，日本鬼子投降后，他跟着义父和数百名弟兄一起被国军收编，全部穿上保安队的服装，开到东岱[①]林氏宗祠整编。当时，他征得了义父的同意，带了几个弟兄离开队伍回到浦口老家，重操打家劫舍、拦路抢劫的旧业。然而“兔子不吃窝边草”，陈为庆匪帮在浦口与当地百姓倒也相安无事。这时，与会人的眼光都转向陈为庆，交头接耳，低声议论。姚大旺手摸下巴，眼望墙上蒋介石的画像，不知在想些什么。陈为庆和姚大旺都是从南、北竿塘匪窝出来的，后者当了朝廷的官，前者还是为匪，现在又碰到一块，还真是天意该着。

陈维金清了清嗓子，提高了声音说了几句结束语：“军事部署是绝密的，指挥部对泄密者一律严加惩处。各路人马要绝对服从指挥部的命令和调遣，对贻误军机者，军法从事，绝不姑息！”

①位于福州市连江县敖江入海口南岸，古名三沙镇，历来以商贾云集、经贸发达而著称。

第二章

避其锐气 击其惰归

晨六时，海风带着雾气，逐渐弥漫马尾港[①]。从闽江上游奔流下来的江水，源源不断地投入海潮的怀抱，涌起激越的浪花。江面上，两艘挂着星条旗的军舰岿然不动，从闽江口涌来的层层波浪不停顿地拍打着军舰的舰舷，发出噼噼啪啪的响声。带着雾气的海风把星条旗扇得左躲右闪，甲板上的水兵们眼见风起，便陆陆续续溜进舰舱。

这两艘威武震撼的炮舰停靠在海军装卸物资的专用码头。姚大旺派一个中队的士兵从军械库码头来回搬运木箱，这些木箱有长有短，全部是草绿色，箱体印着“USA”字样，一看就知道是美国制造的武器弹药。侦缉大队和沿海各港口的水警中队武器装备都要更换充实。

①又称马江港，系淡水港，位于福州东南部，是闽江的两处分支——台江、乌龙江的会合处，水路西至福州一万六千四百米，东距闽江口两万六千六百米。

按福州绥靖公署主任朱绍良的话说，这是为了确保福建沿海各港口万无一失所采取的必要措施。

马尾海军武器库里尚有日本鬼子投降时接收积压下的三八式步枪、南部手枪和歪把子机枪，由省绥靖区负责卖给沿海各乡镇“自卫团”，今天也要装上炮舰由姚大旺部护送到目的地。姚大旺又可以从中捞上一笔。用他的话说：“从各地财主、渔霸、蛤蛏场场主身上榨一点儿油水，犹如喝他们一杯薄酒，小意思！”

这两艘炮舰是国民党海军马尾基地向英国皇家海军香港基地支付了七百四十万英镑购买的，属于当时中国海军服役舰艇中最先进的两艘，不论是火力配备还是通讯设施都堪称世界一流。其中一艘取名“蓝鲸”，另一艘则名为“白鲸”，经海军司令部批准，专门派来配合福建第四清剿区对付沿海共产党。

姚大旺是海盗出身，对闽江口一带的港湾、岛屿和暗礁十分熟悉，但他还是怕共产党从地下冒出来抢走武器弹药，为预防万一，他派了一个一百二十人的中队在“蓝鲸”上做预备队。在没更换武器装备之前，他的大队按日军大队一样配置武器，装备之精良，远超其他地方部队。

在炮舰上，姚大旺带着中队长、小队长们查点了武器弹药的数量之后激动地张着蛤蟆般的大嘴呵呵怪笑，并伸出大拇指在空中挥了一圈：“好家伙，每舰两门六十五毫米高的平射炮，三挺二十毫米机关炮，别说共产党的木船，就是日本人的铁壳舰艇，三两炮也把它打沉了，八十海里的最大航速啊，唉，过去在海上捞好处要是有这两艘船，外国货轮一艘都逃不了！”身后的中、小队长们听了，连连点头称是。

这时，观测员报告：“平潮了！”姚大旺随即命令：“按预定的停靠点停靠！”手下的人都知道，“蓝鲸”和“白鲸”将陆续停靠在官头、乌猪、晓沃、百胜、筱埕、黄岐、苔箓、北茭和罗源湾。

“蓝鲸”上的四挺机枪，“白鲸”上的八挺机枪，全部架在了军舰的左右侧舷。姚大旺要各小队严阵以待，确保万无一失。只要发现可疑情况，立即用机枪猛烈扫射，甚至舰炮轰击。姚大旺有生以来还从未有过如此的威风，这是他首次奉命在这条航道上当运输官，尽管是玩儿命的差事，但“兵强马壮”的姚爷，此刻风光得已然连自己姓什么都快忘了。

凌尚武、陈可珠接到姚大旺押运武器的情报后本想率部在江面上拦截，但经过对比，考虑到敌我实力悬殊，遂放弃了拦截，并命令所率武装人员隐蔽待命，既不要被反动派的嚣张气焰吓倒，也不要出现急躁情绪，上敌人的当。由于敌人把大批武器弹药运到沿海各主要港口，给各地的游击队和外围组织增加了很大的压力，一时难以克敌，只能暂避其锋芒，寻找适当机会打击敌人，“蓝鲸”和“白鲸”一前一后，耀武扬威地把江面犁出了一条长而宽的水沟，将正在行驶中的各种船只吓得直往两边躲闪。舰上断断续续的机枪发射声震荡着闽江两岸，在群山中发出恐怖的回音。每到一个停靠点，所有的机枪枪口都对准岸边，士兵的步枪全上了刺刀，像日本鬼子一样凶神恶煞。“白鲸”上的预备队跑步上岸警戒，三步一岗五步一哨，不准任何人接近码头。直至驻防部队把船上的枪弹卸完办好交接手续，听完姚大队长训导后才“鸣金收兵”。在乌猪码头停靠时，驻守在道沃的侦缉中队特别来劲，为了向姚大旺展现军容，又站队又报数齐步上舰，搬运木箱。不论扛的、抬的，一律跑步上岸，放在沙滩上后派一小队人严加看管，如临大敌。

姚大旺站在乌猪的码头上向驻防道沃的正副中队长训话，训毕，又对着两人手下的这帮忠实奴才连声称赞："像个正规军，不亚于特务营，换上了新武器就是主力了，我脸上也有光了！"

话音刚落，两个中队长不约而同地巴结道："感谢大队长的栽培，愿为大队长增光！"

此刻，潜伏在附近的游击瞭望哨早就憋不住气了，真想冲出去和这帮疯狗拼杀一阵，把武器弹药抢到手，但看看自己手中的汉阳造步枪和三排十五发的子弹，又看看身边人数只有一个班的战友，这才心有不甘地强压住胸中怒火。凌队长和陈政委之前向他们再三叮嘱："一定要隐蔽好，注意观察，不能上敌人的当。"

从停靠点起航的"蓝鲸"和"白鲸"继续乘风破浪，顺利完成乌猪码头的交接后，姚大旺便在炮舰上饮酒作乐，这个草包趁着酒兴想起了曹操横槊赋诗的传说，也疯疯癫癫地胡扯了几句："姚爷奉命运枪弹，两艘炮舰壮吾胆，谁要和吾过不去，定叫他们见阎王。"

一九四八年三月底，虽是春天，但闽江之滨的魁岐村，绿树掩映着错落有致的民房却闻不到半点春的气息，没有花香，听不到鸟鸣，天空是灰色的，雾气沉沉。虽未下雨，但树叶、岩石、草地、泥土全都是湿漉漉的，似乎预示了阴霾密布、举步维艰的斗争形势。

城工部福建沿海五县中心县委书记林白和魁岐工委正副书记凌尚武，陈可珠，组织部长陈添源等人正在一座花岗岩砌就的房子里研究从敌人内线来的情报，最后做出几项决定：

1.敌人已掌握了魁岐工委的驻地和山门后训练基地的具体位置，近期企图一举消灭他们，而后延伸到沿海各乡镇，控制闽江口，转战林森和罗源。游击队先避其锋芒到新区去开辟工作，将魁岐工委改为连江沿海地区工委，迁到地形好、群众基础好的定安村，依托云居山脉，在群山起伏、港湾曲折的沿海地区和敌人周旋。

2.把魁岐武工队改为连江沿海地区游击支队，由凌尚武任支队长，陈可珠任政委，陈天源任副政委，队伍迅速集中到云居寺训练，提高战斗力，寻找机会打击敌人。

3.在游击支队和各乡镇积极分子中发展一批党员，时而公开，时而隐蔽，机动灵活地和敌人展开针锋相对的斗争。

4.加强宣传工作，发动党员积极分子，把中心县委印发的解放军在全国各战场的捷报及时向群众宣传，鼓舞民心，激励斗志，树立解放全中国的必胜信心。

会后的当天下午，工委领导和工作人员一行从魁岐码头坐上了由地下党员李天使驾驶的地下交通船“柳江”号轮船，到乌猪港定安码头上岸，住进了陈可珠同志的娘舅林像全家。

两天后的一个夜晚，夜深人静，风凄雨蒙。山路崎岖的魁岐村没有一点儿灯光，伴随着断断续续的几声犬吠，一群身着便服、外披雨衣的人顺着山路上猫腰前进，潜入了魁岐村。进村后，他们迅速而又准确地包围了沃门山魁岐工委机关楼。此楼是一座两层的花岗岩石块砌成的独栋屋，四面都有铁杆窗户，包围房屋的人有四五十个，

“三天前共产党内部的叛徒提供的情报和两天前特工人员侦察到的情

况完全吻合。地点没错，可今晚楼的四周怎么一个岗哨都没有？是走漏了风声还是有意不放哨？既来之，就必须速战速决。”为首的家伙思索片刻，便和身后几个人凑到一起，从几步远的地方一齐冲向双扇木门，用肩膀“嘣”的一声将门撞开。与此同时，屋内传来了惊叫声，不远处邻屋的狗发狂似的吠着。紧接着有人喊了一声“打！”几十条短枪对着楼上楼下疯狂发射，“突突突”的巨响惊天动地，子弹像无数的火星、火蛇飞进屋内，弹头在屋里“啾啾啾”地穿梭弹跳，开始屋里还能听到惊恐的哭喊声和痛苦的呻吟声，后来就只能听到枪声和弹头炸裂声。一股浓浓的火药味和血腥味从屋里弥漫出来，这时有人大喝一声“停！”只见刷的一下每个人身上的手电几乎同时亮了起来，大喊着“不许动！”几十支手电光在屋里晃动着，床上一个老汉、一个老婆婆，地上一个六七岁的小男孩身上多处中弹，鲜血从床上滴滴答答地流到地上，小男孩可能是从床上跌到地上，胸部还在冒血。这伙人又对着楼上喊：“楼上人下来！”见没动静，他们便对着楼板开火，直到把楼板打成马蜂窝，他们才又冲到楼上搜索，结果一无所获。下楼之后，这帮人失望地连声说道：“真是奇了怪了！”

被枪杀的两位老者是华侨的眷属，儿子媳妇都在印尼做生意，被打死的小孩是他们的外孙，两位老人十分开明，邻里关系很好，他们看着陈添源和凌尚武在这个村庄长大，觉得他们俩从小爱读书，都是好孩子，很是喜爱。陈、凌二人因家里太穷，只读到小学三年级就双双辍学了。一九四五年十月，日本投降后不久，他们就参加了革命，为反对腐败的国民党政府，为穷人打江山，可谓不遗余力，老人们一直很受感动。老人唯一的儿子比尚武大一岁，和添源一样大，也因家里太穷，才十六岁就跟着别人下南洋，经历了人间的酸甜苦辣，靠着自己的勤奋和诚实在印尼爪哇站住了脚，开了一间食杂店。日寇投降后才有钱寄回家孝敬父母，老人就是将儿子寄回来的钱积攒起来在邻居的帮助下盖了一栋新房。陈添源于一九四七年根据党组织的决定返回家乡开展地下工作，老人很支持他，便将自己的新房让出来给工委的同志做工作的场所。他们除了为地下工作者轮流望风，还帮助远方来的客人煮饭，和住在楼里的同志建立了珍贵的鱼水情。两天前，工委转移时两位老人拉着凌尚武、陈可珠、陈添源他们的手久久不放，脸上挂满泪珠，再三叮嘱："不论走到哪里，都不能忘了他们，一定要捎信回来，革命成功了再到他们屋里住。"同志们走后，两位老人觉得屋里空荡荡的，十分寂寞，便把外孙从官头接来与他们同住，想不到却在今晚遭此横祸。

行凶的特务们不见了工委的同志，气急败坏地到附近抓来了几个村民，威胁他们说："包庇共产党，格杀勿论！你们老老实实地讲，住在这屋里的共产党逃到哪里去了？"威胁他们的这个头就是特务营营长郑乃一。他指了指屋里的惨状道："谁不说，就和他们一样下场！"乡亲们见此惨状，号啕大哭，他们回想起林书记、尚武、可珠、添源、小珍珠和武工队的同志在村里经常帮他们挑水、劈柴、栽薯、种麦、割稻，给他们讲革命道理，临走前魁岐村几十户人家，男女老少依依不舍，一直把同志们送到村头，同志们走了好远好远，到了码头上了船还在挥手张望。现在只担心同志们的安危，谁还会说出去向。目睹可亲可爱的老人和天真活泼的孩子被残忍地枪杀，乡亲们心如刀绞，无比愤怒，谁还会向敌人妥协！特务见村民们悲伤地痛哭，没有半点惧怕之心，于是歇斯底里地对他们进行毒打，有的用枪托击，有的用脚踢，尽管如此，乡亲们没有一个求饶，也没有一个开口说话。他们用愤怒来抵抗暴行，将生死置之度外。他们不约而同地想：工委的武工队一定会替他们报仇。特务们一直把村民们打得倒在地上不能动弹才罢手。郑乃一心想："魁岐人成了奇人了！全中了共产党的毒。"他见到村民被打得全倒在地上没一人吭声，估计他们就是活过来了，也不会再说什么了。于是悻悻地挥一挥手，带着队伍离开了村子，边走还边说："等抓到了共党头目，回头再和你们这群刁民算账。一群魔鬼就这样在雨夜中消失了。这正是黎明前的时刻。

就在工委机关被特务突袭的数天前，魁岐工委派三名武工队员化装成生意人，通过内线到福州购买枪支弹药，将买到的枪弹用渔网绳索套好，伪装成渔具，准备装上停靠在晓沃码头的地下交通船"柳江"号，趁退潮顺流而下。不料武器装船刚要起航，突然码头上一个便衣特务向不远处的"济兴"号轮船紧急招手，要船上的人搜查"柳江"号的可疑物资。"济兴"号是军统特务平潭县县长林荫的船，船上常有军统特务聚会。正准备登船的"柳江"号上地下交通员李天使见情况不妙，便和暗中护送自己的省委护卫队刘文耀同志紧急交换了意见，为了转移敌人的目标，他们当机立断，让省委护卫队的七八个队员悄悄靠近"济兴"号，随后一阵猛打猛冲，接连打死了船上的几个便衣特务。之前正要去"柳江"号搜查的几个特务蒙头转向地回头向"济兴"号附近的游击队员射击，魁岐工委派来的三名武工队员此时从斜面杀出，攻其不备，将这群特务全部击毙。"柳江"号随即起航，码头上目睹了枪战的老百姓吓得东躲西藏，四散逃命，场面混乱不堪。警察的哨音、宪兵的手摇警报声和乱作一团的枪声此起彼伏，刘文耀率领的省委护卫队在完成掩护任务后迅速消失在慌乱的人群中，霎时间，军、警、宪把码头围得水泄不通，不幸的是，武工队员陈银弟在撤退时弹尽负伤，动作迟了一步，没能和战友们一起登船，被军警俘获后押送到了保密局福州站，由于受不了敌人的酷刑，他供出了自己所知道的一切。

在激战中弹尽被擒的叛徒，敌人是不会怀疑的，王秀英中校如获至宝。把陈银弟当成了棋盘上的一个过河卒子。第二天，她赶到连江县郑乃一的驻地，和郑乃一亲热一番之后，商讨了摧毁共产党魁岐工委和游击队训练基地山门后的办法，经陈维金的批准，郑乃一兵分两路，他亲自带一路奔袭魁岐工委机关，另一路由副营长徐福生率领四个排和王秀英手下的两名特工人员带着陈银弟去袭击山门后。陈银弟向敌人提供的情报和渗透到地下党内部的敌人送出的情报是完全吻合的，但郑乃一这一路却扑了空。真可谓是敌中有我，我中有敌。一次军事行动，交战双方谁能抢占先机，谁就是胜利者，反之，就是失败者。对于战斗的指挥员来说，这既是座右铭，又是基本常识。

徐福生晚间出发前向郑乃一保证干脆利落地消灭游击队训练基地的所有人员，为特务营杀出威风，并约定次日上午十点前返回县城。

徐福生瘦高个，一张猴子脸，满口金牙，被郑乃一叫作“金牙猴”，除了枪法好，出手快，他还有一个叫“踢骨招”的绝招。他身板细高，一度与人摔跤总吃亏。后来，他灵机一动，扬长避短，再与人较量时他就瞅准时机猛踢对方的小腿骨，对方无不应声倒地，痛苦难当，完全失去了抵抗能力，而后任他收拾。此人原先是上尉连长，郑乃一到了特务营后，他极尽溜须拍马之能事，愿为郑乃一牵马坠蹬，于是被推荐当上了少校副营长。

为了给特务营立头功，徐福生让特工人员和陈银弟带路，命令四个排的士兵全部换上便装，迅速从儒洋方向直插山门后。在离山门后二三百米的山冈上，徐福生传令："停止前进，原地待命。"他带着连排长们、两个特务和陈银弟又向前摸了一段路，趴在视野宽阔的地方问陈银弟："哨位在哪里？""前面那个模糊的黑影，是一块大石头，一号哨位就在那里。"陈银弟把声音压得低低的，指着左边像一把大伞一样的黑影："那是一棵榕树，是二号哨位。"徐福生又问："队员住在哪几间屋？"陈银弟暗暗地思索一下，便用手指点着前方答道："那间，那间还有那几间。"徐福生用二十响的快慢机点着陈银弟的头，低沉而又严厉地警告道："兄弟们要是扑了空，我就叫你脑袋开花！"徐福生对着身后几个连排长嘀咕了一阵，不一会儿，接到命令的队伍就在黑暗中顺着山坡向前继续推进。天黑路难行，队伍前进的速度很慢。特务营虽然经过严格的训练，但爬山夜袭还是第一次。眼前这个村庄的房屋很分散，顺山势而建，山谷里都是层层叠叠的岩石，还有数不清的洞穴，四通八达，躲进成百上千的人也不易寻找。临近一号哨位，为了先摸掉岗哨迅速包围突袭村庄，特务营的几个先头兵开始匍匐前进，其余的人都蹲下来做好战斗准备。距大石头尚有一段距离，几个人的行踪已被哨兵发觉，哨兵用冲锋枪猛烈扫射，压制得几个先头兵无法前进，接着二号哨位也响起了枪声，村庄被惊醒了，狗吠声，开门声，脚步声，紧张而短促的打招呼声把徐福生的第一个突袭围歼方案彻底打乱了，他大骂摸暗哨的小子无能，坏了他的大事。接着他大喝一声："全体跑步前进！对逃跑和拒捕者一律射杀！"夜袭特务队像一群恶狼扑进村庄。上百条枪见黑影就打，吐着一连串的火星，"哒哒哒，突突突"的紧密枪声像一排排巨浪冲击着石崖，震荡着夜空，在山岭中回响。火光映红了山庄，到处弥漫着火药味，又过了一会儿，左翼的班、排已包围了预定的目标。群狼手持长短枪对着屋里一阵猛烈扫射，随后发出几声凶恶的叫喊："没有死的举手出来！"没听到动静，接着又猛烈地扫射一阵，枪声过后，这帮家伙按亮手电筒，冲进屋内搜索，结果发现屋内空无一人，特务们叽叽喳喳地吵闹，有的骂共党叛徒提供了假情报，有的说情报是真的，是共党行动迅速，跑了。有的说游击队没打着，鸡、猪、狗倒射杀了不少，可供他们饱餐一顿。这时，从右翼包抄的二排又放起了激烈的枪声，紧跟着有人怪叫："还有两个女共党，还躲在下面，包围……"话音未落，只听"叭"的一声，怪叫的人栽倒了。徐福生命令道："不准开枪，要抓活的，五班下去！"山坡上溜下了五六个特务，为首的喊："看她们跑到哪里去，一组抓人，二组掩护！"他们拉开距离像扇面一样包围过去，刚猫腰闯了几步，忽见两颗火星一闪，"叭叭"两枪，最前面两个人又栽倒了。

徐福生见此情形，顿足大喊："五班往后撤！"真是赔了夫人又折兵，他越想越恼火，把怨气怒气都撒到陈银弟身上。他让王秀英手下的特工把陈银弟推到他面前，要他说清附近的地形和道路，并用二十响指着陈银弟的头说："有半点不实，我立刻打爆你的脑袋！"陈银弟面无表情地说道："既然你不相信我，那就把我毙了，何必老以'脑袋开花'来威胁呢！"徐福生不以为然地怪叫道："怎么着？

以为我不敢？毙了你像杀条狗！”他正待发作，王秀英手下的特工立马把他的二十响挪开了，并拍了拍他的手臂，徐福生心中暗暗一转，自己下了台阶说：“好吧，那你说。”陈银弟窝了一肚子气，想起了当地人许许多多的告诫，才强忍怒气说：“你们看，村庄后面是一座巨大的石山，悬崖绝壁，过去这里有一座寺，是抗日游击队的屯兵之地，后来被日本人烧毁了，此后山中常生出瘴气伤人性命，老百姓都不敢靠近。”徐福生他们抬头一望，果真是一峰绝壁向天横，威严无比，有一种神圣不可侵犯的感觉。绝壁下草木丛生，黑乎乎一片幽暗的景象使人望而却步。“石山山谷中有许多岩洞和岩泉，上下相连左右互通。本地人进出如走家门，生人进去如入地府。岩泉水寒刺骨，阴气扑面，使人浑身打战，不小心跌入泉中，即使挣扎起来，不死也要大病一场。游击队入洞可奔跑跳跃，我不熟悉洞内的路径，带着你们进去，将寸步难行！”徐福生听完心想，这小子文化水平挺高，又会卖嘴皮，说的是真是假，此时很难判断，真叛徒说的全是真话，假叛徒诡计多端，真假难辨，王小姐认为此人是“双料货”，那咱们就走着瞧。经陈银弟这么一描述，特务们有点儿毛骨悚然，不想再继续追击，想赶快离开这个鬼地方。徐福生向陈维金和郑乃一都表过决心，要干净、利落地消灭山门后的共产党，现在骑虎难下，看来抢功劳还是离不开天时、地利、人和，仅凭兵力和武器的优势很难在短期内消灭游击队。他总觉得今晚突袭有漏洞，游击队会“飞”，甚至全村百姓男女老少都会“飞”，比特务营闪电式的行动还要快。有鬼，其中绝对有鬼！游击队和老百姓都采取了防范措施，保密局对陈银弟作过缜密的考察，认定其为“双料的真货”，而内部其他人就很难说了，真是明枪易躲，暗箭难防。不如让郑营长和王站长好好地“算算细账”，省得特务营努力拼杀倒落得功败垂成。为了进一步解除对陈银弟的怀疑，他一转念又问：“你为什么不带队伍首先堵死通往山谷的道路？”陈银弟胸有成竹地答道：“只有我们预先选定的进击道路是可以通行的，其他方向没有通道，不信，天亮后便一目了然。”徐福生心想：好，天亮后再见分晓。现在不能再盲目地进击了，他权衡了利弊，便命令一、二、三排拉开距离包围山谷，监视山洞里的游击队，四排除了担任警戒外，派一个班把射杀的家禽家畜统统剥皮开膛煮了，让兄弟们吃顿饱饭。营部的几个勤杂人员负责处理伤亡的战斗人员。等天亮后再战。

徐福生一人转到一块石头边准备撒尿，发现石头后面有一高大的人影，他心头一惊，吓得把尿憋了回去，而后紧张地喊道：“谁？举起手来！”说着，拧亮了挂在腰边的手电，只见一个农民模样四十多岁的粗壮汉子从石头边举起手转出来，徐福生腰间的二十响还未来得及拔出，那汉子一言未发就扑过来夺枪，徐福生往旁边一闪，飞起一脚，正中那汉子的小腿骨，那汉子大叫一声，痛得蹲在地上。徐福生顺势向前，朝着那人的头部又是一脚，没等踢上，大汉闪身一跃而起，冲着徐福生的面门就是一拳，徐福生被打得“砰”的一声摔倒在地，面部一阵剧痛，这才想起来向自己的手下呼救：“来人！捉共党！”不远处的特务们立即回头，围住了汉子，那汉子正扑到徐福生身上再次夺枪，这时几支短枪同时响起，只见大汉巨大的身躯伴随着枪声，很不服气地倒了下去。

“你们就那么性急，为什么不留活口！”徐福生吼着。

“我们怕副营长吃亏，只好如此了！”众特务对自己暴行毫不在意。

倒下去的大汉名叫林金福，是山门后村有名的石匠，同时也是个做农活的好手，经常到附近各村给人打岩石做厝[①]，恰遇陈可珠来到定安村她娘舅林像金家，发动当地民众抗丁、抗粮，打土豪分田地，宣讲革命道理，经林像金介绍，他认识了被人们称作“老可”的陈可珠，并请老可到他家里做客。为了开辟新区，建立据点，老可和凌尚武、陈添源等同志到山门后了解实情，根据山门后的有利地形和良好的群众基础，决定在山门后建立武工队训练基地。从此林金福为训练基地做了大量的工作，成为山门后村第一个被组织吸收的中国共产党地下党员。工委机关进驻定安村时，他听说敌人要来袭击山门后，便趁夜送走了妻子儿女，然后又急匆匆返回村子，想和同志们汇合商议对策，不料刚进村就听见了密集的枪声，林金福怕同志们吃亏，心急如焚。有几个敌人从他躲藏的石头边经过，谈起刚才进村不但没摸住暗哨，还被两个垫后的女共党撂倒了三个兄弟，老百姓也全跑光了。林金福听了，心里这才踏实一些，他从内心崇敬和爱戴老可，但苦于手上没有枪，不然他也能和同志们一样多杀死几个敌人。当他一看面前有个单独行动的瘦高个子腰间插着一支二十响的驳壳枪，便毫不犹豫地扑上去抢枪，终因寡不敌众，英勇牺牲。

天刚蒙蒙亮，敌人吃饱喝足了开始进村，到各家各户破门而入。翻箱倒柜见无财可取，便把老百姓赖以生存、为数不多的粮食抛撒一

①在闽南语中，“厝”一词被用来表示具体的居住地。文中做厝意为建房子。

地，把桌、椅、锅、碗这些最简单的生活用具砸得稀巴烂，把农民们艰辛饲养赖以支撑生活的少量家禽家畜射杀殆尽。这就是蒋介石对福建沿海地区人民无微不至的关怀和戡乱救国的方针，和日本军国主义铁蹄踏进我国国土，蹂躏我国同胞，实行“三光”政策别无二致，腐败、凶残，刻骨铭心。

徐福生让陈银弟带路进入山谷搜索，发现昨晚枪弹射击爆炸的地方，没有一具游击队的尸体。此时天虽放亮，但冷风雾气弥漫山谷，阴郁恐怖的气氛丝毫未减，山中的能见度并不高，两个特务手持电筒，壮着胆子要陈银弟带他们进入山谷中一个大洞口搜索，他们刚到洞口，便从洞穴深处传来两声沉闷的枪响，子弹在他们耳边“嗖嗖”飞过，两个特务顿时被吓得扑倒在地，随后他们一边挣扎着爬起，一边急催陈银弟赶快撤，像着了魔似的连滚带爬地逃命。

见此情形，特务营不敢再孤军冒进，徐福生扫兴地一挥手，特务们争先恐后地撤出了山谷。

徐福生在队伍前强打精神嚷道：“夜袭山门后共党的第一次战斗到此结束，由于共党狡猾，任务尚未完成。努力战斗，消灭匪患，尽忠报国是我们的天职，不彻底消灭匪患誓不罢休！部队现在从原路返回县城，开拔之前由三排负责把村里几栋较大的房屋送给火神爷，让房主好好领受游击队的好处！”一声令下，村里的好几栋房屋先后燃起了熊熊大火。火势一起，游击队便开始从特务营的后方袭击，机枪、冲锋枪、步枪子弹像炒爆豆似的撒向敌人。特务们迅速散开，开始还击，双方爆发了激烈的枪战。徐福生大喊：“一排向左，二排向右，三排从中攻击，四排监视后方。快快！消灭共党游击队！”特务们呐喊着冲向前去，被游击队一顿手榴弹压制住了。当手榴弹爆炸过后，他们再跃起追击时，游击队连个影子都见不到了。特务们在原地观察了一会儿，又胡乱放了一阵子枪，便又集结起来继续撤退。没想到刚走了一二百米远，游击队又尾随攻击，徐福生气急败坏，心想：共产党游击队太狡猾了，趁我弹药不足，来回地玩捉迷藏，不能恋战，三十六计，走为上策！他暴跳如雷地喊："四、三、二、一排，按顺序掩护撤退！"他又自言自语地说："老鼠跟猫逗着玩，等着瞧，君子报仇十年不晚，到时看我怎么收拾你们！"特务们被游击队强劲的火力揍得晕了头，抬着尸体没命地往前跑。游击队没有继续追击，开始进村扑火，奋力抢救老百姓的财产。

天光大亮了，空中的浓云逐渐稀薄，距海面两丈多高的天际，太阳露出了蛋黄色的脸盘，敌人走远了，游击队扑灭了敌人放的火。

大树下，队员们找到了林金福同志的尸体，他圆睁两眼，似乎在告诉人们，他没抢到敌人的枪，没见到老可和同志们，死不瞑目。

老可半跪在他身旁，眼泪像一颗颗珍珠般洒在林金福同志身上，她用手抚闭他圆睁的双眼，泣不成声地说："安息吧，林金福同志，党会关照你的家属，同志们会为你报仇。"回想起林金福同志为革命、为同志一片赤诚，在场的人无不伤心落泪。

陈可珠，同志们都亲切地喊她"老可"，她的装束很朴实，一身粗布斜襟蓝衫，青布长裤，柔发垂耳，丰满的椭圆形脸庞白里透红，一双乌黑的大眼睛放射出机敏和聪慧的光芒，令人可亲可敬。她身材适中，走起路来是那样的健美、潇洒而神速，和同志们谈话总是那样热情、诚恳、平易近人。1926年8月，她出生于福州马尾区快安村一个商人家里。祖父陈继上系前清秀才，父亲陈宜辉和伯父陈宜珊共同经营酒库和京果生意。可珠在同辈兄弟中是唯一的女儿身，长辈们视她为掌上明珠，故取名为可珠。陈可珠六岁上本村私塾读书，好古诗古词，能倒背如流。十一岁时父亲和伯父相继去世，家道中落。十三岁插班小学五年级，她天生聪慧，学习刻苦，成绩名列前茅，屡受老师称赞。日常生活全靠母亲林春妹纺纱织布维持，家境十分贫寒。小学毕业后辍学在家一面帮助母亲操持家务，一面刻苦自学文化知识，十五岁进入神州纱厂当工人，后到神州梅亭小学任教，不久转到马尾君竹小学教书。她对穷困潦倒的人们十分同情，由于无力扶助他们而常常对天长叹。一九四七年一月经堂姐陈秀英介绍，她认识了林白，在林白同志的启发下，她如饥似渴地阅读革命书籍，在心灵深处逐渐树起了坚定的革命信念。从戎后，组织上派她到娘舅家所在的定安村发动群众建立革命根据地，在定安村，老可和贫雇农同吃住同劳动，和当地民众结下了鱼水深情，她积极宣讲革命理论，启发鼓励群众，发动他们投入推翻国民党反动派，建立新中国的革命洪流中去。她深深地意识到，在艰苦的斗争年代，在学习传播革命理论的同时，还需要学习掌握一套过硬的杀敌本领，才能更好地完成党交给的任务。平日里，她全身心地投入到军事训练中，天资和刻苦赋予了她事半功倍的成就，在山门后基地，陈可珠经过艰苦磨炼，从一名文质彬彬的女教师成长为一名令同志羡慕、令敌人闻风丧胆的神枪手。

敌人袭击魁岐和山门后，多亏了内线同志及时提供准确的情报，使得工委采取了应急措施才避免了更大的损失。面对眼前的形势，老可深知战斗在敌人心脏的同志们的艰辛与危险。期盼他们顺利平安。她派人通知疏散的群众返回村子，由支队全力以赴，帮助群众重建家园。游击队将各地打土豪所得的胜利果实和没收地主的浮财分给受损失的村民，并在村里为林金福同志举行了隆重的追悼会。五县中心县委书记林白和连江工委书记兼游击队长凌尚武、工委组织部长兼游击支队副政委陈天源及连江沿海各乡镇支部书记、贫农团团长都到场向烈士林金福表达了沉痛哀悼。林白在会上号召大家团结起来，努力发展生产，坚持游击战争，迎接全国胜利。“打倒蒋介石，消灭陈维金，为烈士报仇……”一阵阵的怒吼声此起彼伏，响彻云霄，振荡山谷。

第三章

『明修栈道，暗度陈仓』

五县中心县委书记兼游击总队司令林白和连江沿海地区工委的同志为了从敌人手里夺取武器装备，缴其钱粮，杀其威风，商议拟订了袭击晓沃自卫团的计划。

林白调动召集了连江、林森、罗源三县游击支队，号称福建沿海五县游击队总队，大张旗鼓地开赴北岭，并通过各种渠道扬言要在大小北岭一带消灭特务营和侦缉大队。而在北岭，驻扎着特务营的一个预备连和侦缉大队的一个机动中队。

陈维金得到了可靠的情报，综合各方面的情况判断林白想吃掉北岭的“剿匪”机动部队，欲报特务营突袭魁岐和山门后之仇。他立即召集手下的干将做了布置：命令长门海军陆战队，筱埕、浦口、何山及连江县城的特务队、侦缉队火速集结，并派出眼线分散到各地搜集情报，及时向“剿匪”指挥部报告；连江县城的保安队、警察局所属警力对县城实施戒严，确保沿海六县“剿匪”指挥部万无一失。

郑乃一、徐福生、姚大旺等人原本对稀稀拉拉装备低劣的游击队不屑一顾，但听说林白调动集结了五县的游击队，这些共党总共有多少人、有多强的战斗力，他们心中顿时没了底。这帮家伙聚在一起商讨了半天，只见徐福生妄言道：“我不活捉陈可珠，誓不为人！”姚大旺听罢，张着蛤蟆嘴，怪声怪调地说：“兄弟我听说那娘儿们身边还有个叫‘陈珍珠’的小美人，比那陈可珠长得还标致，圆圆的脸，有一对漂亮的酒窝，怪可爱的，两条小辫子怪招人的，咱们先约定，两个女共党，谁捉到归谁，到时不能抢。”徐福生轻蔑地望着他说：“女共党不好惹，当心你的水葫芦脑瓜，癞蛤蟆想吃天鹅肉！”姚大旺不服气：“那咱们等着瞧，癞蛤蟆吃天鹅肉是常有的事！”

林白率领的游击队和陈维金的人马在北岭对峙，气氛已是剑拔弩张。陈维金的队伍一律坐汽车从四面八方赶到预定的地点——北岭脚下。当他们爬上山，到达特务连连部的时候，已是晚上十点，累得一个个气喘吁吁。王秀英、姚大旺、郑乃一、徐福生、水警大队长何明，还有几个参谋、副官等人，围着两张桌子，在四盏马灯的照耀下，根据指挥部参谋在地图上标注的方位，对各部分的队伍做了周密的布置。正在这时，一个特工人员拿了一份电报交给王秀英，王秀英看完，猛地把电报往陈维金面前一拍，气急败坏地说了一声：“我们这伙人都是蠢人！”陈维金拿起电报，其他人都伸过头来，看完一个个傻了眼，老半天没有一个人说话。电报是王秀英手下的人发来的，只见上面写着：陈可珠率队突袭晓沃，自卫团束手就擒，苏北通遇难，武器弹药和黄金白银皆被掠空。

半晌，在场的人都垂头丧气地说："是，我们是蠢人，是蠢人！"陈维金坐在椅子上翻来覆去地看电报，他仍不敢相信这是真的。当听到大家都提高嗓门大喊蠢人的时候，他觉得好像被人在头上重重地敲了一棒，随后天旋地转，自己仿佛真的变成了一个蠢人。此时，又有人报告："进入大小北岭的游击队去向不明！"王秀英哼了一声说道："好个'明修栈道，暗度陈仓'，我们这伙蠢人被林白牵着鼻子上了山！"陈维金自穿上军装以来，还是头回被人牵着鼻子走，吃了这么个大亏，自己今后还怎么在军界混？在朱邵良主任面前，岂不是成了该斩的马谡！如此下去，还怎么指挥得动身边这伙儿人？要是不能拿出好主意挽回败局，简直无地自容。在场的人第一次看见这位精明强干的上司呆若木鸡。姚大旺主张立即率部赶赴晓沃，捉住共党剥皮抽筋。郑乃一觉得他傻得可爱，便顶了他一句："你不是说要捉陈可珠和小珍珠来伺候你吗，这会儿怎么忍心剥皮抽筋？那多可惜啊！"大家哄然大笑。王秀英白了姚大旺一眼，用双关语说："真是塘里的蛤蟆，本性不改，陈可珠还站在晓沃岭等你这位大王叔叔去捉呢！"

徐福生意味深长地笑了笑："王小姐真会给大家苦中作乐！"

数天前，支队的侦察员邱金弟混入晓沃和地下党的同志取得了联系，详细察看了自卫团的驻地、了解了布防情况和武器库的位置，核实了自卫团团长、恶霸苏北通的行动规律，当夜就赶回定安向凌尚武支队长、陈可珠政委、陈添源副政委做了详细的汇报。

就在敌人开赴北岭和林白他们摆开决战架势的时候，可珠和添源带着十二名精悍的小分队向晓沃岭飞奔。

夜幕刚落，小分队便分散陆续潜入李天使同志的家。

一个多月来，晓沃“自卫团”招募了四十多名国民党散兵游勇、地痞流氓和游手好闲之徒，把他们分成三个分队，分队长都由苏北通从中挑选，每人配发一支日本的南部手枪，每个分队配备一挺日制歪把子机枪，队员配备日制三八式步枪或气枪，自卫团还购买了十多箱子弹和手榴弹。乡里的地主、土豪、蛤蛏场场主，为了让自卫团对付共产党，保护自身的财产，纷纷慷慨解囊，一共献出了两斤多金子，一万块大洋，其中武器装备就花了近一斤黄金，剩下的一斤多金子和八千块大洋由苏北通代管，拟作自卫团其他费用。

自卫团成立后，由姚大旺的侦缉队帮助操练、练射击，团里伙食由各蛤蛏场场主轮流操办，和侦缉队一样每天两餐，保证吃饱。分队长月工资八块大洋，队员四块大洋，至于到百姓家里捞外快，向渔民和生意人揩油水那就看每个人自己的本事了。这帮家伙晚上都集中在自卫团驻地——夫子庙里过夜，除了站岗的哨兵外，其余的不是在驻地打麻将、打扑克赌钱就是溜出去嫖娼，晚上十一点统一集合睡觉。苏北通每晚八点必到团部集中队员训话，少不了“提高警惕，勇对共党，有我无匪，有匪无我，精诚团结，礼义廉耻”等论调。晓沃民众称自卫团为“聚鬼团”，他们平日里到处追查、搜捕地下党员，掠夺钱财，欺男霸女，闹得晓沃镇民不聊生。

同志们听了李天使同志的介绍，不由得怒火中烧，一致表示要彻底消灭反动的“自卫团”，老可和老陈商量后决定按预定计划以迅雷不及掩耳之势擒拿匪首，端掉匪窝，将收缴的武器弹药交由地下党的同志组织抢运。“自卫团”的驻地和苏北通住的大院只有两百多米的距离，两地之间有一段弯曲的路，枪声一响，很容易彼此救应。游击队分成两组，一组由老可带领，冲进苏家活捉苏北通，逼其下令让“自卫团”投降。另一组由陈添源率领，封锁夫子庙出入口，射杀敢于突围出逃的敌军。两组人员由地下党同志带路，紧密配合见机行事，队员每人都带着长短两件武器，一枝汤姆冲锋枪，一把二十响驳壳枪。

一切布置停当，两组人员像两支离弦的箭一样射向目的地。此时天上没有星光，漆黑的夜两步以外都辨不清人面，路上偶尔还有零星的行人过往。这几个老百姓看到一条条黑影从自己身边飞驰而过，备感惊诧，要说夜晚土匪抢劫，自卫团抓人都是司空见惯的事，但这些人如此轻捷地飞奔却十分少见，行人们止步观望，但夜幕把他们视线都挡住了。

陈可珠尚未接近苏北通的大院，脚快的游击队员就已经开始扣打院门的铁环了，院门虚掩着，里面有个男人循声到了门口，问：“是谁？”门外的游击队员趁其不备，倏地闯进门，没等那家丁回过神来，一只强有力的手一把就将他的脖子卡住了。紧接着将这个家丁挎在肩上的驳壳枪下了，后面的队员一拥而上，将这家伙堵上嘴捆了起来，交给地下党的同志看管。老可和后面的同志这时陆续闪进大院，然后又将院门掩上。他们走不多远，只见厅堂烛光闪亮，苏家男女正围桌吃饭，老可他们忽地冲进厅堂，大喝一声：“不许动！举起手来！”屋子里的人顿时惊呆了，小珍珠眼明脚快立即守住了厅堂角落的电话机。有一个留分头穿对襟黑衣挎驳壳枪的人，正从后院端菜上来，看这架势知道情况不妙，猛地把一碗菜掷向枪口对着苏团长的游击队员，这个队员脑袋一闪，躲过了飞碗，说时迟那时快，站在苏北通身边举着双手的一个精壮男子趁机把一桌酒菜踢翻，紧接着趁势卧倒准备掏枪，两个彪悍的游击队员犹如猛虎扑食，同时扑上去，一个踩住他的手臂，一个踩住脖颈儿，然后各自用枪对着他的脑袋，将其制服。与此同时，老可将手里的勃朗宁手枪一晃，“叭”的一声把之前扔碗掏枪，准备射击的小分头击中了，子弹正中额角，这小子“咕咚”一声栽倒在地，气绝身亡。苏北通被彻底镇住了，身边那些大小女眷都惊叫着，哭喊着，体似筛糠，抱头缩在一起。苏北通毕竟老奸巨猾见过世面，他心中有数，只有共产党游击队才敢闯他的龙潭虎穴。这个不动声色扬手击毙了王队长的人定是赫赫有名的老可——陈可珠。那两个彪形大汉一下能把闯荡江湖多年，杀人不见血的国军逃亡军官制服，不愧是虎将。那个机灵的小妮子无疑是老可的贴身保镖小珍珠了。今晚恐怕行船遭遇台风，躲不过去了。他虽然吓得脸色铁青，但还是自恃不凡强装笑脸，明知故问：“哪路英雄驾到，请明示！”

陈可珠用凌厉的目光盯着他说：“苏北通，你一贯欺压百姓，又搜罗社会上的兵痞流氓建立‘自卫团’与共产党为敌，残害民众，作威作福，今天恶贯满盈，还明知故问！”

苏北通眨巴着眼睛，心想大概今天他们来跟我算总账了，只要我苏北通不死，留着青山在不怕没柴烧。于是阴阳怪气地说：“是，是，我有罪，只要能宽大处理，你们提什么条件我都答应，我一定痛改前非。”这个苏北通四十来岁，大高个儿，长脸，长颈，两道眉毛像粗短、没有笔锋的“八”字，贼溜溜的小眼睛眼珠发黄，脸上光溜溜没有胡子，穿对襟黑绸布衫，胸前挂着一根金光闪闪的怀表链。

老可向乡地下党的同志使了个眼色，又命令苏北通："你先把家里的枪支弹药和不义之财统统交出来！"地下党的同志已经向后院去了，苏北通看这架势，只好顺水推舟，对大小老婆说着双关语："你们还待在这儿干什么？赶快到房里去，该拿出来的东西都拿出来！"

老可又命令道："苏北通，你现在打电话通知自卫团所有的分队长立刻到你这里开会！"那两个彪悍的游击队员像捉鸡一样把他提到电话机边，其中一个用枪口指着他的脑袋，警告说："敢不老实，一枪打爆你的头！"苏北通傻眼了，这一招比搜走了他家的金银财宝还要难过。辛辛苦苦拉起的队伍被共产党游击队缴械，在这兵荒马乱的年月，他苏北通以后还怎么混下去，又如何向陈指挥官交代？枪杆子是他抖威风、治百姓、发大财、抗共党的本钱，庙里的这帮混蛋都在干什么？听到枪声为什么不来救驾？难道就这样轻而易举地被共产党灭掉吗，自己实在不甘心啊！姚大旺，当了大半辈子海盗头子，放着晓沃不管，偏要去打什么北岭，真！我苏北通完了，你也好不了！他正胡思乱想，这时电话铃响了，接过来一听就知道是第三分队长打来的，问团长家里的枪声是怎么回事，身旁的彪形大汉用枪抵着他的太阳穴，一边把电话筒捂住，一边压低声音斩钉截铁地说："少废话，命令分队长到此开会！"苏北通只得好汉不吃眼前亏，把怒气全撒到打电话的人身上。他对着话筒大吼："赶快让所有的分队长到我家开会！"话音刚落，老可使了个眼色，两个彪形大汉挂掉电话，将苏北通严严实实地捆了起来。不一会儿，庙里的五个分队长一个个慌慌张张地走进院子，结果全部被游击队缴械捆绑，做了俘虏。在大厅里，他们看到自己的团长也被捆在地上，一旁的死尸脑袋还在冒血，他们一切都明白了，只得垂头丧气，听天由命。苏北通见到这帮人火往上撞，暴睁双眼，一切怨恨都集中到一句话上："你们，全都是废物……"两个彪形大汉把苏北通从地上拉起来，再次推到电话机旁，其中一人拿起话筒对他说道："给庙里下命令，说你和所有的分队长都被游击队捉拿，叫他们立即缴械投降。共产党优待俘虏，要是敢耍花招，把他们全部消灭。"苏北通这时的心情真是"无可奈何花落去"，他气急败坏，真想亲手毙了身边这五个分队长。养兵千日用兵一时，他苏北通养这群狗兵数月，不能用之一时，太不争气了。他听到共产党优待俘虏，觉得自己可能还有一线生机，便拨通了电话，按照彪形大汉说的，结结巴巴地对着话筒重复了好几遍。没多久，"自卫团"楼上的机枪就"突突突"地响个不停，听声音是对着苏北通后院方向打的，弹头"嗖嗖"地从空中飞过，苏北通脸上顿时出现了笑容，心想：好，当兵的比当官的更有骨气，打吧，冲到我家里来吧，打他个天翻地覆。

愤怒的老可对同志们下达了命令："坚决消灭顽抗到底的敌人！"随后便带着珍珠离开了大院，游击队的其他人员留下看管俘虏，清点从苏北通家里搜出的枪支弹药和黄金白银。而庙门口"自卫团"的两个哨兵，听到庙内乱哄哄地吵闹，知道情况不好，撒腿就往庙里跑，进了庙，反手把大门关上。老陈他们监视着进出庙门的敌人，刚才"自卫团"分队长陆续出门，他心中早已有数，派了两名枪法好的队员远远地跟着他们。直至他们走进了苏北通的大门，被里面同志一个个收拾了，这两名队员才返回原处向老陈报告。

这时，老陈对两名岗哨溜进庙门并未理会，准备将庙里的敌人一网打尽。

山中无老虎，猴子称霸王，“自卫团”没有了头领，那些兵痞和流氓头瞎咋呼一气，想要负隅顽抗，他们把三挺机枪布置到楼顶，要机枪手们向苏团长大院方向和庙外能隐蔽的各个角落猛烈扫射，其目的就是要告诉游击队，庙里的“自卫团”有的是武器弹药，有本事的就冲进庙来，见个高低，他们还临时选出一个带头的，准备先死守后反击，一举活捉游击队，救出团长和分队长，然后请功领赏。

老可和小珍珠来到老陈他们潜伏的地方，经过商量，她和小珍珠在乡地下党同志的带领下，爬上了正对庙门的一户人家的顶楼，她们看见三挺机枪正对着各个角落猛烈扫射，潜伏的同志被机枪火力压得抬不起头，子弹发射的火光将三挺机枪的位置暴露无遗，老可和小珍珠估量了手枪的有效射程，然后匍匐行进到离机枪距离最近的地方瞄准射击，手枪的枪声被机枪的枪响远远盖过，三枪打过，对面三挺正在喷火的机枪顿时都哑了火，新选出那个头头在楼下高声问道：“机枪怎么不响了？机枪怎么不响了？”三个机枪副手发现正射手都是歪着头倒下去的，用手一摸他们的头，黏黏糊糊的全是血，都惊呆了，新头头奔上楼用手电一照，发现三个射手的头部全都被子弹击穿，他惊慌失措地乱喊：“不好，附近有游击队！”他要三个副射手替换上去，寻找目标继续射击。这三个人心有余悸，战战兢兢地打了一个连射，结果一梭子子弹还没打完，机枪相继都停了火，三个人也趴在楼板上不动了。这时只听对面楼上有人大喊：“缴枪不杀，顽抗到底，死路一条。”“谁开枪就打死谁！”新头头连滚带爬地滚下楼梯大叫："打不得，打不得，谁打谁死！"真是"从天而降""子弹全打在头上""六个机枪手全报销了……"经他这一喊，人人惊慌，个个自危。有几个人不想在庙里等死，想从侧门出逃，打开门刚跨出门槛就被老陈他们射杀在门口。后面的人吓得赶快又把门关上。这时枪声停了，夜特别宁静，老陈他们齐声高喊："庙里的自卫团听着，你们只有投降，才有出路，放下武器，缴枪不杀，顽抗到底，死路一条！"话音刚落，只听庙里骂声、吵闹声一片嘈杂，过了一会儿逐渐平静下来，有人大声嚷着："不要打了，我们愿意缴械投降。"嘈杂声过后，庙里亮起了汽灯，庙门大开，里面的人一个个高举双手走了出来……

"进入大小北岭的游击队去向不明。"陈维金看着电报上的这句话，陷入了深思。

这片区域昏天黑地，全是崎岖山道，林白的主力突然消失，踪迹不见，实在令人难以置信。保密局福州站副站长王秀英认为，游击队走不远，肯定是在一个不易被人发现的地方隐蔽了起来。她对着陈维金耳语了一阵，这家伙听后像捞到一根救命稻草，转忧为喜，连连点头，不由得情激词生，对着王小姐高声朗诵起了辛弃疾《西江月·夜行黄沙道中》的几句词：

明月别枝惊鹊，清风半夜鸣蝉。

稻花香里说丰年，听取蛙声一片。

大家见指挥官转忧为喜，从内心里赞扬王小姐善解人意，又当了一次好参谋，陈维金遂命令副官取来大小北岭的详图，和王秀英、郑乃一、徐福生、姚大旺、何明等人仔细察看详图上可埋伏军队的地带，经过讨论，陈维金又征求了王秀英和郑乃一的意见，最后用红铅笔在地图上画了个圆圈，命令王秀英派两名特工带报话机随同郑乃一的侦察班，火速前往侦察，即刻回报，不得贻误军情……

兵贵神速。侦察班搜索到北岭板洲湾，隐约听见树林里有动静，班长传下口令：各组分散，隐蔽侦察。半小时后，指挥部收听到王秀英的特工从报话机里传来的报告："林白游击队约数百人隐藏在板洲一号高地右侧的树木草丛之中。"重复了三遍后，陈维金对着报话机命令道："继续监视，准备接应包抄！"

指挥部里，姚大旺伸着大拇指，对着王秀英不停地摇晃："不愧是戴老板的得意门生，兄弟佩服，佩服！"

陈维金的几个干将和姚大旺有同感，但他们喜出望外的同时却也有着不小的顾虑：部队这些天一直走山路，疲惫不堪。眼看现在天色已晚，部队还没吃饭，要是在不熟悉地形的情况下贸然和游击队打夜战，后果很难想象。陈维金一眼就看穿了他们的心思。但机不可失，时不再来。即使要付出很大的代价，但特务营凭借武器、兵力的优势，打起来也有取胜的把握，要是不打，贻误了战机，部队将一蹶不振，第四清剿区指挥部和他这个指挥官恐怕也将从此消失。

陈维金眼睛一眨，提高嗓门说道："王中校是巾帼英雄，立了头功，现在我军是刀和砧板，敌军是砧板上的肉，需要各位振作精神，率领部队不顾疲劳，英勇作战，为晓沃自卫团报仇！消灭林白的主力，本指挥官定当为各位请功。"说完，他不再察言观色，也没有再征求任何人的意见，当机立断地下令："兵贵神速，姚大队长率三个侦缉中队从敌人潜伏的西侧包抄；水警何大队长率本大队从东侧包抄，郑营长率本营官兵从正面攻击；留下一个连充当预备队跟随指挥部行动，把指挥部的位置设在特务营后面。”军令如山，手下的人没有丝毫犹豫，各部分的队伍很快都消失在了夜幕之中。当陈维金部接近游击队的潜伏地时，板洲湾制高点上的游击队哨兵听到了野地里嘈杂的脚步声，顺着声音往远处一看，发现有黑压压的人群在蠕动，立刻鸣枪报警，隐蔽地点的空气突然紧张起来，游击队立即散开抢占有利地形。

陈维金的队伍此时离游击队营地尚有一段距离，见此情景，慌忙开枪射击，加速前进。林白站在制高点上从敌人火力发射的方向判断，敌人采取的是两面包抄、中间攻击的战术，他发现正面的敌人在用自动武器点射，动作异常敏捷，断定他们是郑乃一的特务营。林白对身边的凌尚武说：“敌人怕夜战，如此迫不及待地找我们拼命，说明可珠和天源在晓沃得手了。”随后，林白指挥占领制高点的凌尚武支队用猛烈的火力阻止敌人合围。让其余的队伍，在高坡重火力的掩护下，边打边撤，向西北方向转移。不可恋战。陈维金万万没有想到高坡上还有一支火力劲猛的游击队潜伏着，一下就把他的队伍截住了，使他寸步难行。陈维金自言自语地说：“林白真乃将才也，临危不乱，撤退有序，金不如白也。”但他还不甘心，继续命令各部队猛打猛冲，宣称活捉林白者，赏大洋一万。密集的枪声，混杂着手榴弹和掷弹筒的震耳欲聋的爆炸声，把山冈野林打成一片火海，尽管火药味呛人，硝烟刺激口鼻，但陈维金的部队还是用嘶哑的声音呐喊着：“冲啊，杀啊！”不停地向游击队射击。游击队员利用熟悉的地形地物，边射击，边撤退。姚大旺的人马被凌尚武支队的火力压得抬不起头来，点点火光的弹头“嗖嗖”地从他们头上飞过，不管姚大旺怎样喝令向前冲，趴在地上的士兵就是不敢起来。此时，林白又指挥已经撤出包围圈的队伍用最猛烈的火力，阻止中间的敌人前进，把他们全部压制在野地里。王秀英看见正前方两挺机枪不停地喷着火星，麻利地从指挥部通讯员手上抢过了一支卡宾枪，对着喷火的机枪“叭叭”两枪，两名机枪手不幸中弹，机枪顿时哑了火，郑乃一的队伍正要一跃而起向前冲的时候，那两挺机枪又重新响了起来，郑乃一的手下又被打死好几个。再次趴在地上不敢前进。王秀英还想再打掉这两挺机枪，不想游击队的手榴弹劈头盖脸地甩了过来，惊天动地的手榴弹爆炸声，把她和身边这些恶棍吓得卧倒在地，不敢抬头，滚滚硝烟熏得他们连眼都睁不开，爆炸延续了十多分钟，才慢慢平静下来。林白的队伍这时弹药也所剩无几，于是林白指挥队伍撤离了战场。路上，林白对着板洲湾方向风趣地喊着：“陈指挥官，咱们后会有期！”

一片狼藉的战场上，大片丛林被枪弹爆炸引发的火焰烧得“噼里啪啦”地响起来。此时天还没亮，四周仍是一片漆黑。“枪口指处鬼神惊”的王中校手上还握着卡宾枪，不服气地从地上挣扎着爬起来，她意识到游击队已经全被林白带走了，再看看四周，身边的人仍然趴在地上装熊，她愤怒地嚷道：“你们都被游击队打趴下了，全死光了吗？真窝囊！”

陈维金和指挥部的人听罢，陆续都爬了起来，开始拍打身上的泥土、灰尘。郑乃一、徐福生、姚大旺他们都知道游击队走了，不过是想趁机休息一下而已。各队的士兵先后也都摇摇晃晃地站了起来，竹竿子徐福生灵机一动，大喝一声：“特务营清点人数和武器弹药，准备继续出击！”王小姐听到这话，冲着他轻蔑地笑了笑。

陈维金想，这场夜战死伤不少，士气低落，在这种情况下，作为总指挥接下来应该如何应对？自己虽然没打过多少仗，但却见过不少世面，熟读兵书，有一个聪明的脑袋，这个时候，必须把人心拢在一起才行。想到这，他灵机一动，命令道："共产党游击队遭到我军猛烈攻击，现已溃不成军，悄然败退。各部立即清点人数，清理和补充武器弹药，派出警戒。后勤人员埋锅造饭，医护人员护理伤病员，天亮之后再打扫战场。"手下这几个干将和士兵一样都又饥又渴，巴不得立即饱餐一顿，倒头便睡，听指挥官这么一布置，个个如愿以偿，从内心赞赏陈维金的英明。这帮人齐声回答："是！"

第二天清早，天空阴沉，山野被浓雾笼罩，昨晚被枪弹火焰引燃的草丛、树木，有的已经渐渐熄火了，没有烧尽的枯枝败叶躺在草木灰上，有的还在冒着白烟。树叶不时滴着细细的露珠，犹如无声的眼泪；草地上，一摊摊鲜血已变成紫褐色的凝块；空气中充满着焦煳味和血腥味。

陈维金的队伍在晨雾中打扫战场，一个个歪戴着帽子，斜挎着枪支，无精打采地在野地树木中寻找各自队伍的尸体，尸体找到后，三五人抬着一具，走到一辆卡车边，随着为首的人喊出的"一、二、三！"的口号，大家齐心协力将尸体往卡车上抛，这些尸体有的已经僵硬，有的还有微弱的气息，抛尸人不问青红皂白一律往车上抛，抛完还拉长声音说了一句："一世受罪不如一时难过——对不起啰——"指挥部的一个副官站在车旁登记尸体的部别、姓名和职务。他已经登记了三十二具尸体，其中姚大旺部二十三具，郑乃一部两具，水警七具。过了一会儿，他大声地问围拢到车边的抬尸的士兵："还有吗？"士兵们兔死狐悲，谁也不搭腔，他们都在想也许不知何时自己也会被抛上卡车，统统埋到大坑里。昨晚战斗中几十名负伤的士兵中，只要有点儿力气的都爬着归了队，作为伤员送往医院救治，重伤没有力气的则无人过问，只好等死。

战场上没有发现游击队的伤亡人员，新兵都觉得很奇怪。从北方过来的和共军打过交道的特务营老兵则心中有数：国军的"精诚团结"是喊在口头上的，共军的团结友爱则是讲求实效的，国军对伤亡的士兵，认为是负担，置之不理；共军对伤亡士兵关怀备至，救死扶伤。他们早把伤亡人员背走，安置妥当了。老兵们想到这都不想说，也不敢说。昨晚每个部队都派人在野间林中呼喊着失踪士兵的名字，没有应答的，便当作阵亡人员不再寻找，部队现在人困马乏，情绪低落，人人都求自保，谁还会对别人那么认真。

陈维金和他身边的几个干将一致认为林白"明修栈道，暗度陈仓"，让他们受骗吃了大亏，遂决定派出指挥部的王牌军——郑乃一的特务营尾随林白，跟踪追击，不报北岭之仇誓不回归，同时调动林森、罗源、长乐、永泰、闽清的武装力量，对这五个县展开逐个清剿，限期半年。陈维金命令王秀英派出四名特工，一部电台配合特务营的行动，和指挥部保持密切联系。姚大旺损兵折将，大伤元气，仍回黄岐、悠埕休整扩充，努力清剿当地共党。王秀英跟随指挥部密切注视凌尚武、陈可珠游击队的动向，伺机歼之，水警大队回原驻地，随时听从指挥部的调遣。

第四章 山阁钟声响，东岱人举刀枪

（一）

闽江口北岸的云居山雄伟壮丽，山峦北侧的永贵峰下，便是东岱镇。镇子位于敖江下游，与浦口隔江相望。远眺整座永贵峰，犹如一尊巨大的弥勒佛坐像，把东岱搂在怀里，弥勒佛以他巨大的脊背挡住了海风、台风、海啸，使东岱免受大海狂怒时带来的灾害，让东岱人民过着恬静的生活。镇子前的敖江（也称岱江）亦成为停泊渔船的避风港。

东岱镇南部的人口主要从事农商业，他们耕种着面江靠山的大片肥沃稻田，开垦着永贵峰下的山地，开商店、跑生意。日子过得十分忙碌。镇子北部的人，则以海为田，以渔为生。

马祖列岛的海域是我国著名的渔场，盛产黄花鱼、鳗鱼、带鱼、白力鱼、丁香鱼、虾、蟹、紫菜，是东岱渔民取之不尽的海上宝藏。

东岱除本乡本土的上万人外，每天从四面八方汇集到东岱搞集市贸易的流动人口也不下万人。由于东岱地理条件优越，被称为闽东沿海地区的重镇。清朝乾隆年间，镇上的街市就已十分繁华。百货店，凉果店，绸布庄，裁缝铺，金、银、铜、铁、锡的加工店比比皆是，酒店、糕点店、地方食品各具特色，木漆店在沿海地区首屈一指。每天这里有数十种海鲜充斥市场，品种繁多的蔬菜琳琅满目，是方圆百里内几十个乡村的商业中心。

东岱有两个码头，水路交通方便。乘坐演宫码头的小客轮，木帆船可顺潮直达连江县城；北门兜码头有直通福州的大客轮，每天一班，这在公路稀少、车辆匮乏的年代，无疑具有得天独厚的交通地理优势。

一八四〇年鸦片战争爆发后，英国人涌进东岱，建教堂，开烟馆，设赌场，办海关，把东岱变成了一块小殖民地。省城、县城的商人接踵而至，开商铺、当铺，建立手工作坊，炼铁铸锅、打造木质渔船，使东岱成为半街半乡的集镇，比县城还要繁华。

抗日战争年代，日寇在闽江口恣意屠杀渔民，东岱留下许多孤儿寡母，渔业遭毁，数百家渔民流离失所。日寇占领东岱后，烧杀抢掠，商人关店逃难，农民扶老携幼上山躲藏，整个镇子一片凄凉。

抗战胜利后，东岱和全国其他地方一样百废待兴，但国民党政府反动腐败，为了打内战，年年抓丁，月月派款，苛捐杂税多如牛毛，民众怨声载道，搞得家家恐惧，户户惊慌。当地贪官污吏像走马灯一般，竭尽所能搜刮民脂民膏，使得东岱人民的生活雪上加霜。

就是在这种腐败政府的统治下，敖江的水利无人问津，年年洪水泛滥成灾，两岸大片田园被淹没，尚未成熟的稻谷被糟蹋。洪水过后，又赶上瘟疫流行，国民政府熟视无睹，官员溜之大吉，东岱每年死于霍乱的不下百人，民众啼饥号寒，贫病交加，在苦难中艰难挣扎。不仅如此，大量散兵游勇，土匪强盗，不断地流窜进镇进行骚扰、掠夺。一九四八年三月，一场人为大火烧毁了一百八十户民房，近千人无家可归，街市变成废墟，天怒人怨，东岱人活不下去了。

危难时刻，共产党进驻定安村，为绝望的民众带来了希望的曙光，他们组织民众抗丁、抗租、抗税、分田废债，播撒着推翻国民党反动政府，打土匪、除恶霸、救穷人的革命理念。山边的几个村庄都组织了贫农团，东岱是个大乡镇，只要有人领头抗争，便一呼百应。然而，这里是国民党连江县政府的重点统治区，是敖江的咽喉地带，阶级成分也十分复杂。抗日战争初期，红军抗日先遣队在马鼻地区发动群众抗日，东岱的贫雇农积极响应，但却遭到了国民党军队的残酷镇压。尽管如此，大家心中反抗的意识却从未消退，心中仍然涌动着一股暗流。许多人为了活命，经常偷偷地到地主地里割稻子，挖红薯，有的年轻人故意在夜间高喊："游击队来了！"借此把地方官员吓跑。有的为了家人的安全，族亲的平安，开始磨大刀，习棍棒。东岱及周边的邻近村庄，逐渐成了无政府的状态。

每天涨潮，北门兜码头这个全镇最热闹的地方，出海返航的渔船全部停靠在这里，船一靠岸，众多抢海鲜的贩子便争先恐后地围过来争货。他们每人抢购两筐鲜鱼，立即肩挑迅跑，赶到本镇市场或赶在潮水的前头进到县城卖个好价钱。穷人和当日未出海的渔民都喜欢聚集此地，谈鱼汛，谈海情，交流各种新闻。最近大家议论最多的，则是散兵游勇流窜掠夺的兵祸和浦口陈为庆匪帮的罪行。

民国二十年[1]的时候，东岱镇还有一座用大块麻石砌成的完整的城墙，东、西、南、北四个城门。民国三十年之前还留有南、北两个城门。现在的北门兜就是那时北城的根基。离着北门兜不远，有一处宏伟高大的演宫[2]，宫庙的围墙就是利用残余的北门城墙石修筑起来的，站在顶层的宫墙墙头放眼望去，江面上的船只尽收眼底。

一天，演宫的宫墙头上出现了三个年轻小伙子，一个名叫林正灼，身背大刀，腰插日制南部手枪。一个叫翁平，另一个是林开荣，他们俩都挎着一支步枪。连日来陈为庆匪帮三天两头过江抢掠，除商店遭劫洗，买卖人被抄身外，连贫民百姓家都被翻箱倒柜，如有反抗，必遭毒打，弄得人心惶惶。在东岱土生土长的林正灼他们自发到北门兜码头监视土匪，阻止土匪过江。此举得到众多乡民的支持，然而敌众我寡，仅凭他们三人的力量，很难想象他们能顺利打退土匪。

此时的江面出现了一条大舢板，一眼望去，隐约能感受到舢板上人头攒动，林正灼凭直觉断定，这十有八九是过江的匪船。他对着宫墙下面的众人大喝一声："请大家散开，土匪过江了！"

众人将信将疑，其中有一人数了数船上的人头，"十个，有十个土匪！"边喊边躲进宫门里。众人闻风而动，争先恐后地挤进宫门。有的人想看个究竟，身子进了门，头还伸出门外观望，有的人爬上宫墙，趴在墙垛间瞧舢板里土匪的动静，还不时偷眼看着林正灼三人如何抵抗。

林正灼不慌不忙，命令身边二位瞄准摇橹的射击，"叭叭"两

---

①1912年为民国元年，民国二十年即1932年，民国纪年以此类推。

②演，全称演屿神，又称昭利王，是福州沿海渔民的保护神，演宫即供奉演屿神的庙宇。

枪，可惜未能命中，但舢板上摇橹的人再也不敢站着摇了，其余的人全部低下脑袋，这两枪对他们形成了一定的威慑力，这些从未受到阻击的土匪惊慌失措，舢板一时在江中飘忽不定。静了一会儿，只听为首的土匪喊：“两个人一起摇，快冲上岸！”土匪们回过神来，开始对着岸上乱打枪，眼见舢板离岸不到一百米，宫墙上和宫门口的观望的人开始慌乱起来，这时林正灼喊道：“大家不要慌，不要怕，翁平，开荣，手不要发抖，瞄准摇橹的打！”接着“叭叭”又是两枪，摇橹的一先一后都倒了下去！三人接着又连放数枪，那个为首的匪徒沉不住气了，急忙喊道：“快调头，三人摇橹，快，快，快！”匪船吃了亏，狼狈逃窜！岸上观望的众人都欢呼着跑出宫门，不断地呐喊助威：“打啊！打啊！怎么不打了？！把土匪全打死！”

林正灼手枪入套，只笑不答。翁平无可奈何地说：“我只有两发子弹了。”“我也只剩下一发了！”林开荣也深感惶恐。

有人担心地问：“土匪不会再调头杀回来吧！”

林正灼自信地说：“就凭我们这两支步枪三发子弹，再加上我手中的大刀和匣枪，一定让土匪血肉横飞！大家尽管放心，今天土匪不敢再来了。”

话音刚落，人群中依旧有人顾虑重重：“今天是没事了，可陈为庆过几天派更多的人来报复怎么办？”

林正灼笑了笑：“东岱后山阁的钟声响起来了，方圆几十里的坏人都会胆寒的。”此话一出，众人方才想起，传说清朝乾隆年间，东岱后山阁的寺院里有一口铜铸的大钟，其声雄浑，清晰高亢，余音经久不息，邻近乡村都能听到钟声。每当钟声响起时，恶人吓得胆战心惊，猫狗吓得尖叫狂吠。

此时，大家欢笑着把他们三人围了起来，你一言我一语的给予热烈的夸奖。耳听为虚，眼见为实，众人都想趁此机会，看看林正灼耍大刀的功夫。有人高声嚷道："请灼哥舞刀献艺，让我们长长见识，好拜灼哥为师，一起打土匪！"说罢众人热烈鼓掌，欢声雷动，林正灼也正想显露一下本领，坚定乡亲们抗击土匪的信心，增强号召力，扩大队伍。于是微笑着向大家一抱拳："也罢，承蒙乡亲们厚爱，盛情难却，我献丑了！"

众人主动后退，让出了一块空地。只听"嚓"的一声，林正灼从牛皮刀鞘里，抽出了那把寒光闪闪的大刀，在手中掂量了一下说："抗战期间，我在杭州湾就是用这把削铁如泥的大刀，砍下了好几个日本鬼子的脑袋，大家上眼！"话音刚落，竖刀胸前，眨眼间，刀随臂转，一片寒光，只见林正灼大喝一声，大刀向前劈去，接着一旋一戳，每一个招式都如劲风闪电，风声呼呼，刀光闪亮。不一会儿，林正灼跃起丈高，连人带刀在空中旋转，身法极快，收招落地之后，声息皆无。众人眼花缭乱，惊骇不已。有人被刀锋逼着不知不觉倒退丈把远，跌入了水沟才回过神来。眼见刀法演练完毕，众人爆发出热烈的喝彩声。跌入水沟的年轻人不顾一身透湿，疯狂地呼喊："灼哥神功、神刀！"然后拨开人群，跪到林正灼面前，非常认真地说："灼哥，收我为徒吧，我愿跟你打土匪，保家乡！"接着陆陆续续有八九个人相继下跪，和前面那个青年一样表了态。林正灼一一将他们扶起，笑容满面地说："好，我都收下了，刀法要练，枪法更要练，有了人还要有枪，只要刻苦什么都能学到手。"人群中有几位老者几乎异口同声地说："真是后山阁的钟声响起来了，谁还敢欺我东岱人！”

林正灼中等身材，不瘦不胖，长得非常结实，留着小平头，有一张轮廓分明的面庞，虽然只有三十出头，但从他坚毅的眼神和滔滔不绝的言谈中，可以看出他阅尽了人间沧桑。小时候，父亲做篾工，大哥在乡间当厨师，二哥在一家谷子加工店当伙计，自己讨小海，一家十多口人的生活还是紧巴巴的。抗战爆发前，东岱闹了一场瘟疫，父亲死于霍乱，又赶上兵祸匪患，母亲和大嫂都死在战乱之中，家中日子十分凄凉。一九三七年七七事变，日寇大举进犯，国民党在全国范围内抓丁，扩充队伍，时年二十岁的林正灼，怀着强烈的爱国心，自告奋勇到前线杀敌，被分到宋浠濂的七十八军当兵。由于他为人机敏，好学上进，很快就练就了耍大刀、拼刺刀和各种轻武器的拼杀本领，当上了班长，由于战术技能过硬，他的班在全团班、排战术训练评比中被列为全团示范班。日寇进攻上海时，他随部队在杭州湾一带和日寇展开了激战，双方进行了惨烈的白刃肉搏战。林正灼的班组打得十分英勇，他用大刀砍死了七个鬼子，身上多处负伤。由于所在团队在残酷的战斗中死伤过半，林正灼被指定为代理排长，一场恶战下来，日军两个大队的士兵也所剩无几。但作为最高统帅的蒋介石，独断专行，举棋不定，致使上海周围的九十万中国军队在日军二十万兵力的攻击下，溃不成军，有的整师、整团被消灭。上海守不住，蒋介石又命令三十万部队死守南京外围。从青浦南翔到昆山一带，河沟纵横，没有桥又没有摆渡的船只，几十万大军挤在一条狭窄的公路上进不能进，退不能退，任凭日军飞机轰炸扫射、大炮轰击。中国军队有再大的杀敌勇气也组织不起有效的反击，整个战场乱成一团，人喊马嘶，官找不到兵，兵找不到官，丢弃的装备遍地都是，完全损失了战斗力。整个战场的中国军队对蒋介石充满了怨恨，林正灼领着一群不甘心白白送死的士兵，用机枪、手榴弹和大刀杀出了一条血路，冲出了敌人的重围。突出重围的他们，走投无路，只好各自回家。

林正灼不仅从战场上带回了一把心爱的大刀，还带回了一支从鬼子军官手里缴获的南部手枪。

这次林正灼北门兜亮相，不仅收了一众徒弟，也受到东岱民众的尊敬和爱戴，有几家船主见此情形十分振奋，纷纷献出了枪支。

抗战胜利后，马祖列岛的皇协军被福建省保安司令部收编，马祖列岛不再有大股海盗骚扰。鱼汛来临时，东岱及沿海村庄不少连舸船都大获丰收。他们放到海里拦截鱼群的网有一里多长，黄花鱼上网时全浮出海面，犹如一片沙滩，白天在阳光的照射下金光闪耀，夜晚在月亮的映衬下，反射银光，十分壮观。附近海面上没捕到鱼的船只或小股海匪见此情景，时常会来砍网抢鱼。船主为了防止贼船抢鱼，都购买步枪来对付他们，所以东岱不少船主的船上都有两三支步枪。现在鱼汛已过，国民政府横征暴敛、土匪猖獗，渔民和农民一样，在苦难中煎熬，所以他们愿意献出枪支让林正灼带领年轻人抗匪保家。

到了一九四八年端午节的时候，林正灼的队伍已经发展到了四十多人，他们进驻东岱陈氏宗祠内，像国民党军队一样开始操练。队伍中大多数的年轻人都非常淳朴，训练也很刻苦，一心想着为东岱民众做好事，少数曾在国军里当过兵或在乡镇公所当过差的老兵，身上还有着兵痞的习气。林正灼觉得这些经历丰富的队员有着一定的战斗经验，平时耐心积极地对他们进行团结教育，把队伍拧成了一股绳。把战斗队驻扎在陈氏宗祠，林正灼也是经过了再三考虑的。这个地方进可以攻击北门兜码头和演宫码头，阻止土匪过江，退可以直达后山阁，占据制高点，控制整个东岱。端午节过后，阳光开始发烫，秧苗由青转绿，温暖的南风吹过秧田，看上去犹如海面上的绿波微微荡漾，只要风调雨顺，这一年丰收有望。

两个月前，镇上的街市突遭大火，火势扑灭以后，有钱人家又开始盖起了楼房；家境贫穷、失去安身之所的贫苦人仍蜷缩在瓦砾场上，艰难度日。

这一天，林正灼回到部队，和大家商量如何帮助乡亲们解决眼下饥肠辘辘的困难。想到演宫码头之前被当作粮仓，有两千多担官粮存放在那里，他想到了开仓分粮。队伍里那些年纪大一些的队员了解他的想法后连连摆手："这事可做不得，眼下地方官员虽然都跑光了，但县城的警察、保安队还在，他们有护粮责任。私自开仓分粮有抄家杀头之罪。一旦出事，我们和老百姓都要担风险啊。"那些年轻憨厚的队员听完很不服气："官仓里的谷了本来就是国民党从老百姓身上刮走的，现在老百姓没有饭吃，为什么不能开仓分粮，我们拿起枪杆，就是要跟国民党干，国民党比土匪好不到哪里去，谁怕死，就不要参加战斗队！"先前说话的老队员就像一捆干柴被点燃一样，"哄"的一声站起来自以为是地说："我们走过的桥比你走过的路还多，凭你们这一帮毛孩子能成什么大事，要不是我们教你放枪，你拿的枪还不如一根烧火棍！"眼看队员们争得面红耳赤，不可开交，林正灼已想出了两全其美的办法。他斩钉截铁地说："你们各有各的道理，都不要吵了，听我的！官仓一定要打开，老百姓吃不上饭的困难一定要解决，队员分头去告诉困难户，让他们都到演宫粮仓去扒谷，晚上去，各扒各的，能扒多少算多少，行动尽量保密。战斗队到码头周围警戒放哨，避免发生意外。如果有人走漏了风声，县城派人来查，由我们负责把他们赶跑。现在我们的旗号是打土匪保家乡，还没有公开宣称打国民党。如果国军来祸害东岱乡亲，那我们就横下一条心和他们干。乡亲们自动献枪并支持我们向地主、恶霸、大商人派款要粮要供给，难道我们不应该为乡亲们出力吗，要是有人向县城告发，我先把他捉来治罪，这样的人是害群之马，一经发现决不轻饶！”说完他把话锋一转，问道：“你们说，这样做是否可行？”对于这样的决断，队里的队员无不赞成钦佩。

计议已毕，当天夜晚，镇子里三三两两、零零落落的人影，夹着麻袋，挑着箩筐，不点灯，不照明，谁也不吱声、不打招呼，陆陆续续来到演宫粮仓扒谷。人们各凭自己的本事摸索着上楼，打开大铁索见谷就扒，男人装袋，摸着楼梯扛着走，女人装满箩筐，小心翼翼地挑着跑，过了田埂跑到了乡间，尽可能不落重脚，不出大气。说来也怪，自家的狗，摇着尾巴，不声不响地跟着主人走，安静地不吠一声。

自古以来，不管什么人，只要到官仓去抢粮，抓住就是死罪。所以官仓就是打开了大门，也没人敢去抢，然而眼下天灾人祸接踵而来，社会黑暗，穷人性命犹如草芥，民众啼饥号寒，为了活命才不得不铤而走险。林正灼的抗匪战斗队为乡民撑腰，给扒谷的人站岗放哨，使得乡亲们就有了勇气和胆量。

就这样一到晚上，整个镇子的空气都异常紧张，紧张得让人喘不过气来，去官仓扒谷的人动作特别快，行动特别小心。天一亮，所有的人便销声匿迹，路上也几乎看不到谷子洒落的迹象。没几天的工夫，演宫粮仓两千多担谷子不翼而飞。有人传言说这是浦口陈为庆匪帮连续几个夜晚过江抢粮的结果，这话越传越广，越传越离奇。有不少人还络绎不绝地到演宫参观被土匪抢的只留下空空如也的“官仓”。

这几天林正灼心情特别好，他在日记上写着：“为苦难的乡亲们做了第一件好事。”有不少人家给队伍送来了一筐一筐雪白的大米，还有的送来了杀好的猪。林正灼让大家尽兴地吃了一餐蒸白米饭和红糟焖肉。号召大家积极投入军事训练，提高杀敌本领，保卫家乡，报答父老乡亲的支持和爱护。

突然，天昏地暗，风越刮越大，背面临海的永贵峰，被大风撞击着，发出沉重的呼呼回响。北门兜江面后浪推前浪，一浪盖过一浪，拍打着船舷，冲击着江岸，九使宫门前如伞如盖的老榕树，片片叶子都在颤抖，云越飞越快，天愈显愈低，台风来了，暴雨将至。

这天坐第一班客轮从县城回来的乡民，火急火燎地跑到陈氏宗祠向林正灼报信，说县城的保安队正在县政府大院集结，很快就要乘船到东岱追查演宫抢粮事件，有一个连的保安兵，许多兵腰间都挂着绳索，好像是来抓人的，要战斗队做好准备。

林正灼十分感激送情报的人，把他们送走后，立即命令传令兵跑步到演宫，通知附近的居民赶快疏散至镇子周边的村庄，并强调各家各户只留下一个老人看家，其余的全部撤离，越快越好。然后又把队员分配到各街道，敲锣喊话要各家把谷子藏好，不要露出马脚。安排妥当之后，林正灼召集参谋人员和各小队长开会，商量对策。参谋蔚梓说："我们把战斗队拉到红墓山，叫镇上有梭镖大刀的人都集合起来，配合战斗队，等保安队上岸立足未稳，我们从两侧包抄围攻重创他们，迫其退兵。"副参谋祥梓说："来者不善，善者不来，保安队一个连虽没有什么战斗力，但他们在老百姓面前如狼似虎，为了避免群众遭受损失，不让一个乡亲被带走，同时也要教训这些地痞流氓凑成的队伍，我们要动员数百名乡亲，以到演宫围观被抢的粮食为名，把他们团团围住，我们可以趁人多混乱，借机夺取他们的武器，然后把他们全部捉拿，交给共产党游击队处置以绝后患。"各小队长也纷纷提出各自的主张。林正灼仔细听取了大家的意见，又思考再三，最后他从口袋里拿出一本破旧的小书，那是他在军队集训班上得来的《三十六计》。林正灼当兵入伍期间，勤学好问，把这本书当作识字之本，对三十六计有一些粗浅的理解，那时候他只是小卒子，战斗中书中计谋施展不上，最近由于形势所迫，他又把这本书带在身边研习，认为既带了队伍总得有一些指挥队伍作战的本领。今日事迫在眉睫，大家的意见又给了他不少的启示，他便翻了翻这本小书，把大家的意见引到一条计策上，他说："听说今天保安连带队的是连长薛雄，外号叫"野公鸡"，其意不会斗阵，只会抓野鸡婆。此人是全县闻名的坏蛋，抽鸦片，糟蹋良家妇女，敲诈勒索，嗜赌成性，恶贯满盈。在本镇，正好也有他的一只野鸡婆，是谁呢？"说到这里在座的人哄堂大笑，有人抢着说："娇西，是娇西！"林正灼接着说："不知大家是否了解娇西，这个女人虽然不走正道，但却事出有因，她的内心有一股正气。她和穷人、正派人贴心，我们何不请她演一出美人计。叫野公鸡进入我们的圈套，只要我们和娇西谈清楚。乡亲们有难，她一定会挺身而出，演好这出戏。”大家心里敬佩灼哥，有人想提反对意见，但不敢明言。林正灼接着说：“保安队虽没有什么战斗力，但他们有一百多人，百十条枪，人数比我们战斗队多，装备也比我们强，再加上都是些见利忘义的地痞流氓，要防备他们狗急跳墙，我们和他们硬拼的条件不成熟，还会连累乡亲们。我们利用美人计诓住他们的头，来个擒贼先擒王。抓住了野公鸡，那些小野鸡没人带领不打自乱。”

与会者人人笑容满面，个个点头称是。林正灼又看了一眼小本子说：“保护乡亲不遭难是我们这支队伍的宗旨。只要保安队以后不敢再来捣乱，第四清剿区那些侦缉队、特务队不把注意力放在东岱，就达到了我们的目的。”大家听罢，内心深感灼哥计谋高超，对他更加钦佩。接着，林正灼又一一做了详细的布置……

江面上风大浪急，一艘大火轮汽笛阵阵，满载着士兵气势汹汹地冲向演宫码头，靠岸后，船尚未停稳，野公鸡就身先士卒跳了下来。队伍在岸上集合报数之后，一个中尉排长主动向野公鸡报告了实到人数，共一百零七人。他命令队伍持枪跑步包围演宫粮仓，壮大声势。野公鸡平日善于恶狼扮外婆，今日一反常态，满脸怒气，犹如一位掌握了生杀予夺大权的钦差大臣。

离开县城之前，福建第四清剿区指挥官兼县长陈维金命令他迅速查清抢粮罪犯，统统捉拿归案，如遇反抗，就地正法。野公鸡心想：云居山下几个破村出现了游击队瞎闹腾，浦口陈为庆过江捣乱，散兵游勇刮地三尺、六亲不认，结果镇长跑了，粮秣主任躲了，派出所所长溜了，全都是孬种，最后还是由我薛大爷来收拾残局。这次不叫东岱人死无葬身之地我就不姓薛，不配当薛仁贵的后代。他神气十足地向县长保证："卑职定不辱使命！"在县城，他听说姚大旺的侦缉队都奈何不了共产党游击队，东岱人又能有什么像样的部队，胆小怕事，连陈为庆几个人都能把那里闹得鸡犬不宁。他薛大爷百十来人百十条枪，定能威震全县，一踏进东岱，一定把东岱人吓得屁滚尿流！那些东岱街上胆小怕事的老板，见了他还不得烧香磕头。亲爱的美人娇西听说他来了还不得满面春风地往身上贴？想到此行他又能搂抱娇西，他的心像浸在蜜糖里一样别提有多美了。

保安队气势汹汹，把演宫和附近十多户住家围得水泄不通。野公鸡带着几个排长查看了粮仓，原先稻谷堆满的仓库，如今只剩下楼板的缝隙和四周墙角散落的少量谷粒。野公鸡看罢，仿佛被人割了咽喉流尽了血一般，用微弱的气息沙哑地喊着："两千多担的战备粮一担不剩，这可是灭九族，毁乡镇之罪啊！"

之前，县城里传说陈为庆过江抢粮，陈维金和警察局长都找了陈为庆，陈为庆大叫冤枉，愿披肝沥胆让陈指挥官明察。陈维金对陈为庆面谕："如果你的人抬走战备粮，限十日之内如数归还，否则把你们碎尸万段，若不是尔等所为，那就努力协助县保安队捉拿罪犯，追回战备粮。何去何从自己掂量！"陈维金私下又向野公鸡交代："速至东岱查明真相，若非陈为庆之所为，必是东岱刁民嫁祸于他，以图报复。你薛雄是聪明人，别把事情搞砸了！"

野公鸡想到这儿，又看了眼前空空如也的粮仓，心中恨道："抢粮之人一个也别想逃出我的手心！"他马上命令各排长把粮仓附近的居民统统抓进演宫审讯。一时间，演宫附近的民房鸡飞狗叫，枪声、吆喝声四起。闹腾了半天，士兵们的口袋都鼓鼓囊囊，当官的每人搜罗了一些细软，包了一个大包袱让士兵背着，陆续进了演宫大厅，向野公鸡报告：搜查一无所获，除老弱病残之外，其余的人都跑光了。野公鸡拍案叫骂："刁民盗贼，跑得了和尚，跑不了庙！给我进镇搜查，除了地主富商外，谁家有谷子，就把谁捉拿至演宫审讯！"他扫视了一眼士兵身上鼓鼓囊囊的口袋和班排长身边的大小包袱，见这帮人无动于衷，便又扯着嗓子喊："除一排一班留在演宫，其余的人由副连长率领跑步进镇！"

这时，勤务兵从外面跑进来，喜笑颜开，神神秘秘地向野公鸡报告："在去码头的路上见到了娇西，她说要到县城去。"野公鸡听罢立刻从凳子上跳了起来，心急如焚地让勤务兵把她找过来。勤务兵领命，飞也似的跑去了。野公鸡耷拉着脑袋在大厅里直转圈，真是一日不见如隔三秋！何况都有一个多月没见了，真难熬啊，躺在别的女人身边都想着娇西。想当初第一次让她就范，真花了九牛二虎之力，后来总是手枪子弹先上膛，放在枕头边，才让她勉强顺从。这个女人真是集天下美女之美于一身，能顺顺当当得到她，自己不当这个连长也值得。正在胡思乱想之际，官门口出现了一位亭亭玉立的美人，一张白嫩、端庄、秀气的脸，一双情意绵绵动人的眼，一只精巧匀称的鼻子底下，两片线条清晰、棱角分明的嘴唇，再加上两腮时隐时现的酒窝，真如天仙一般。她上身穿一半紧身的月白缎斜襟衣，下穿浅蓝色长裙。上下颜色匀稳调和，衣裤的款式与身上的线条恰如其分。走起路来风摆荷叶，高耸的乳房和衣跳动。这个叫娇西的女人天生丽质，身上未施脂粉却散发着醉人的芬芳。她与多情的男子谈天时总是娇滴滴，甜蜜蜜，美滋滋的，总能拨动对方兴奋和幻想的神经。那些好色之徒在她面前没有一个不神魂颠倒。当她和别人意气相争时，总是大大咧咧，单刀直入，不让对方占上风。令人感受到一种不可侵犯的气势。她对那些贪官污吏，奸诈小人、花花公子、好色之徒恨之入骨，为了报仇雪恨，在他们面前表现出柔情万般，她将美色当烈酒、当投枪，把一个个无耻之徒灌得昏头昏脑，击得魂飞魄散。叫他们个个倾家荡产，妻离子散，尸抛异乡。然而，她却从不用美色去伤害正派人。

娇西是外乡人，真名叫陈淑珍，祖上三代为官，父亲还是清末秀才，由于吸鸦片上瘾，家道逐渐败落。她十二岁时父亲去世，母亲王吟梅原是富绅之女，琴、棋、书、画，针线刺绣样样精通。为了养育她和十岁的弟弟，母亲辛勤纺织、剪纸、绣花、纳鞋底子，教儿女读书写字，生活虽然清苦，倒也恬静、欢乐。当地有一恶霸地主，名唤李仲卿，仗势欺人，看上王吟梅的姿色，多次用金钱引诱，势力威逼，结果被王氏赶出门外，加以痛斥。李仲卿恼羞成怒，欲置王吟梅于死地。一日，王吟梅带着女儿到官头去卖布匹和绣花鞋，走到岭上，被李仲卿率一伙暴徒围住，把布匹、绣花鞋夺走，抛于山谷，并将王吟梅的衣服撕烂，进行野蛮的轮奸。李仲卿还扬言：不愿跟他进府享福，只好在这岭上得罪了。王吟梅的小儿子哭喊着咬住一个暴徒的手，被暴徒推下山谷摔死了。小淑珍吓得掩面痛哭，李仲卿一伙施完暴，狂笑着走了。王吟梅抱着女儿，痛哭不已。女儿用布匹把母亲包裹起来，爬下山谷，把弟弟的尸体抱了回来。眼见儿子惨死，母亲痛不欲生，她呼天唤地，却无人来救她们。呼啸的北风，吹得岭上稀稀拉拉的枯草疯狂地抖动着，她看破了这偌大的寒冷世界，自己是一位清清白白的大家闺秀，一位传统守德的贤妻良母，如何能忍受如此伤天害理的侮辱和伤害，她的心碎了，希望破灭了，她无颜对天地，无颜对乡亲，更无颜对女儿。她再三叮嘱可怜的女儿到东岱去，投靠表叔，若上天有眼，长大后要为母亲、弟弟报仇！说完，搂抱儿子的尸体跳崖自尽。

苦大仇深的女孩儿哭得几乎晕厥，嗓子哭哑了，眼泪哭干了，四周依旧静得出奇。也不知道哭喊了有多久，她终于强忍悲痛擦干眼泪，回家找到街坊四邻，让他们帮着安葬了母亲和弟弟，事后一个人倔强地来到东岱投亲。就这样年复一年，长大成人的陈淑珍出落得像一朵出水的芙蓉，美丽动人。十八岁那年，表叔和表哥先后死于霍乱，陈淑珍就这样又成了无依无靠的孤儿。为了活命，陈淑珍就利用自己的姿色，在这寒冷的世界里，独撑航船，她立下誓言：宁为玉碎，不为瓦全，不为母亲和弟弟报仇誓不为人。她天生红唇粉面，有倾国倾城之貌，那些花花公子认为她娇美赛过西施，故与其取名“娇西”，后来陈淑贞索性就接受了这个称号。娇西的名字越叫越广，久而久之，真名反而无人提起。

娇西此时来到演宫大厅，娇滴滴地喊：“连长大人光临东岱，有失远迎！”她停步不前，靠在门口笑吟吟地望着尖嘴猴腮，咧大嘴露黑牙，个子高挑的野公鸡。野公鸡看见美人两眼发直，心神游荡，愣了一会儿，突然像着了魔似的奔跑过去，张开双臂就要抱。娇西故作姿态把野公鸡的手臂挪开，娇中带嗔地说：“怎么呢？今天连长大人连我都要抓起来吗！”野公鸡急不可耐地想把她搂进怀里，别说娇西故作姿态，此时就是扇他捶他，他也是快乐的。野公鸡激动地说："哪……哪……能呢？"娇西轻轻摇了摇头，又用手挡了他的臂膀，美目眨动认真地说："慢来，我也是抢粮的人，你不抓？"野公鸡赌咒发誓地说："甭说你不会是抢粮的人，即使你真是抢粮的人，或是你带头抢粮，我也不会捉你问罪。只要你答应嫁给我，让我这个卖油郎独占花魁，我宁可不当这个连长！"娇西心里想，你这个丑鬼还想装人样，真不知天底下还有羞耻二字，要不是当初你枪逼刀胁，要不是有朝一日送你这个作恶多端的无赖上西天，我会强装笑脸让你百般侮辱？今日灼哥给你装好了笼子，我就是你下黄泉的引路人，等着吧，一会儿就有你的好戏看。娇西本就是出色的演员，今日更显妖娆。她用眼一扫周围淡然一笑道："算你有良心，今天我要到县城去买布，你要急着和我亲热，现在就到我家去，喝杯茶给你一个钟头的时间，不要带人去，叫你的手下给我滚得远远的，我怕他们，也怕乡亲们说我的坏话。"野公鸡感激万分，神采飞扬，连连点头："好，好，我都答应！"娇西用指头戳了一下野公鸡的头，骂道："真是个癞皮狗，我先走，你随后跟来。"野公鸡兴高采烈："还是你想得周到。"转身对勤务兵说："你跟着我，但不许进娇西的房，别把美人吓坏了，守在她门口，不许别人打扰。"

野公鸡一走进娇西的房间，就像饿狼一般扑向娇西，紧紧地搂着她，满嘴喷着臭气，摇晃着脑袋，要把尖嘴伸向娇西的嘴唇。娇西扭着头，用手掌堵着，将尖嘴推开，娇中带嗔地叫道："慢来，慢来，别激动，不是说好了先喝一杯茶吗？"野公鸡伸长尖嘴仍往前拱，一时难以接近，他沙哑而急促地叫着："想死我了，想死我了，不……不喝茶。"对着娇西的手心亲个不停，娇西起了一身的鸡皮疙瘩，手心犹如被一只大老鼠拱着，惊惧而烦躁地嚷："放开！放开！门还没关呢！"此时的野公鸡哪里顾得了其他，亲了娇西的手心又顺势亲了她的脖子，并在她身上疯狂地乱摸。娇西扳开他的头看了一眼，指了指他的身上的东西，野公鸡明白过来，迅速解下武装带和手枪等物，顺手抛在桌上，正欲重搂娇西上床，娇西冷漠地推了他一下嚷道："你聋了？门还没关呢！"野公鸡饥渴地说："关不关门都一样，门口有勤务兵守着，没人敢进来。"话音刚落，一个陌生的声音答道："我们进来了！"野公鸡一惊，转身喝道："你们是什么人，胆敢进屋坏我的好事，找死！"他正要发作，一看屋里进来了三个人，桌上的手枪早已被其中一人握着，正用枪口对着他，还有一个人手持明晃晃的大刀，对着他怒目而视。再往门口看，勤务兵早就没了踪影，两个精壮的小伙子端着步枪在屋外警戒。刚才进屋说话的人个头不高，显得十分精明强干，腰间别着手枪，正搬了一条椅子坐在他面前。野公鸡心想：坏了，难道遇见了共产党游击队？但他一转念：就这几个鸟人想跟我百十来号人斗，不是鸡蛋碰石头，自不量力吗？于是他壮起胆子，用沙哑得像破锣一样的嗓子喊道："赶快放下刀枪，滚出去，我饶你们不死！"他瞧了一眼娇西，见她脸有惧色，就对她说道："别怕，有我呢！"说完又大喊了一声："滚，你们滚！"坐在他面前的这个人正是林正灼。作为一个和日本鬼子拼杀过的沙场老将，他哪里会瞧得起这只已入瓮中的野公鸡。他向握着大刀的小队长林开荣使个眼神，林开荣手中寒光逼人的大刀便架在了野公鸡的脖颈儿上："老实点，再动一动我劈了你！"野公鸡被吓得肝胆俱裂，但他又不好意思让对方看出来，于是强打精神装模作样地问："你，你们到底是什么人，想干什么？”林开荣抽刀在手，“唿”的一声用刀背猛砸了一下野公鸡的腿后关节，喝道：“你先给我跪下！”“嗵”的一声，野公鸡的膝盖已磕到地上了。林正灼对娇西说：“你出去，这里没你的事，以后再找你算账。”娇西假装着感激不尽地说：“谢谢队长关照。队长，薛连长跟我来往，我们两个没做坏事，我知道他不是坏人，你们千万不要杀他，我们朋友一场，乡里乡亲的，我求求大家。”野公鸡心想：这怎么可能呢，这伙人是共产党游击队。娇西这小娘儿们还真是情深义重，我就是变成鬼也要跟随她。握着野公鸡手枪的小队长林志龙听完娇西的话，假装盛怒喝道：“少啰唆，娇西，你再不出去，我们可要把你捆起来和野公鸡一起治罪了！杀不杀他是我们的事，与你无关！还不快走！”娇西泪流满面地哀求说：“你们实在要杀他，就请你们给他留个全尸吧！”说完一边擦着泪，一边抽噎着走了，林正灼的嘴角涌动着笑意，在场的人都暗暗称赞娇西是个出色的演员。

野公鸡心想：东岱出现了游击队怎么一点儿风声都不透，落在他们手里，我薛雄恐怕死定了，但不知他们来了多少人，要干什么？

林正灼为了尽快解决问题，不让乡亲们受损失，便单刀直入地说：“薛雄，你听着，你虽然穿着地方军的军服，但却是个地地道道的地痞流氓、土匪强盗，凭你在连江地面的所作所为，杀了你都不解心头之恨。今天你以查抢粮为幌子，到处抢掠民财，随意捆绑、毒打东岱百姓，糟蹋良家妇女，我战斗队为民做主，为民报仇。如果你能低头认罪把队伍全部集中到林氏祠堂缴械，把你们抢来的财物归还原主，保证今后再不到东岱捣乱，我们可以放你和你的人一条生路，让你们回县城。否则的话，把你们全部消灭！”林志龙说：“你们已经被东岱民众包围了，只有投降才有出路，负隅顽抗的话，先劈了你，再收拾你的部下！”这时林正灼一声令下：“打枪发信号！”门口的哨兵听了，立即朝天连放三枪。不一会儿，便听见后山阁的大钟“哄，哄，哄……”不停地响着，其声如雷鸣一般，震得地动山摇。钟声一响，东、西、南、北四个方向同时起了排子枪声，每响一声都扣人心弦，大振乡民的志气，保安队此时个个惊慌失措。乡民们拿起扁担、锄头、大刀、梭镖，纷纷从四周杀出，和战斗队员一起呐喊着把保安队士兵从各家各户赶出来。林正灼斜视着野公鸡，只见他跪着的两腿不停地颤抖。此时野公鸡才意识到今天遇见的不是共产党游击队，而是东岱乡民造反，真虎落平阳被犬欺，搞不好还真会被这帮乌合之众剁成肉酱。好汉不吃眼前亏，只能认了。他两眼一转对林正灼说：“我、我投降，我愿叫部队立即集合，你、你们叫我的勤务兵来。”不一会儿，门口的两个哨兵林立旺和陈木金就把被缴械的勤务兵推进了屋里。林正灼叫野公鸡站起来，对勤务兵说：“你按薛连长的话去做，不要耍滑头，否则别怪我们不客气！”野公鸡哑着嗓子对勤务兵说：“赶快通知司号兵，紧急集合，由你带领部队跑步赶到林氏祠堂，听我训话，不得有误。我的命就在你手里了！”勤务兵看到连长的可怜相，知道不这么做，连长的命就没了。他不敢怠慢，“啪”的一个立正：“是，连长您放心！”然后撒腿就往外跑，不一会儿，司号兵连吹了三遍紧急集合号，各排在勤务兵的指引下，急匆匆地涌入林氏祠堂，兵们背背包袱，手提鸡鸭，乱哄哄地等着连长训话。此时枪声已经停止了，但洪钟之声还在响，群众跟在保安队的后面也拥到林氏祠堂的大门口。薛连长仍戎装整齐，身后跟着几个穿便衣拿着刀枪的人来到了在大门前。

林正灼对着野公鸡低声下令："让你的人放下武器都到天井集合！"野公鸡一看周围愤怒的人群，手里都操着家伙，似乎要和他们拼命。他身边还有一把使他心惊肉跳的大砍刀逼着他，随时都可能叫他的脑袋搬家。再看看自己的队伍，个个背背着包袱，手提着鸡鸭，背着枪。他突然打了一个苦嗝，心想：我搞女人，你们去抢劫，真死有余辜。罢了，罢了，他身不由己地重复着林正灼的话。官兵们一看都呆住了，连长居然被俘了。几个排长想绝路求生，蠢蠢欲动，这时从西门冲出几十个端枪的队员，齐声喝道："不准动，谁动就打死谁！"有一个排长正要掏枪，被林正灼扬手一枪打飞了帽子。他"啊"的一声赶忙挤到士兵中去了。林正灼说："这一枪不想要你的命，谁再敢轻举妄动，我先叫你们的连长脑袋开花！"野公鸡急得嗷嗷直叫："不准乱动，不准乱动！否则我们统统要死！全体注意，放下武器，徒手到天井，列队集合！"下令已毕，士兵们不情愿地都进入天井站好了队。林正灼要他们全体坐下，周围持枪的队员警惕地监视着他们。战斗队的小队长和参谋这时开始组织人员收缴他们身上的子弹和手榴弹，并把这些人枪膛里的子弹一起退了出来。刚才被林正灼一枪打掉帽子的排长，满腹怨气地举手大喊了一声："报告！"林正灼满面怒气地问："你有什么屁要放？""报告长官，我不是要放屁，我是想请问一件事。我们这样糊里糊涂地被你们解除了武装，当了俘虏，我们也要弄明白贵军到底是什么部队？"林正灼压住怒火答道："好！问得好！你先回答我，你们是什么队伍？""保安队！"

排长理直气壮地回答。“保安队是干什么的？”“执行上级命令，维持社会治安！”“好，说得好！你们连长外号叫野公鸡，一到东岱就糟蹋妇女，这是维护社会治安？你们一到东岱就开始疯狂地抢劫，掠夺百姓的财物，你们看看你们身上鼓鼓的口袋，再看看满地大大小小的包袱，和绳捆网兜的鸡鸭，这是维持社会治安？你们搜查抢粮人，为什么要捆绑、殴打无辜百姓？你们保的什么安？”

林正灼像连珠炮似的问得那个排长哑口无言。其余的人你看我，我看你，低头不语。正灼又接着说：“我们是什么队伍，我们是老百姓的队伍！谁压迫老百姓，我们就和谁拼命！”林正灼转脸问野公鸡：“你说要怎么处理你们？！”野公鸡变得唯唯诺诺点头哈腰：“请长官高抬贵手，我们愿认错，把所有搜来的东西……”“不是搜！而是抢！”林正灼怒吼道。“是，是，是抢！”“不是东西，而是财物！”林正灼又更正道。“是，是，不是东西，而是财物。”野公鸡说完与那排长交换了眼神，他们认为，这支队伍从他们的穿着和不要枪只要子弹的情况看，不是共产党的游击队，而是百姓中组织起来的乌合之众，他们想造反，但胃口不大，没什么了不得。那个排长又傲慢地嚷道：“归还百姓的东西可以，搜查抢粮的盗贼是我们的天职！”林正灼想，这些王八蛋不知好歹，要给他们点颜色看看！他接着问道：“按你们的话说，你们还要和百姓作对？！”保安队没有一个人回答，真是此时无声胜有声。周围的队员和群众早已按捺不住了，一齐怒吼道：“把他们全打发了，叫他们见鬼去！”大家只等灼哥发话。

林正灼想把话说清楚了再处置他们，嚷道：“乡亲们，穿黄狗皮的保安队有天职，我们扛着保护老百姓的枪也有天职，百姓的田园年年遭洪水淹没，粮食颗粒无收，东岱及附近地区年年瘟疫流行，百姓死于霍乱的不计其数，国民党正规军、地方军、散兵游勇和土匪四位一体，不间断地对百姓进行骚扰掠夺，百姓苦不堪言，前些时候东岱几百家民房又被大火烧了，数千人无家可归，啼饥号寒。而国民政府不但不管百姓的疾苦，苛捐杂税月月不停，岁岁不断，贪官污吏刮尽了民脂民膏。”林正灼想起了国仇家恨，想起了乡亲们对他的重托，声音逐渐高亢：“你们这些保安队好好想想，若是你们的父母、妻儿遭天灾人祸，走投无路，你们能忍心让他们活活饿死？你们能拿枪口对着他们？你们也是人生父母养的，我希望你们再不要和受苦受难的老百姓作对了。你们的天职是镇压老百姓，我们的天职就是保护老百姓！”说到这儿，他提高了嗓门：“把这个死不悔改的排长捆起来，吊在大梁上，叫他们尝尝我们的天职。”灼哥话音未落，队员和一部分群众早围过去将那个排长按倒在地，五花大绑，悬空吊在大梁上。周围的士兵，之前想用身体挡护排长，被群众和战斗队员打得趴在地上。群众怒吼着，抄起扁担对着这个吊起来的排长一顿乱打，嘴里还骂着“看你恶！看你恶！”野公鸡“扑通”一声跪在林正灼面前哀求道：“长官，你行行好，不要打了，把他放下来，我保证他和我手下所有的人都服从你的命令！”被打的那个排长，没有哀求，也没有哼一声，他恨野公鸡鬼迷心窍，才害得弟兄们落得如此地步，还向什么“长官”求情，太窝囊了，除非把他打死，否则他和这帮刁民不共戴天！这时几乎所有的士兵都跪在地上向林正灼和战斗队的队员们以及在场群众作揖求情：“请你们不要打了，不要打了，我们都已经投降了，给我们一条生路吧！”林正灼让打人的群众都停了手，叫队员把排长放了，坚定地说：“只要你们不继续与百姓为敌，认真接受我们提出的条件，我们就给你们一条生路！”野公鸡点头哈腰地说：“一定，一定，请明示。”林正灼提出三条：“（一）向所有被你们捆绑、殴打的百姓赔礼，并把你们抢掠的所有财物归还给百姓；（二）所有的子弹、手榴弹留下；（三）由你们的指挥官薛连长在悔过书上签名，保证不再来东岱与百姓为敌。”做到以上三点，野公鸡就可以带着小野鸡们走！

野公鸡心想：你们只要子弹不要枪，真是愚蠢至极。放虎归山，请君莫悔。他内心高兴得真想笑。接着由林志龙宣读保安队的悔过书。林志龙是战斗队的才子，事先他在林正灼的授意下，经过队部人员和各小分队长的讨论写下了这份“悔过书”，林志龙清了清嗓子，以保安队长的口气念道：

吾等奉命率现保安连开至东岱，以查东岱官粮被盗之名，行抢掠百姓财务，糟蹋妇女，捆绑吊打无辜百姓之实，罪行累累，罄竹难书，承蒙东岱百姓和战斗队谆谆教诲，吾等有所醒悟，今特向东岱父老、兄弟姐妹诚意悔过，保证今后不再重蹈覆辙。如有反悔，任凭处置。

特立此书，以表诚心。

连江县保安连连长（薛雄）

野公鸡听罢，暗想，等他冲出了重围，再杀回马枪，叫东岱人见识一下薛大爷的厉害，眼下先保住弟兄们的性命要紧。兵不厌诈，他先给东岱人来个“瞒天过海”。他越想心里越激动：县保安队长是吃素的？对付日本鬼子不行，对付这伙儿草寇绰绰有余，要不是他被战斗队捉住了，今天不至于落到如此地步……这样想着，他假痴不癫地表现出满脸惊恐和诚心改过的样子说：“签，我签。”他的眼光扫视了几位班排长，那个被打的排长更是对他怒目相向，野公鸡用眼神示意他：“好汉不吃眼前亏。留得青山在，不怕没柴烧。”他们交换了眼神，几个班排长这才转愠为静。

林正灼骄傲地宣布：“乡亲们，县保安队投降了，彻底投降了，让他们背着空枪，由战斗队和手中有武器的群众押着他们到各家各户归还被抢的财物！”

群众欢声雷动，林志龙的步枪向空中打了三枪后，后山阁的大钟“当、当、当！”又响起来了。

（二）

民国三十七年七月二日，晴朗的天气显得异常闷热，东岱镇背阴处的石板路仿佛都在冒汗。看来午后又是一场雷阵雨，田野里的谷穗都转黄了，丰收在望。农民们忙着磨镰刀，修谷箩，准备收割庄稼。自从租谷扬花以来，人人都提心吊胆，生怕洪水泛滥，一年辛苦又落空。这时候，每逢山里人到东岱卖柴草，东岱人总要拉住其中年岁大的人问：“大伯，还会落雨吗？”如果对方说：“放心吧，不会落大雨！”问话人听完总会喜笑颜开。若对方说：“没把握”，或者说：“还会落大雨”，那问话的人脸上立即会乌云密布。当时没有天气预报，东岱人很相信住在高山上能望着大海的人对自然现象的观察。

这天下午，从县城传来一个消息：东岱自卫团在县城正式成立，由缪敬芳和章德龄担任正、副团长。队伍已基本组建完毕，枪支弹药全部到位，团部办公地点设在东岱的董氏祠堂。

老百姓对林正灼战斗队的印象犹如观音亭的溪水一般清清楚楚：他们是抗击土匪、保护乡民的队伍。而缪敬芳和章德龄的自卫团就像南门塘的污水一样，不清不楚，老百姓们隐约都有不好的预感，这支新成立的部队来者不善。

缪敬芳是个驼子，长臂长腿，身高不足一米，身子弯曲得像一只乌龟壳扣在背上，人称“弯背芳”，在东岱缪氏宗族中，他家算富豪，不但有大片良田，而且开办大银行，铸锅厂，凉果店，是地主兼资本家。此人精明过人，和官府关系甚密，心中的算盘拨进不拨出。他曾扬言，不仅要在东岱，而且还要在全县城名列首富。算命先生说他能背驼金山银山，子孙有享不尽的荣华富贵。

林正灼的战斗队曾向他派款要粮、要枪支，他哑巴吃黄连，供给得十分不情愿，事后，他多次向县里诉苦，县长早就想要他成立自卫团，但苦于没有得力助手。后来，王秀英的特工人员在福州给缪敬芳推荐了一名闲职军官，名叫章德龄，东岱人，曾在国民党青年军里混了一个少校副官，他的父亲在东岱街开了一家中药铺，是一位著名的中医。

缪敬芳有了章德龄的协助，犹如驼背上添了副腾飞的翅膀。战斗队和自卫团在东岱肯定是水火不相容的，附近的乡镇自卫队，不是兵痞就是流氓，专和共产党作对，欺凌老百姓，他们的靠山是国民党。东岱的“自卫团”也不会例外。而林正灼的战斗队员们不是渔民就是农民，没有靠山。这两支队伍最后是什么结局，乡亲们拭目以待。

自卫团从演宫码头进镇，一路鞭炮连天，威风凛凛。驼背的缪敬芳和个子魁梧的章德龄走在队伍前面，身后有二十多个扛枪的人簇拥着，缪敬芳高举双手。边向围观群众作揖边大声说：“请各位大力协助自卫团！”章德龄穿着一套没有领章军衔的国民党正规军的卡其布军服，武装带上挂着一支“自杀剑”和勃朗宁手枪，挺胸健步，神采奕奕，不时向人们招手致意。

第二天，两个自卫团的团丁荷枪实弹，带着县政府的“通令”来到了陈氏祠堂。他们桀骜不驯，一声不吭直闯大门。“站住！”一声断喝，门边站岗的青年男队员林红妹把他们喝住了，“你们到这儿来干什么？”这两个团丁是东岱的痞子，当过几年兵，在乡中游手好闲，嗜赌成性。为了拿枪杆子在乡间欺压百姓，很顺利地就被自卫团招募了。其中一个瘦高个、长脖子、尖嘴猴腮的团丁傲慢地说：“怎么，你们不想接受县政府的通令？”林红妹怒从心起，带讽刺的口吻答道：“现在是白天，睁大眼睛看看，这里是你们瞎闯的地方吗！”另一个矮墩墩、满面疙瘩，两眼长不到一条线上的团丁听见这话，又看门口只有红妹一人，想抖抖威风：“这里是什么地方？总不是泰山府，一进门就喊威——武吧？你个毛头小子好大的胆，想阻挡县政府的通令，快给我闪开！”红妹心想，就凭你们这个熊样子，也敢在小爷面前耍威风，他把手中的三八式步枪一端，做出刺杀格斗的姿势，怒冲冲地嚷道：“站在这里的是你的爷，放下通令，快滚！”这两个团丁也不示弱，都端起了步枪，想把红妹吓退：“通令是交给林正灼，不是交给你这个毛头小子的，我们非进去不可！”红妹想起昨天自卫团一路鞭炮耀武扬威地向战斗队示威，义愤填膺，今天不出这口气更待何时。他“咔嚓”一下，拨开两个团丁的步枪，准备对准瘦高个冲刺，这两个团丁被震得虎口发麻，吓得倒退了几步骂道：“好小子，死到临头还要抖威风，今天先成全了你！”说完都把子弹推上了膛。就这样，门口的叫骂声、枪支撞击声，子弹上膛的声音惊动了祠堂里的人。“不许动！”小队长林志龙见此情景大喝一声，带着几个队员冲了出来。队员们见到团丁像见到了该打该杀的过街老鼠，二话不说，举枪把两个团丁逼到墙角就是一顿暴打，枪托像雨点般落在他们身上，教训已毕，缴了他们的械。林志龙对着这两人说：“你们昨天挂牌办公，今天就要抄战斗队的家，简直欺人太甚！”两个团丁被打得死去活来，刚才的威风荡然无存。林志龙是林正灼的本家堂侄，今年虽然只有十八岁，但为人精明刚直，他原来在连江中学读书，因参加“反饥饿、反内战、反压迫”的学潮，作为一名进步学生被校方开除出校，长期接受进步思想的他对国民政府十分反感，在战斗队中的威信仅次于林正灼。两个团丁都认得林志龙，心想：他们人多势众，好汉不吃眼前亏，于是急忙求饶道：“我们是来送县政府通令的，你的人不但不让我们进去，还用枪来刺杀我们！”林志龙冷嘲热讽地说：“那你们受委屈了——要不是我们出来得早，我们的哨兵，不就被你们给毙了吗？”林志龙接着说：“什么通令？拿出来！”他冲身边的队员摆了摆手，队员们都放下枪，对着那两人吼道：“拿出来！”两个团丁吃了这一顿“杀威棒”，被打得一身伤，疼痛难忍，但一听到拿通令，立刻又来了精神，自己是代表政府来的，得不辱使命！想到这儿，瘦高个煞有介事地从怀里掏出通令交给了林志龙，心中暗暗恨道：“你们逆风行船，有你们的好看。”

林志龙接过通令展开一看，上面的标题用红头楷书写着：“连江县政府通令。”正文则用黑字小楷行书写到：

为了剿灭匪患，确保沿海地区安全之大计，根据戡乱动员令的精神，各地凡未经本县剿共指挥部批准成立的武装集团，自接到本通令之日起，自动解散，并将所有的武器弹药交给当地治安部门（当地已成立自卫团的交给自卫团）不得违抗，否则按匪患论处。此令。

连江县政府

中华民国三十七年七月二日

毫无疑问，这是国民政府解除民众武装的最后通令。林志龙心想：看来灼叔和某些人太天真了，他们受传统观念的束缚，组建队伍始终没有超越行侠仗义的思想。这个通令对灼叔和整个队伍来说都是一把架在脖颈儿上的钢刀，看样子是要把大家逼上“梁山”和反动的国民政府势不两立！现在必须要劝灼叔举起反蒋大旗，跟着共产党干才有出路！否则一味地硬拼，不但战斗队会遭受全军覆没的危险，就连全乡的百姓也要跟着遭殃。此时的他根本就没有再听进团丁说的话，回过神来怒气冲冲地喝道：“你们还有什么屁要放？”团丁仍装腔作势地说：“我们团长说了，乡里乡亲的，给你们一点儿时间，让你们做好具体安排，并请林正灼队长明天上午九点到北门宫商议要事，请你务必转告。”林志龙真想把这两个团丁杀了，然后带着队伍突袭自卫团，消灭了他们再去投靠共产党的游击队，但经过短暂而又激烈的思想斗争，他认为两军对垒不斩来使，何况事关重大，还是由灼叔决断为好。他叹了一口气，要队员们把枪还给团丁。这两个家伙说了一声后会有期，便横挂着步枪，摇摇晃晃地走了。

县政府的通令对战斗队员震动很大。这几天野公鸡的保安队并没有回县城，而是驻扎在浦口秣马厉兵，随时准备再次袭击东岱。他扬言要困死东岱人，活捉东岱所有的战斗队员。他的一个排已占领了南面的蝉步和斗山，控制了东岱通向县城的水路交通要道。北面大涂对岸的陈为庆匪帮也与保安队积极配合，用机枪封锁了敖江口，禁止东岱的渔船入海。自卫团的头头在镇上笼络地主商人，拉拢宗派，挑拨民众与战斗队的关系，同时借助通令和保安队的封锁逼迫战斗队投降，情况十分危急。如果战斗队和自卫团硬碰硬，势必招来敌人大军压境，使战斗队陷入孤立无援的境地，最终全军覆没，如此一来，抗匪保家，为穷人谋利益的目标也将和退去的海水一样消失得无影无踪。自卫团正是利用眼下的这一优势狐假虎威，不断地向战斗队施压。面对这样的被动局面，绝大部分的战斗队员不服这口气。他们都在催促队长，是打是散还是投奔游击队，请他当机立断。林正灼胸有成竹地对全体队员说：“‘弯背芳’请我到北门宫，不是要和我相商什么大事，而是要我们缴械投降，我们就来个将计就计，虎口拔牙！给他们一个意想不到的教训！大家要有信心，野公鸡的保安队都被我们搞得抱头鼠窜，何况‘弯背芳’和章德龄这几十号地痞流氓。我们要让他们好好见识一下战斗队的威风。具体行动方案由小队长以上的干部讨论研究，再做布置。他自卫团有靠山，有保安队的配合，我们也能以正压邪，我已经和东岱新成立的贫农团取得了联系，请贫农团团长林屏把东岱的情况向共产党游击队的政委老可做了详细的报告，陈可珠政委很关心我们战斗队，表示会全力支持我们。”说到这里，林正灼心情十分激动，提高了嗓音继续说：“请大家放心，我们的战斗队不但不会垮，而且还会高高举起红旗跟共产党走，以后的道路，会愈走愈宽广！”大家听了林正灼这一席话，个个欢呼雀跃，充满了胜利的信心。难怪这两天看不到灼哥的影子，原来他在筹划一场新的战斗。

北门宫靠山的一侧不久前新盖了一排上下两层的厢房，楼上的大厅是平时召集保甲长开会的地方，“谈判”的地点就在这里。“弯背芳”和章德龄今天各佩一支手枪，提前在楼上大厅坐等林正灼到来，通往大厅的走廊上，有十多个团丁端着三八式步枪分列两旁，想给林正灼一个下马威。然而，他们的人数及岗哨布防的位置，都已被战斗队摸得一清二楚，一切都在按照预定的计划进行着。

战斗队全副武装，直闯北门宫！林正灼腰间插着一支日式南部手枪，林志龙手跨着一支十响的驳壳枪，林开荣背背一把寒光逼人的大刀！三人带头，后面跟着林立旺带领的两个小队二十四名队员，队伍一路急行军，来到北门宫附近就迅速散开，占领有利的制高点，第二小队的六支步枪封锁了北门宫大门，控制了大厅。紧跟其后的第一小队十二名队员则以迅雷不及掩耳之势冲上北城门山边控制了埋伏在那里的九名自卫团团丁，缴了他们的枪，并立即隐蔽监视了谈判的场所。战斗队的第三小队和队部的人员此时一部分除留守队部，一部分则担任村外警戒预防外来力量的突袭。

一切都布置停当了，排列在楼道两旁的团丁，发现了周围荷枪实弹的战斗队，一个个心慌意乱。此时林正灼三人已走到厢房楼下，正要上楼，被这帮团丁逼住，要他们放下武器。林正灼怒斥道：“你们可以带武器。我们就不能带？”带队的团丁班长缪慈铨神气十足地说：“你们是到这里向我们团长投降的，先把武器交给我们！”林正灼怒道：“谁给你们的权利！？”缪慈铨说：“是县政府！”林开荣骂道：“滚开！”说罢大刀一挥，“咔”的一声，把团丁班长的步枪磕了出去，步枪险些脱手落地。在大门口警戒的六名队员齐声喝道：“不准动！”枪口对准团丁，逐步逼近。这帮团丁被唬得一个个心惊胆战，束手无策。缪慈铨本想开枪射击，无奈刚才被林开荣一刀磕开了手中的枪，被震得虎口酸麻。眼下身处被动，被人用枪逼着，他也不敢造次了。楼上的“弯背芳”和章德龄听到吵闹声和枪支的撞击声，以为是团丁正在制服林正灼他们，兴奋不已，一个昂头吐烟圈，一个摇头晃脑地哼小曲，自在地坐在大厅里等着。林志龙和林开荣几步闯上楼，说时迟那时快，明晃晃的大刀急如闪电，迅速将章德龄刀压脖颈儿。驳壳枪也在刹那间顶住了“弯背芳”最突出的后背。一时间，两人吓得魂飞魄散，腰间的家伙也被人下了。林正灼不慌不忙地进了大厅，示意开荣和志龙收起刀枪，严肃地对“弯背芳”和章德龄说：“今天你们请我来干什么？”“了解你们对县政府通令执行的情况！”副团长章德龄心有余悸，但又像抓住了对方的把柄似的说：“刚才你们企图谋杀县府任命的东岱自卫团团长的行为，已经构成了重罪！”他声音突然提高：“作为领头者，你林正灼要负主要责任！”林正灼反唇相讥地说：“你们的团丁在楼下用枪逼着我们，欲置我们于死地而后快，狼子野心再明白不过了，请你们记住，我们的战斗队员都是正经人，不像你们的团丁那样，不是地痞就是流氓，你们还贼喊捉贼，请你们自尊自重，收起这套鬼把戏，不要动不动抬出县政府、县长来吓唬人。就凭你们这些人也想成气候，真是癞蛤蟆打喷嚏——自己给自己鼓气！”“弯背芳”和章德龄听完这番话，气急败坏。他们没想到这些团丁这么不中用，用厚禄养了他们，用上好的武器装备他们，结果连个林正灼都制服不了，还让他带着人闯上楼胡闹！他们不约而同地嚷道：“你们无视政府——莫非要造反？”他们以为通过大声叫嚷，楼下的团丁定会冲上来解危。结果，无济于事。

林正灼不甘示弱：“官逼民反，民不得不反！你们以为养着这群团丁就能以邪压正，把东岱战斗队吃掉？妄想！”林志龙手指着窗外不远处的山边，直言不讳而又风趣地说：“看看你们的特等射手吧，此刻落叶何处寻？再望望我们的战斗队员，现在可是劲草涧边生！”他拍了三下巴掌，战斗队员从涧边隐蔽处端枪出现，枪口透过窗户直指“弯背芳”和章德龄。他们俩目瞪口呆，长叹了一声，各自坐靠在竹椅上，此刻真的是彻底失望了，他们精心布置的逼林正灼投降，然后由林正灼下命令解散战斗队的计划，成了南柯一梦。他们低估了林正灼，低估了东岱战斗队。王秀英中校此前还想以毒攻毒，用东岱人打东岱人的办法消灭战斗队，配合保安队清查抢粮事件，以此来震慑老百姓，从而肃清共产党的影响，阻止共产党向东岱渗透。想不到，事与愿违，自卫团刚刚出阵，只一个回合就彻底失败，太丢脸了。章德龄毕竟见过世面，他看到缪敬芳的脸一阵红一阵白，随即向他使了个眼色，要他不要灰心，大丈夫能屈能伸，留得青山在不怕没柴烧。林正灼能放薛雄一条生路，难道会把自卫团消灭了不成？林正灼毕竟不是共产党，会权衡利弊的。此时他不管缪敬芳有何想法，反正他们在一条船上，舵是自己把着的，他应该设法死里逃生转败为胜。想到这儿，章德龄色厉内荏地站起来说：“你们到底想干什么？”林正灼知道对方已经是穷途末路，反唇相讥：“这句话应该由我来问你们！”“弯背芳”急不可耐地为章德龄辩解：“我们是来检查你们对县政府通令执行情况的，如果你们有什么不同的看法，可以再商量嘛，何必动那么大的肝火？”林正灼他们见到“弯背芳”那种微妙的自圆其说的神态，心中暗暗好笑。林正灼直截了当地说：“明人不说暗话，直说吧，今天你们想逼战斗队投降，然后引保安队进乡镇压贫苦百姓，但凭你们的道行，还做不到这一点，照你们的话说，乡里乡亲总要给一点儿面子。你们的团丁已被我们全部缴械，你们马上带着队伍滚出东岱，只要有我林正灼和战斗队在，决不允许你们胡作非为！要是还敢耍花招，一定严惩不贷。”“弯背芳”和章德龄现在才真正明白，薛雄为什么会败在林正灼手里，保安队为什么会在东岱翻船。两个人一前一后，身不由己地低着头下了楼梯，林志龙向看守团丁的队员挥了挥手：“让乘兴而来，败兴而去的正副团长带着他们的人走吧！”团丁们望着这一高一驼，一个个面面相觑，没办法，只能狼狈地跟着这两个满脸愤怒羞愧的正副团长撤出了厢房。战斗队员爆发出一阵阵开心的笑声。

此时林志龙举起驳壳枪，对天连射三发，后山阁又响起了经久不息的钟声……

(三)

民国三十七年的七月四日，也就是战斗队突袭自卫团的第二天，东岱贫农团团长林屏通知林正灼和林志龙到定安村开会。特别强调小凌、老可和地下党的同志们对他们非常欢迎，要他们在次日日出之前赶到林像金家里。林正灼听罢，兴奋得一夜未合眼。林志龙由于年轻，心情虽然激动，但也随之产生了不少想法。他躺在床上思考着：明天终于可以见到传奇女英雄了，她会说些什么？我们要说些什么？共产党人是好样的，我们真去投靠他们，游击队和地下党会怎么对待我们呢？想着想着，他迷迷糊糊地睡了过去，不知道过了多久，灼叔的叫喊声使他猛地惊醒过来，望望窗外的天色还是黑乎乎的，便揉揉眼睛问：“这么早就走啊？”林正灼说：“已经三点多钟了，二三十里的山路不赶快走就来不及了，老可担心天一亮我们的行踪会暴露，会引来特务盯梢。”

灰白色的云块时而将月亮掩蔽，时而让她露出皎洁、温柔的玉面。深邃的夜空悬着无数半明半暗、闪闪烁烁的星星，犹如一个美妙、激越的集体，在夜色的掩护下，林志龙紧跟着林正灼，脚步匆匆地在山路上行进，当头的明月似乎比他们走得更急，飞得更快，始终在他们前方照耀着。此时田里蛙声阵阵，夏虫齐鸣。山上道路崎岖，沟壑交错，巨石嶙峋，一路上，两个人都沉浸在激动和欢乐之中，都在暗暗激励自己在以后的征途上跨越险阻，攀登人生的高峰。

一路无话，当他们来到定安村后山时，迎面扑来微微的海风，使他们心旷神怡。东方已呈现出了鱼肚白，过了一会儿又变得紫里带蓝，眨眼的工夫，蓝色云彩周围就出现了橘黄色的镶边，继而像溶液一样交融，形成了一道黄色、橘色、红色形影交错的彩霞。此时就听见定安村的公鸡此起彼伏“喔喔喔”地叫唤。东方的溶液喷薄向上，托起了一轮鲜红的太阳。

林正灼和林志龙都是第一次到定安，听林屏说山脚下有一座六扇的大瓦屋，屋前有一溜宽敞的院子，四周被土墙围着屋后有一丛一丛的芭蕉树和水竹，那就是老可的母舅林像金的家，中国共产党连江沿海地区工委所在地。他们顺着崎岖的山路到了山旮旯，山溪的泉水“叮咚”直响，像有人拨弄着琵琶弦，听上去那样激动、欢乐。他们的脚步无形中和着泉水“叮咚”的节奏欢快地附和到一起，两人走到一洼泉水边，想捧起泉水洗把脸，正要弯腰伸手，被那清澈透明像一面镜子一样的泉水迷住了，“镜子”把他们欢乐威武的影子照得那样清晰：林正灼剃着平头，穿一件对襟青布衫，挽着袖子，腰间扎一根宽皮带，左边插一支南部手枪，右边挂着两个牛皮弹盒。已经褪了色的黄长裤，下半截被捆在绑腿里，脚上穿着草鞋。林志龙理着青年头，穿着学生装，腰间扎一根牛皮带，插着一支十响驳壳枪，脚上穿着一双旧回力球鞋。两个人对着镜子都满意地笑了笑，开始洗脸整装。林志龙满面春风地问：“灼叔，你这是第几次见到老可？”“第二次。”林正灼想他的心事，漫不经心地答道。“听说老可长得很漂亮……”“我想到游击队参加战斗，你要给我多美言几句。”“你年轻，有文化，人又机灵还要我美言？老可见到你会把你收下的。”

两人整装已毕，一前一后下了山，凌尚武、老可等人见他们到了山下，都到后山口去迎接他们，双方一见面，凌尚武、老可和林正灼分别握了握手，老可笑容可掬地问：“你身边这位年轻人大概就是林志龙吧？”“正是犬侄。”大家听了哄堂大笑，林志龙斜视了灼叔一眼，灼叔立即改口：“是东岱战斗队的参谋兼第一小队队长。”林正灼说完又看了看林志龙，“如此称呼不错吧？”

老可露出雪白又整齐的牙齿，腮上显出两只深深的酒窝，向他们逐个介绍身边的同志，末了喊道：“珍珠你来，给你介绍一位年纪相仿的带枪人。”珍珠从厨房里跑出来，腼腆地对着志龙抿嘴微笑点头。她那端庄秀丽百看不厌的脸蛋反而使志龙不好意思，心想：“怎么共产党游击队里尽是美女？”他马上把视线挪开了。老可说：“希望你们彼此相识互助，他日多为革命做贡献。”支队长凌尚武听说林志龙是一个好枪手，想趁此机会见识见识，便笑着说：“今天相见，让志龙和珍珠比试一下枪法如何？以后我们一起战斗，好心中有数。大家的意见呢？”身边的人都鼓起掌来，热烈响应支队长的倡议。老可也说：“既是支队长下令，你们二位就服从命令吧。”工委机关的同志也都在撺掇鼓励珍珠。林正灼说：“志龙的枪法可比不过神枪手珍珠，不过，既然队长和政委发了话，作为男子汉大丈夫，就是比不赢也要全力以赴啊。”就这样，凌尚武和工委的同志确定了射击比试的目标。在离他们约四十米远的山坡上有一棵碧绿的橘树，梢上六只小青橘，右边分给志龙，左边分给珍珠。每人点射三枪见输赢。赢者奖十发子弹，输者向对方敬个礼，表示向对方学习。

比试规则定好了，志龙和珍珠各自备好枪弹，站定起射点，单等支队长一声令下，开枪射击。老可看了看他们两个，笑着说：“自古英雄出少年，真是年轻有为啊。”此时，凌尚武高喊一句：“珍珠先来！”听到发令，小珍珠不慌不忙地做了一个侧身半跪，自然甩臂动作，接着“碰！碰！碰！”三声枪响，三个小青橘被打得不见踪影，树上的飞鸟吓得“扑棱”一下四散飞逃。大家齐声喝彩。小珍珠的脸涨得和朝霞一样红。林志龙心想，不论是射击姿势还是精准性，自己与珍珠相比都望尘莫及，今天也只能硬着头皮不服输了。他听到支队长的口令，便握枪平举右臂，从左到右点射三枪，枪声过后，大家也报以热烈的掌声，凌尚武兴奋地喊道："三比二，珍珠领先！"喊完转身安慰林志龙说："战争的胜负凭借天时、地利、人和。二位天时相同，但在地利、人和上，志龙稍不如珍珠，所以珍珠取胜。志龙新来乍到，有些失误也是正常的，我认为两位都是特等射手，都应该受奖，大家同意不同意？"大家听完，拍手称赞。老可说："今天工委和支队为了欢迎东岱战斗队的两位同志，特意要珍珠蒸了一笼白米饭，煮了几条大黄鱼，还焖了一锅猪肉，请在座的同志开一次荤，吃一餐饱饭。饭后再开会。"大家又高兴地鼓掌欢呼。凌尚武说："这都是沾了东岱战斗队的光，否则我们要等革命胜利才能吃到蒸白米饭。"

人群中的气氛十分融洽，今天来参加会议的，除了工委正副书记、游击队队长、工委委员、工委政工组和情报组的负责人外，还有晓沃、道沃、湖里、东岱的贫农团团长。

在东岱战斗队处于生死关头之际，地下党、游击队伸出了热情的手，敞开母亲一样的胸怀，把战斗队搂进怀里，所有的同志都那样真挚、诚恳、友爱，林正灼和林志龙就像远航归来的游子回到了久别而温暖的大家庭，沉浸在幸福之中。眼前短暂的接触，激发了他们对自己人生经历的回顾与思索。林正灼过去抗日救国，在国民党军队里所感受到的除了等级森严，就是冷酷无情。在血与火的搏斗中，他没有受到激励，也没有收到关心和爱护，仅仅凭着自己的勇气去拼杀，能在战场中侥幸地生存下来就是最大的幸福。林志龙的父亲是渔民，克勤克俭送他上小学、中学，志龙还是中学生的时候，就因为反对国民政府打内战搞独裁，受到了特务的监视，言论被压制，行动不自由，那个时候，要么跟反动派同流合污，要么失学、坐牢。社会黑暗，一片白色恐怖。他们两人都以为凭着自己的勇气和智谋，能够闯出一条光明的道路，为家乡人民谋福利，现在看来这都是空想。再这么单打独斗下去，将会碰得头破血流，死无葬身之地。看来，只有投靠共产党，接受共产党的领导，才能有真正的出路。

开会的时候，老可首先发言："经工委讨论通过，并请示五县中心县委同意，从今日起，东岱战斗队正式接受中国共产党连江沿海地区工委和游击队的领导。"话音刚落，会场上爆发出热烈的掌声。老可停顿了一下又说："战斗队的正式番号为——连江地区游击队东岱区队。林正灼为区队长，各小队长和队部工作人员一律不变。你们作为东岱地区的武装队伍，要积极配合东岱贫农团抗丁、抗税、废租、废债的斗争，为土地改革做好准备。同时，你们作为一支机动队伍，要随时听从支队的指挥，开展游击战争，肃清匪特，为控制敖江口和闽江口做出自己的努力。"林志龙把陈政委的每一句话一字不漏地都记在了本子上，小珍珠坐在角落里望着林志龙，她听说林志龙是个能文能武的高才生，今日所见果真不假。他埋头写字的状态引起小珍珠的遐想。小珍珠是老可的远房妹子，也是快安人，由于家中赤贫，只读过两年书，十五岁那年，可珠把她带进福州纱厂做工，参加革命后，她一直跟在可珠身边，形影不离。在山门后军事训练中，由于天资聪颖训练刻苦，她的射击考核成绩与可珠不相上下，受到教官的高度赞扬。她小小年纪参加过多次战斗，不论白天黑夜，射杀敌人几乎百发百中，她和可珠两人，被敌人传为来无影去无踪的索命女郎。但她识字不多，看一篇文章总是读不透，写字也歪歪扭扭的，可珠有时也教她，但由于战斗环境残酷，东奔西跑总是坐不下来，她十分苦恼。现在，她多想像林志龙一样做个有文化有知识的人，将来能为革命做更多的事。

政委陈可珠又说："东岱战斗队抗击了陈为庆匪帮对东岱的抢掠，打击了县保安队的嚣张气焰，勇敢机智地缴了东岱自卫团的枪械。有力地配合了地下党和游击队的斗争，牵制了敌人，为工委和游击队在其他地区的斗争创造了有利条件。请林正灼同志转告全体战斗队员，工委感谢你们，游击队感谢你们！"当林正灼听到老可同喊他"同志"时，不由得心潮澎湃，思绪万千，经过艰难困苦的拼搏，他终于走进了共产党人的队伍，他看到工委委员和各乡镇的贫农团团长都向他投来赞扬的目光，他真想大喊一声"共产党万岁！"可激动的泪水很快代替了呼喊。

接着老可用温和的口气说："东岱战斗队是自发性的武装集团，要从自发性的反抗斗争转化为自觉性的，为劳苦大众谋福利，为推翻国民党反动统治，建立新中国，建设社会主义、共产主义的革命，这需要有一个过程，一个实践——认识——再实践——再认识的过程。"老可打着手势，谆谆教导着，"比如战斗队帮助贫苦的群众，渡过饥荒的难关，帮助他们到国民党仓库抢粮。这是革命的行动，是一次成功的实践，但这个实践是保守的，不彻底的，因为你们害怕国民党派人来追查镇压，所以你们不敢公开动员，不敢公开打出反对国民党的旗号。俗语说，'若要人不知，除非己莫为。'既然做了，国民党不可能不知道，不可能不对付你们。通过后来的斗争，你们就明白了这个道理，这就是认识的过程。”老可又接着说：“战斗队机智灵活地抓住保安队连长，勇敢地缴了全体保安队士兵的枪，后来还给他们枪支，放走了人，只留下弹药，这也是一种实践。但这个实践带有封建传统性质，是一种江湖义气。带着让对手自己去反省的态度，让他们‘放下屠刀立地成佛’，这不是革命者应有的态度。这仅仅是江湖绿林好汉的‘义’。‘义’字可以成全你，也能毁掉你，敌人永远不会自动退出历史的舞台，也绝不会立地成佛，敌我之间的斗争是残酷的，不妥协的，对敌人不能抱有任何幻想，只有彻底打败、消灭敌人，革命才能取得彻底胜利。对敌人的宽容就是对革命的犯罪！现在保安队，自卫团又卷土重来，他们又要来消灭战斗队，困死东岱人，没有他们的反扑，也就没有你们认识的再提高。你们之前自发性的战斗行动是有局限的，因为你们当时没有革命的理论指导。现在，你们走进了共产党领导下的革命队伍，今后的斗争方式要更加科学，从自发性转化为自觉性……”在场所有的人都在聚精会神地听政委讲，尤其是林志龙，几乎要把政委的每句话都记在心坎里，他钦佩政委深入浅出地给他和灼叔灌输革命的道理，此刻，他的心灵第一次接受了革命的洗礼。

老可接着语重心长地对林正灼和林志龙说：“我希望你们回去之后向全体战斗队员传达工委对东岱战斗队的评价，让大家积极讨论，提高认识。”说完，便请工委书记、支队长对东岱及其周边地区的下一步工作进行部署。

凌尚武说：“东岱区队从今日起要服从地下党的指示，一切行动听指挥，能做到吗？”正灼和志龙不约而同地站起来答道：“坚决做到！”凌书记满意地点点头：“下面我说两件事：（一）东岱区队和各乡镇武装力量，立即行动起来配合本乡镇贫农团开展抗租抗税的斗争，组织人员站岗放哨，提高警惕，做好战斗准备，防止敌人入侵抢粮，保护夏收，给各乡镇农民一个安全感。贫农团要广泛、深入地动员贫雇农不给地主交一粒租谷，不向反动政府交纳任何名目的捐税，最大限度地减轻农民负担。只有这样，贫农团和战斗队才能在本乡镇站稳脚跟，发展壮大。（二）从支队抽调一批队员，对围困东岱、据守蝉步村的保安连进行突袭，解东岱之危，支持周边乡镇贫农团抗租抗税的斗争。通过这次行动向保安连发出警告：共产党游击队已向外扩展，此地不宜久留，否则必死无疑！目前敌人的主力已开到罗源一带寻找兄弟支队决战，以报大小北岭失利之仇。我们要利用这个空隙消灭杂牌军，壮大我们的队伍。如果保安连和地方反动武装提前向东岱攻击，东岱区队就边打边向山上撤，游击支队将从背后打击敌人，我们两面夹攻，将他们一举消灭！如果敌人的主力提前返回连江，我们就分散隐蔽到山里去，没有命令不准出击。东岱贫农团要严密监视自卫团的活动，找机会抓一些俘虏交支队部处理。对待俘虏我们要按解放军的政策办事，缴枪不杀，不虐待俘虏。”

会议结束时，小珍珠拿了一大沓油印本分发给从各乡镇赶来开会的同志，其中有《中国人民解放军宣言》《目前的形势和我们的任务》《论联合政府》《论解放区两个战场》等著名文章。会后，老可还把林正灼、林志龙留下来叮嘱了一番。

七月六日这天，阳光灿烂，农民们都在田间忙碌，每家有劳力的女人都在田里割稻，男人则抱着禾兜使劲甩向禾桶，发出一阵阵“嘭嘭”的响声。老人小孩在晒谷场摊开卷筒竹垫晒谷，今年的夏收，农民们的心情都特别好，往年，他们要向地主交六七成的租谷，到夏收结束，往往自己所剩无几，要是遇到年成不好，也要和地主对半分，最后落得对天长叹。今年贫民和佃户们不向地主交一粒租谷，不给反动政府交一分钱的税，所有的收成都可以归自己，有事由贫农团担着，由共产党顶着。东岱区队的队员们荷枪实弹在道口站岗放哨，在田野里巡逻，地主们见此情形，再也不敢派人到田里称谷收租了。

“自卫团”是地主资本家的走狗，前些时被林正灼他们缴械驱逐之后，对林正灼的这支队伍更加的仇视，这几天他们不是在地主资本家家里喝酒攀谈，就是跑到蝉步、浦口游荡，处心积虑，伺机报复，尽管他们和保安队都不是东岱区队的对手，但这帮人一天不走，东岱的老百姓心里总是不安。

天黑了，林志龙从队部回家，刚走进自己的屋里，背后就有一个人慌慌张张地把门关上，林志龙听到动静，机警地闪到一边，提起驳壳枪喝了一声：“谁？”黑暗中一个女子气喘吁吁地答道：“别误会，我是娇西。”林志龙忐忑不安地问：“有事吗？”娇西拉着林志龙的手说：“有事，先给我一杯茶。”林志龙划了一根火柴，点亮了煤油灯，又到厨房茶桶里倒了一杯温热的茶水，心想如果不是事态紧急，娇西不会是这种状态，他预感到事情不妙，安慰道：“先喝杯茶，喘口气再慢慢地说。”娇西把林志龙当作小弟弟一样，喝完茶掏出手帕揩揩嘴，又擦擦额上的汗，开口说：“我是从县城走小路赶回来的，都快把我累死了。今天早上我坐船到县城探望我姑妈的病情，走到蝉步被保安队拦住检查，我又碰到了那个保安连长薛雄，他硬拉我留在浦口做客，我不肯，坚持要到县城。他跟我说就是到了县城，这几天也不能回东岱。从他的神态和语气中，我觉得其中有隐情，他为了讨好我，经不起我再三追问，说出了今晚十二点保安连要袭击东岱的计划。他们在一个军统特务王小姐的指挥下，要来活捉灼哥，杀死战斗队、贫农团所有的人。你们赶快做好准备！我是偷跑回来的，为了不让他们发现我回东岱报信，我还要连夜赶回县城。”林志龙激动地说：“娇西姐，你的情报太重要太及时了！我代表区队、贫农团和东岱的乡亲们感谢你！”看着她风尘仆仆，疲惫不堪的样子，林志龙陷入了沉思。她虽长得如花似玉，让人倾倒，但恶人们一旦发现她的图谋时必定会毫不留情地对她进行折磨和摧残，要了她的性命。林志龙多想和她谈谈他所知道的革命道理，动员她和以前的生活作风决裂，和革命者一起战斗，为她的家人，也为全中国受苦受难的老百姓复仇，去消灭共同的敌人，创造美好的未来。然而时间紧迫，显然说什么都来不及了。娇西一刻都不肯停留，嘴里重复着：“今晚十二点，赶快做好准备！”说完便匆匆离去，林志龙见她在黑暗中消失，徒然产生了强烈的爱护心情，立刻跑到队部派了两名队员，从小路与她保持一段距离暗中保护着她，把她安全地送到了县城。

福建第四清剿区指挥部特工人员已得到可靠的情报，东岱战斗队被连江沿海地区共产党收编，林正灼和林志龙到定安接受了任务。陈维金怒火万丈，打算派人前往浦口，将薛雄以玩忽职守、贪生怕死、叛变求饶的名义就地正法。由副连长指挥保安连杀进东岱消灭战斗队和贫农团，一举控制东岱，扼制敖江口。王秀英得知之后，向他进言道：“郑乃一他们在罗源，姚大旺在黄岐、苔绿一带，县城兵力不足；眼下正是用人之际，请指挥官给薛雄暂记一笔，要他戴罪立功，如再贻误军机，战斗不力，再杀他个二罪归一，如何？”陈维金沉思了一会，便顺水推舟地说：“就照你的意思办，不过你要派人督战！”王秀英巧言令色地说：“全力支持指挥官是我分内的事，我亲自带特工去。”陈维金如释重负，他从上到下打量着王秀英，觉得今日的王小姐，美如天仙，柔情万般，见不到军统特工横行无忌的半点影子。他搔了搔头皮，用两只手指在鼻梁上提了提金边眼镜，喜笑颜开地说：“有你这位巾帼英雄跨马上阵，本人何惧之有？保安连和各乡镇自卫团由你全权指挥，有违令、脱逃者任凭你就地处置。”他又补充道：“我们出兵袭击东岱，共产党游击队绝不会袖手旁观，要当心螳螂扑蝉黄雀在后！你手下只有一百多兵力，这些人的战斗力和郑乃一的特务营相比，有天壤之别，和姚大旺的侦缉队也相差甚远，但你指挥若定，整军有方，有你在，我深信保安连定能立下奇功，为党国增光添彩。”王秀英心想，尚未出征就给我戴了诸多高帽，真是一位甜言蜜语的可爱的君子。她谦逊地说：“指挥官，你高瞻远瞩，就别夸我了，把你的部署都摊开，我遵令执行就是了。”陈维金摆出一副谦谦君子的模样说道：“搜集情报，侦破敌情，追捕敌人，在刀光剑影中格斗，你是专家，我甘拜下风。”他抱拳向王秀英作揖，“我担任指挥官以来，一直都诚心地向你们这些精英学习，这绝不是客套话，每次战斗之前总是聆听各位高见，集思广益。你说我高瞻远瞩，实不敢当，只能说我在这个位置上，有调兵遣将之权，有最后的决定权，其他的真谈不上。”他边说边摊开一张连江县地形详图，“这张图是过去日本人画的，所有的山川、乡村、道路都标注得很清楚。”王秀英凑了过去，陈维金指着图说：“蝉步与浦口隔江相望，距蝉步下游三里多地就是东岱，这三个地区都地处敖江口。百胜、晓沃、道沃则都在绵亘的云居山脉后方的闽江口东海之滨，那里的村庄几乎都有共产党游击队在活动。目前他们究竟有多少人，只能从你们搜集的情报中进行大体的估计，现在的麻烦在于，被‘赤化’的老百姓动不动就发生骚乱，你要接受保安连被围的教训，只有夜袭才能取得奇效。否则借用共产党的话说就是‘掉进了人民战争的海洋’就不能自拔了。”陈维金说到这，用拳头在地图上砸了砸：“你指挥人马打东岱，我命令东岱、晓沃和浦口的自卫团全力配合，一旦你们被围，我让自卫团协力，就是拼到弹尽粮绝，兵丁所剩无几也要让你脱离险境。如能得手，你要守住东岱制高点，把住镇子的东、西、南、北四门，随时和指挥部取得联系。一旦出现战斗拉锯，凭你王中校的能耐，至少能给他们一个血的教训，等我们的主力返回之后再合力消灭他们。”

经陈维金的指点，王秀英指挥保安连夜袭东岱有了比较充分的思想准备，心里也踏实多了，她对指挥官的认识也深了一层。领命之后，她脉脉含情地和指挥官握手告别。

王秀英带了四名特工人员到了浦口，召集了保安连排长以上军官和有关人员召开了紧急会议，她首先宣读了福建省第四清剿区指挥官陈维金的手谕，而后以不容分说的口吻布置了七月八日夜袭东岱的行动。提起王中校的军统神威，任谁都会心惊胆战。今天众人仔细地领略了王小姐的风韵和神采：她很美，美得流溢出强烈的性感；她很娇柔，娇柔得堪称绝代佳人；她很刚毅，刚毅得透出凶光，使人望而生畏；她很少笑，但一笑却很迷人，能勾魂摄魄。只要对你一笑，她的笑容会在你的脑海中经久不灭，她确实是上天和地府共同造化出的美女和魔女的结合体。

就这样，保安队严密封锁了东岱出入口，严格盘查过往行人。野公鸡薛雄见到娇西怕她受惊，将她拉到偏僻处耳语了一阵，再三警告她千万不可泄露机密，否则他将受到军法制裁，军统的王小姐也绝不会放过她。

蝉步地区的村庄都建在临江的高坡上，总共有一二百户人家，多数都是渔民。蝉步的轮渡码头与浦口轮渡码头相对应，客轮一天到晚不停地往返，是敖江下游重要的口岸。

八日深夜十二时整，薛雄带着一个排的保安兵从蝉步出发，摸黑刚到石灰窑附近，就遭到了预先埋伏在浦堤下的游击队的迎头痛击。游击队用上了在晓沃“自卫团”缴获的枪支弹药，今晚正好来个以夷伐夷，机枪步枪对着黑乎乎的队伍猛烈扫射，一个个手雷在对方混乱的人群中爆炸，火光闪亮，惊天动地。保安兵当场就倒下了一批，余者连滚带爬，像乌龟一样都缩到阴暗的隐蔽处去了，游击队找不到目标也停止了射击。未死的伤兵发出可怕的叫唤和痛苦的呻吟声。凌尚武和身边的两个人耳语了一阵，便有人高喊：“我们是共产党游击队，你们被包围了，缴枪不杀！我们优待俘虏，如敢反抗，坚决消灭！”游击队员都穿着黑色的制服，戴着缝有红五星的八角帽，保安兵穿着黄军装，只要枪响弹爆，火光闪烁，双方的人员便一目了然。这时听见保安兵隐藏的地方传来了杂乱的脚步声和低沉严厉的呵斥声。看来当官的在督战，当兵的毫无反应。又过了一会儿，保安兵阵营发出一阵枪响，紧接着传来一声粗暴的呼喊：“给我打！冲啊！”在上峰的督战下，保安兵漫无目标地向黑暗中射击，这时游击队借着枪弹的闪光一阵排子枪，把前面的几个保安兵撂倒了，后面正欲跟上的兵又趴在地上不动了。游击队这边又喊：“缴枪不杀，顽抗到底死路一条！”

保安队那边响起了凄厉的声音：“打死一个共党重重有赏，贪生怕死就地正法，冲啊……”喊声刚落，一颗手雷就在保安兵的阵地上炸开了……

此刻在一个隐蔽处，特工人员用步话机向王秀英报告：“王站长，王站长，先头部队在蝉步北面二百米处，遭到共产党游击队伏击，火力凶猛，我方伤亡惨重，经观察，敌军有五六十人，无后续部队运动迹象，请明示。”这时的王秀英全副武装，戴着船形帽、腰插两支手枪，和特工人员、保安连副连长、排长站在浦口的轮渡码头，心急如焚地关注着战斗的事态。从枪声判断，薛雄带的一个排，已遭到游击队的伏击，她凭借职业的敏感，断定游击队的伏击时间和地点是预先选定的，必是有人提前通风报信。听了特工人员的报告，她更证实了自己的判断，只见她咬了咬嘴唇，冷笑了一声，心想：“你们能‘明修栈道，暗度陈仓’袭击晓沃，我为何不能声东击西呢？”她接过身边特工人员的步话机话筒命令道：“小李，告诉薛雄，坚决还击，后备队立即赶到，没有命令不得后撤，违令者，杀！”她转身又命令保安连副连长带着队伍立即分坐三艘大舢板，顺流而下直达东岱北门兜，由东岱‘自卫团’带路，直捣战斗队队部和贫农团团部，而后占领演宫后面的红墓山，待天亮后和薛雄联系再作打算。

东岱的战斗队、贫农团家属现在已全部撤到后山阁，在山中的草棚里安身，贫农团分散到镇里巡逻，挨家挨户地通知村民：听到枪声闭门勿出，以免黑夜枪子伤人。等战斗结束后才可以出门。战斗队除了在西、南、北三门各布置了两名岗哨外，其余的人员都已撤至半山腰，等待支队的命令。

保安队三艘大舢板行至北门兜江边搁浅，船上的人陆续跳下，欲占领北城门。淌水声、脚步声惊动了榕树下的两个哨兵，他们首先向空中鸣枪报信，然后在夜幕的掩护下边射击边向后山撤退，保安队一枪未还，一部分弯腰弓背登上了城楼警戒，一部分撞开了宫门，拥入宫殿按亮手电在殿堂各个角落搜索。王秀英的眼睛盯着两个向山边撤退的哨兵，心中把握着两个哨兵放枪的规律，她想，不能让他们继续报信了，凭她夜间练就的目光和百发百中的枪法，她可以让这两个哨兵就此原地安静下来。想到这，她向前跑了几步，瞅着两个哨兵的身影，双手左右开弓就是两枪。枪声一响，只见一个哨兵“哎哟”一声，滚下山坡，另一个哨兵就地扑倒，一声未吭。王秀英不屑一顾，命令保安队副连长留下一个班，由自己亲自指挥守住北门，其余三个班由自卫团引路，直捣陈氏宗祠。此时陈氏宗祠大门敞开，保安队两挺机枪开路，边射击边往里冲，祠堂里除了桌、椅、板凳和空床外一无所有，特工人员对着步话机喊道：“王站长，队伍已占领陈氏祠堂，未遭抵抗，不见人影，从迹象表明先有防范。”步话机另一头的王秀英听得清清楚楚，她咬了咬嘴唇对着步话机回道：“小陈，放弃陈氏宗祠，直捣贫农团团部，搜查主要‘匪首’的家，有反抗者，就地正法！”这时，由于枪声示警，后山阁又撞响了大钟，那声音震撼大地，撕裂夜空，犹如阵阵的怒涛在敖江口奔腾不息……

保安队听到钟声，个个心有余悸，生怕又被东岱人包围。王秀英听见这钟声也心烦意乱，感觉这声音像榔头一样槌击着她的心，十多年出生入死的军统生涯，她耳听枪声、炮声，眼见刀砍剑刺，人头落地，鲜血喷涌，内心从没有颤抖过，而今这种莫名其妙的钟声却使她心烦意乱，她气冲冲地问身边的章德龄："后山阁钟声到底是为敌人送终（钟），还是为我们送终？"章德龄低着头不知如何回答。王秀英烦躁地嚷道："我真想放一把火，把东岱所有的人，包括你们自卫团统统烧成灰！"她急匆匆地领着几个人向前冲去，边走边回过头来命令章德龄："把北门给我看好了！天亮之后，给我把后山阁的大钟砸烂！"

手边步话机这时又传来了声音："王站长，搜索班把贫农团团部砸得稀巴烂，仍不见人影，看来也有准备。"自卫团的人发现有一个叫谢枝亨的是贫农团骨干分子，仍躲在家里顽抗，现正在围捕。王秀英命令道："给我抓活的！"

蝉步方向，枪声依旧激烈，成批成批的手榴弹不断爆炸，火光阵阵闪亮，游击队和保安队展开了拉锯战，游击队打算在原地消灭保安队，结果对方增加了后备力量，他们执行着王中校的命令，死死地拖住游击队。黑夜里双方打得难分难解，尚武发现敌人增加了兵力，听到东岱方向的枪声和钟声，判断东岱已落入敌手，对眼前的敌人必须速战速决。他和几个干部咬了一阵耳朵，然后向空中连射三发枪弹，游击队员甩出了一排手雷，爆炸声刚过趁着硝烟掩护全体跃起，边喊边向敌人猛烈开火，敌人被打得蒙了头，活着的纷纷滚下山坡，被游击队火力压得再也抬不起头。特工人员在步话机里呼叫："王站长，共产党增兵火力凶猛，我方死伤惨重，已无力还击，现退至江边，无险可守，请明示。"王秀英带人来到了贫农团团部，急得像热锅上的蚂蚁，忽听见一自卫团班长喊：“谢枝亨已上了屋顶。”她急忙下令：“别让他跑了，杀！”只听“叭”的一声枪响，谢枝亨被撂倒在屋顶，接着顺势滚下二楼被栏杆挂住了。

王秀英咬了咬嘴唇：我不杀给共产党通风报信、毁我全盘计划的人，誓不为人！”他从特工手里抢过步话机嚷道：“小李，命令队伍撤回浦口，由陈为庆掩护！”

江边的敌人接到撤退的命令，争先恐后、惊慌失措地爬上轮渡，浦口岸上陈为庆的队伍用密集的枪声，掩护着这帮人逃命……

凌尚武又命令机枪射手对着东岱方向的空中点射三枪，这是支队预先向东岱区队约定的开始夹攻的信号。王秀英也担心两面受敌，为共产党的“人民战争海洋”所淹没，她用手电照了照手表，时钟指向四点半，然后盘问了自卫团团长，了解了涨潮的时刻，而后急速命令部队，跑步到北门兜上船顺潮回浦口。区队追杀着敌人，但由于敌人火力猛烈，天黑潮急，被他们逃脱了。

东岱区队和凌尚武带领的游击中队在南门兜会师。天已蒙蒙亮，林正灼跑到支队长面前敬了一个举手礼，激动地说不出话来。支队长兴奋地告诉东岱的同志，蝉步的敌人伤亡惨重，被击溃了，我方只有三个轻伤。林正灼向支队长报告东岱的群众按原定方案撤离，没有受损失，只是战斗队林红妹同志、贫农团谢枝亨同志牺牲了，还有翁平同志负了重伤。支队长以沉痛的心情告诉林正灼，要按东岱的风俗给牺牲的同志举行隆重的追悼会，优抚其家属。受伤的同志要立即请东岱名医治疗。支队长再三交代贫农团、区队的同志继续做好抗租、抗税的斗争，准备迎接新的战斗。

第五章

风暴席卷闽江口，先展东风一面旗

云居山脉的闽江入海口有一个村庄，村里有四百多户人家，都以耕种捕鱼为生，村子临海处的宽阔港湾终年风平浪静，是渔船商船停泊的好地方，因此，这个村庄被命名为碇湾村。

相传元朝末年，天下大乱，群雄四起，朱元璋历经十数年征战，把元世祖赶往漠北，定鼎南京。那时福建被陈友谅盘踞，依仗八闽雄关险隘，与朱元璋分庭抗礼。于是，朱元璋下令制造数百艘战船，亲率水军征讨，船队一路浩浩荡荡从浙江海门驶向福建沿海，途径闽江口时，被江心形似五虎的巨礁挡住了去路，霎时间狂风大作，惊涛骇浪，朱元璋呕吐不止、头痛难忍，船队不得前进，全军上下焦急万分。军师刘伯温上观天象，下察地理，当即明了朱元璋的病因，他带领一批将士弃船登岸，向当地村民询问是否有别的水路可以驶抵三山城。一位老者告诉刘伯温，五虎礁的左面还有一条港道，只是由于泥沙淤积久不通路。刘伯温在村民的指引下前往勘察，只见杂草如蓬，芦苇丛生。一行人的脚步声惊动了芦苇丛中的一头野猪，这头猪浑身乌黑，皮毛发亮，奔跑如飞，刘伯温见了，拈须微笑说："亥猪戌狗，两相和谐，我主洪福不浅。"于是，他决定开掘淤港，绕道五虎，趋江直上。他下令纵火焚烧芦苇杂草，又连夜集中工匠打造铁齿钉钯，安装于战船船底。一切准备就绪，待到潮水猛涨，海上狂涛奔涌之时，朱元璋的船队绕过五虎礁向乌猪出没的港道急驶，淤泥经湍急的海潮冲击，被船底铁齿钉钯扒扫，腾出了一条深阔的水道。朱元璋的病不治而愈，他精神抖擞地指挥船队沿江直上，直抵三山城，最终消灭了陈友谅的主力。大战告捷，全军上下莫不欢呼踊跃。

凯旋回师金陵途中，朱元璋率领船队在碇湾村停泊，因心情大好，他兴高采烈地和村民攀谈。村民告诉他，这个村庄自古以来就是船只避风的好场所，朱元璋听后一时高兴，把碇湾错听成是定安，脱口说道：此地名叫定安，真乃吉祥之地啊。皇帝金口玉言，从此碇湾村就更名为定安村了。那条乌猪出没的港道也被取名为"乌猪港"。

闽江口奔腾的浪涛冲击着五虎礁，激起数丈高的浪花，发出阵阵雷鸣般的巨响。乌猪港海风吹拂，海浪喧哗。潮起潮落，风云不定。定安阳光和煦，蓝色的港湾终年涌动着层层欢乐的微波。

中国共产党连江沿海地区工委开办的洋西党训班和山门后军训班全体人员会同支队的所有人员今天都将汇集到定安大庙里听五县中心县委书记兼总队司令林白讲话。工委机关和各乡镇的地下党书记、贫农团团长、武装干部也将一起来参加会议。这是近几年来人数最多的一次大会。天还未亮，陈珍珠就在山坡上背诵陈可珠最近写的几首诗。经过最近一段时间的刻苦学习，小珍珠不但会读、会写，能够理解诗词的含义，而且还学会了有表情地朗诵诗词。陈可珠鼓励她，要她一定让林书记大吃一惊，为了取得良好的学习效果，珍珠请工委委员吴杲同志当教师，在读音和动作表情上指导自己。吴杲让她依次朗诵《先展东风一面旗》《湖里杨梅》和《山堂荷花》这三首诗，诗中提及的地点都是林书记去过的，具有鲜明的地方特色，同时也是地下党的革命据点，有着特殊的意义。诗文内容如下：

先展东风一面旗

山崖盛开映山红，
安定杜鹃啼树深。
风暴席卷闽江口，
先展东风一面旗。

湖里杨梅

绿树丛中点点红，
湖里杨梅满山坡。
摇树采果红雨落，
山村飘荡甜蜜歌。

山堂荷花

村前荷池浮云霞，
绿云丛中开红花。

日间喜看鱼戏荷，

夜里清风香农家。

谁都没想到一个不太识字的姑娘，凭她的聪慧、虚心、好学，几个月的工夫就能认识两三千个单字，就能流利地阅读上级发下来的各种文件和报纸上的文章，充满感情地朗读老可写的诗歌，周围的同志无不赞叹。

说也奇怪，或许是小珍珠灵性所致，感动了大自然，大自然亦对她慷慨赠予，让群鸟齐鸣，为她伴奏。正当她声与韵，诗与情达到高度和谐时，突然听到有人大喊一声："好！风暴席卷闽江口，先展东风一面旗！有革命者敢教日月换新天的气魄。"众人收神回望，原来林白书记已挤在人群里，正对着小珍珠微笑。他接着问珍珠："这诗是谁写的？""是可珠姐姐写的"，小珍珠毫不掩饰自己的兴奋。"你的朗诵技巧，是谁教你的？"珍珠腼腆地答道："是可珠姐姐、是吴杲同志、是你林书记，还有很多同志教给我的，难道我朗诵得不好吗？""不，不，朗诵得好，朗诵得妙！"林书记反而不好意思地说，"我可没有教过你。"珍珠显然受到林白书记一种无形力量的感染，毫无顾忌地说："书记带领着我们走革命的道路，让我们领会到革命路上的真、善、美，也让我们在革命的风浪中锻炼成长，我们能有今天，难道不是书记您教的吗？"小珍珠说出这番话，心里想，我从来没有，也不敢在林书记面前说这么多话，今天是怎么了？我哪来那么大勇气，哪来的这么多激情的话脱口而出？她想到这儿便以求助的眼光望着人群中的吴杲和老可，好像在问："我刚才说的对吗？

没违犯什么纪律吧？”吴杲、可珠和在场的同志都向她投去亲切赞扬的目光。林书记掩饰不住内心的激动：“小珍珠，想不到没隔多久，我对你就要刮目相看了，你不仅是神枪手，还成了游击队的女秀才了。”他又意味深长地说：“你没有辜负你可珠姐姐和周围的同志对你的关心和爱护。革命队伍是大熔炉，什么样的人才都能熔炼出来。小珍珠啊，等革命胜利了，我一定送你到学校读更多的书，为建设新中国发挥你的聪明才智。”小珍珠听完，低头细声细气地说了一句：“我哪行呢！”

林白今年三十七岁，平头，国字脸，一双炯炯有神的眼睛，一副铁打钢铸的身材，说话坦诚，性格开朗，平易近人。他不仅是出色的军事指挥员，而且也善于做思想政治工作，在福建沿海一带，只要敌人听说“林白来了”，就好像平地刮起了一阵飓风，个个闻风丧胆。去年连江沿海地区支队消灭晓沃地区自卫团，林白把敌人的主力引到大小北岭，一顿痛揍，挫败了敌人不可一世的嚣张气焰，随后，他把敌人的主力引到罗源山区，让罗源游击支队和各乡武装人员牵着敌人的鼻子在山区打麻雀战，消耗敌人的力量，使敌人进退两难。达到战略目的后，他抽身组织五县中心县委的一班人马，分散到各县，动员党员干部和广大群众有钱出钱，有力出力，积草存粮，按党中央和闽浙赣地区党委指示开辟江南第二战场，同时在连江、林森、古田各县，大规模地开展抗租、废债、抗税、抗丁运动。连江县有了共产党的领导，在政治、军事斗争各方面都做了很多工作。今天林书记和部分中心县委的同志来到定安村，既是来表彰先进，也是来通报全国的斗争形势。

会议开始前，林志龙指挥与会者唱歌，大家以高亢、愉快的歌声欢迎林书记和中心县委的其他领导。“解放区的天是明朗的天，解放区的人民好喜欢，解放区的太阳永远不会落，解放区的歌声永远唱不完。伟大领袖毛泽东，救苦救难恩如山。今天我们解放了，全国人民把身翻。”

这首歌前几天由林志龙分别带到各训练班教唱，陈可珠政委布置学员一定要先学会，回到各乡镇后再广泛传唱，迎接即将来临的全国大解放。

林白书记和中心县委其他同志一进会场就和大家一起高歌欢唱，不少同志没见过这种场面，激动得热泪盈眶。歌声唱罢，林志龙又领着大家欢呼“中国共产党万岁！”“毛主席万岁！”“朱总司令万岁！”雄壮的口号声像巨浪一样在大庙里回旋，冲出天窗，响彻云霄，飘荡在闽江口，口号声和浪涛声汇集在一起，发出惊天动地的“隆隆”声响。

林书记在数百人的大会上以热情高亢的声音肯定了连江沿海地区工委近年来的战斗工作成果：“在艰难环境中发展了地下党；在国民党高官密集、地主横行的龙山村举行了农民暴动；在闽江口广阔的地区建立起二十个贫农团；发动农民抗租、抗税、抗丁、废债，做出了突出的成绩，斗倒了反动地主，清算了血债累累的恶霸；领导晓沃蛤蛏场工人罢工，为沿海的渔工争得了工作和生存的权利；开展了卓有成效的武装斗争，建立了一支勇敢善战的游击队伍，抗击并打垮了敌人多次围剿，消灭了三个乡镇的反动自卫团，建立了以定安为中心的大片红色游击区，并按照毛主席《中国社会各阶级分析》和《中国土地法大纲》的精神在定安村开展了划阶级成分，分田分地的试点工作……”

林书记把手一挥，以总结性的口气说：“眼前的斗争形势，就像陈可珠诗句中所写的那样，风暴席卷闽江口，先展东风一面旗。”随后，林书记又介绍了全国的形势，交代了工委下一步的工作任务。会议的末尾，林书记代表五县中心县委和游击总队对坚持在连江沿海地区进行艰苦卓绝的斗争的凌尚武、陈可珠、陈天源、吴杲、郑荫敏、梁秋金、邱金娣等二十多名优秀的地下党党员和游击队干部进行了表彰，并对邱和明、林金福等二十多名为党的事业、为建立新中国而献出宝贵生命的烈士表示了沉痛的哀悼。此时，全场群情激奋，个个热血沸腾。哀悼结束后，林书记亲自指挥大家唱起了新四军军歌：

“光荣北伐武昌城下，血染着我们的姓名。孤军奋战罗霄山上，继承了先烈的殊勋。千百次抗争，风雪饥寒；千万里转战，穷山野营。

获得丰富的斗争经验，锻炼艰苦的牺牲精神，为了社会幸福，为了民族生存，一贯坚持我们的斗争……

大会结束了，大家在心中的这首“新四军军歌”久久不息，为了完成烈士未竟的事业，打倒国民党反动政府，推翻蒋家王朝，建立新中国，大家精神振奋地奔赴各自的岗位，准备迎接更加残酷的考验。

第六章
兵无常势，水无常形

（一）

连江县的正北和西北方向与罗源县接壤，正西与西南毗邻福州郊区，正东与东南部临近东海，东北方则紧靠罗源湾。

敖江是一条贯穿连江全境的大江，上游的江水在西北的古田、怀安、罗源三县交汇，流经小仓、潘渡到县城，总计七十里；下游自县城（敖江镇）向东一折再折流经浦口、东岱、筱埕入海，共计六十余里。江流把全县地面隔成南北两半。县城在江北，仅靠一座十六孔、长五十丈、宽一丈六、高两丈九的石桥通往南方。该桥名曰“江南桥”。下游的人，则以民间渡船往返于南北两地。全县只有一条二十里长的公路通往官头镇。从官头坐轮船或汽车，走上四十五千米的路程，便可直达省城。如果在县城乘船走水路顺流而下，绕圈入闽江，再从乌猪港出发，也能直抵福州，行程约八十千米。

敖江的上游崇山峻岭，水流湍急。遇到溪洪暴涨，犹如万马奔腾，汹涌澎湃，常常冲决两岸防堤，淹没农田。下游潮汐来时，风挟浪涌，如遇大潮加台风，水位突高，海啸排山倒海，更是给大片圈垦田园和辽阔的滩涂水产养殖业带来毁灭性的破坏。面对洪水、海啸给沿海地区人民造成的惨重损失，国民党政府从不过问，为了打内战消灭共产党，他们在福建沿海地区不仅成立了第四清剿区指挥部，还把连江划成六个绥靖区，对共产党游击队和实施反抗的民众进行疯狂的搜捕和残酷的镇压。

陈维金刚到任时，信心满满，扬言在半年之内消灭沿海地区的地下党、游击队。然而事与愿违，一年过去了，地下党游击队不但没有被消灭，反而愈战愈强，不断发展壮大，他们把沿海地区的人民动员组织起来，与国民政府针锋相对，把陈维金指挥的队伍和各地的反动派打得焦头烂额，几乎陷入“四面楚歌”的境地。最使陈维金伤心的是，夜袭东岱的失利打乱了他全盘的绥靖计划。但他是一个踌躇满志不甘失败的人，尽管屡吃败仗，他仍决心重整旗鼓和沿海地下党、游击队决一死战，凭他手中的实力和福州绥靖公署的全力支持，一定能令沿海地区的百姓“重足而立，侧目而视。”他和指挥部的参谋机要人员及保密局的王中校密谋，准备召开第二次清剿会议，来个亡羊补牢，扭转战局，在党国危难之际，切实确保福建沿海地区的这块阵地，向朱绍良主任做出满意的交代。

今天，他把王秀英、郑乃一、徐福生、姚大旺、指挥部机要参谋林思义、省水警大队长何明、海军陆战队营长黄智、指挥部粮秣主任陈炳英、财务处长黄禧、六县警察局长、六县保安队队长、县党部书记长、六县县长等人召集到指挥部会议室，召开紧急会议。

去年这时候，陈维金的脸还是白里透红，今年不但变黑了，还更加消瘦了，眼角出现了明显的皱纹，表情也不像往年那样笑容满面，显得严肃而沉郁。与会者都在尽情地吸烟、喝茶，个个吞云吐雾，会议室烟雾腾腾，不时响着茶杯盖清脆的“咯咯”声。在座的谁都不想说话，目光相对时，只是应酬性地点点头，大家心中都有数：今昔不同往日了。

陈维金用手指扶了扶金丝眼镜，叹了一口气，看来他在控制自己的情绪。姚大旺张着蛤蟆嘴直望着陈维金；王秀英专注地用手梳理柔发；郑乃一玩世不恭地吐着烟圈，其他的人名为喝茶，实际上都在等待指挥官讲话。

陈维金端起茶喝了一口，而后面带沉痛地说：“我首先向诸位宣布一个我不愿处置，但又不得不处置的事件：连江县保安连原连长薛雄，为了一个女人，玩忽职守，在率领全连官兵到东岱去查处政府战备粮被抢之事的时候，擅离队伍和一个女人勾搭，不但本人被东岱武装匪徒捉拿，还害得全连被缴械，班排长们惨遭毒打。这个薛雄被俘后居然还向匪徒磕头下跪，贪生求饶，甚至还签署了悔过书，完全丧失了一位军人应有的气节！是可忍孰不可忍！我指挥部署第二次夜袭东岱的战斗时，本想让他戴罪立功，不想此人不但不思悔改，尽忠报效党国，反而变本加厉，继续勾搭当地妖妇，泄露军情，致使夜袭东岱计划全盘破灭，保安队伤三十多人，亡三十多人。要不是王秀英中校英勇果断，随机应变，指挥若定，参战人员恐怕早已全军覆没了！”陈维金越说越激动，最后愤怒地几乎说不出话来，他背过脸去，取下眼镜，用手帕装模作样地擦了一阵眼睛，给部下留下了“孔明挥泪斩马谡”的印象。会场上的人交头接耳，大都表达了对指挥官英明果敢的敬重和对薛雄死有余辜的愤慨之情。陈维金还想说，失去了东岱，犹如孔明失了“街亭”，失了“街亭”，就再难扭转被动的局面了，可话到嘴边，他又咽了回去。

为了强调东岱地理位置的重要性，他调整了一下自己的情绪，继续提高嗓门说：“东岱是连江沿海地区难得的屯兵之地，地处敖江两岸的咽喉地带，后方高耸的永贵峰与马祖岛隔水相望，山脉起伏，地势辽阔，居高临下可俯瞰闽江口和沿海周边的滩涂，可以控制住百胜、晓沃、道沃和周围几十个乡村。同时，东岱还是敖江下游南岸的粮食集散地和集贸、文化、教育中心。占领控制了东岱，共产党以定安为中心的湖里、洋西游击区就无法向外扩张。他们在定安的巢穴，仅利于隐藏，我们占领了东岱就能置他们于死地，我苦心翻阅了许多资料，多次与薛雄等人晓以利害关系，可惜，此人愚蠢至极，无动于衷，以致丢失了如此重要的战略要地！此人犹如得了绝症的劣马一般无法驾驭，无法挽救，罪无可赦！指挥部已呈报福州绥靖公署批准，决定对薛雄处以极刑，以儆效尤！还望诸君引以为戒，精诚团结，尽忠党国，共赴国难。”话音刚落，徐福生说了一句俏皮话：“这种‘野公鸡’早就该杀了，给兄弟们下酒。”一句话，使得会场的严肃气氛缓和了不少。在这些正规军的军官看来，杀一个杂牌军的连长根本算不了什么，更何况此人罪有应得。陈维金继续说道：“由于丢失了东岱，指挥部对沿海地区的剿匪部署进行了重新调整，所谓兵无常势，水无常形，请诸位各负其责。命令：姚大旺、何明为前线正副指挥，各率两个中队，火速围剿定安村，铲平共党游击队的据点，根据可靠情报，目前留在定安的匪首只有陈可珠一人，战斗人员不足一个排。务必活捉陈可珠，全歼游击队！‘蓝鲸’和‘白鲸’负责从官头把队伍运至定安，不得走漏半点消息！这次的兵力是共党的十倍，只许凯旋，不许败北！”姚大旺和何明听罢，十分愉快且信心十足地接受了军令。接着，陈维金命令王秀英迅速重组东岱晓沃“自卫团”，并和百胜、浦口建立联防，夺回东岱晓沃的控制权，铲除贫农团，务必让地下党在这几个乡销声匿迹。

看着王秀英妩媚的双眸和凹凸有致的身形，陈维金激动愤怒的心情多少平复了一些，他清了清嗓子，有条不紊地继续发号施令：“命令郑乃一率部迅速剿灭罗源湾的游击队，并将搜捕到的地下党人员及抓获的游击队员押解到连江，交特工审讯。林森、长乐、永泰、闽清各县须加倍努力，健全各乡镇的自卫团组织，不让共产党城工部有立足之地，相关工作由王秀英中校派员指导。各部队要迅速做好扩充兵员的准备工作。从罗源县保安和水警部队中挑选一百名士兵编入特务营；侦缉大队从林森、长乐县征募新兵一百二十名；连江县保安队从浦口、何山、敖江三个乡镇征集新兵六十名。经福州绥靖公署批准的士兵薪饷，由指挥部统一拨给。指挥部所属官兵每人每天增加一餐膳食，费用由连江县财政局列支，即日施行，不得克扣！”

最后，他饬令连江县保安连严密守护江南桥，保卫指挥部和县政府，并调拨一个排归王中校的特工小组指挥。

会议结束后，县参议长在江南村自家大院的厅堂里犒劳剿匪的“三军将士”及各县官员，县城有名望的绅士及其太太小姐皆光临作陪，热烈预祝“剿匪”部队早奏凯歌。晚间的宴会上，王秀英中校卸下戎装，身着青丝绒旗袍，窈窕中显露着丰腴，线条迷人，十分得体。她烫了一头时髦的短发，在眼影靓妆的衬托下，眼珠显得更黑，眼眶显得更大，神采奕奕，顿显妖娆。胸前佩戴的彩色钻石项链闪耀着奇光异彩，浑身散发着幽香，在郑乃一、徐福生的陪同下，她风情万种地走进亮如白昼的大厅。那些女眷们都以为是省城哪个达官贵人的眷属，一窝蜂地向她拥来，大献殷勤地和她寒暄，当陈维金向捧场者隆重介绍王秀英时，在场的人都呆住了，没想到这个气质出众的美人就是保密局福州站副站长、“枪口指处鬼神惊”的王中校！看着眼前的画面，谁都不会把这朵盛开如桃花的尤物和杀人不眨眼的女魔头联系到一起，今晚，王秀英在众多女眷之中真可谓是鹤立鸡群，就是号称有闭月羞花之貌的连江党部书记的姨太太，在她面前也显得相形见绌。面对魅力无限的王小姐，在场的男人们哪管得了什么杀人手黑的威慑力，个个都想一亲芳泽，他们像发了狂似的围拢过来，分开女眷，争先恐后地和王小姐攀谈、握手。

宴会的菜肴满是山珍海味，令人目不暇接；席间人们的吹捧之词此起彼伏，一声高过一声；姚大旺等人胡言乱语，不着边际的大话简直可以化腐朽为神奇，引得在场众人哄堂大笑；官僚绅士们“借花献佛”觥筹交错，杯盏碰击和狂笑之声，震耳欲聋，这帮人一直闹到深夜，一个个喝得东倒西歪，把个宴会厅搞得狼藉不堪。

（二）

民国三十七年十一月十七日夜，明月当空，大地昏沉，乌猪港潮没沙岸，两艘炮舰响着轻微的马达声驶进定安港湾，炮舰涌起的波浪，拍打着岸边的礁石，一会儿上涌将礁石淹没，一会儿又露出礁石。当炮舰停稳，马达关停后，舰上的水兵拿起标杆插入水中，开始探测水位的深度，得到准确数据后，便向姚大旺报告。此时，整船的士兵在姚大旺和何明的指挥下整装待发。为了争取时间，给陈可珠一个措手不及的打击，姚大旺急不可耐，命令两艘舰艇上的士兵迅速向岸上架设浮桥。嘈杂的架桥声响惊动了村口的游击队岗哨，哨兵飞报敌情，这时游击队的大部分队员都在各村帮助贫农团开展反霸锄奸的工作，村里只有老可和二十多名队员留守，情况非常紧急。老可得知敌情后当机立断，让队员们分头通知群众迅速向云居山转移。她带着小珍珠跟随哨兵来到岸边隐蔽处，对敌人的数量和战斗意图做了进一步的估量和观察，看着眼前雄壮的炮舰和数量众多的黑影，她清楚地意识到，今晚敌人夜袭是做了充分的战前准备的，来者不善、事出突然，这么大规模的军事行动，地下党的内线同志为什么没有事先传递出情报呢，老可想到这，隐约地感到了一丝不安，不过幸好哨兵警觉，敌人架设浮桥又耽误了时间，否则自己身边的这些同志和全村的男女老少，将遭受惨重的损失。此刻，她的思维正在急速飞转，思考着下一步的应对方案：假设小分队和老乡一起撤至云居山，敌人扑了空，势必会丧心病狂，在村庄横行无忌，放火抢掠，整个村庄将被洗劫一空，如此一来，就更加助长了敌人的嚣张气焰，假如带着身边的队员和敌人硬拼，那无疑是鸡蛋碰石头，毫无胜算，正中了敌人下怀；看来，唯一能做的，就是先让群众安全转移，自己和小分队在山头上利用地形优势和敌人周旋，把他们引出村庄，再利用夜色的掩护声东击西，让敌人产生被包围的错觉，首尾难顾。敌人远道而来，对定安周边地形不熟，如果能成功迷惑敌人，让他们知难而退，便是上上之策；如果自己的意图被敌人识破，还可以利用熟悉的地形，将他们引到离定安较远的地方，消耗敌人的精力，待到退潮之时，敌人必定会随船撤离，那时便可保村庄无虞。当她把自己的设想告诉小珍珠和其他队员时，大家都对这个计划举双手赞成，一致表示服从命令听指挥。就这样，小分队护送完最后一批转移的群众，便趁着夜色爬上后山，消失在茂密的树林里……

姚大旺和何明凭借兵力和武器的绝对优势，根本没把几十名游击队员放在眼里，他们活捉陈可珠心切，命令部队迅速完成对定安村的包围，同时还派出一个侦缉分队占领了村后的山头，以防万一。侦缉队和水警队各抽调一个中队进村，挨家挨户进行搜捕，如遇游击队突围，以枪声为令，一鼓作气，猛扑围歼，若见女共产党只准活捉，不许打死，违令者严惩。布置完毕后，队伍开始行动，整个村庄响起了“砰砰”的砸门声、清脆的枪声和士兵们断断续续的喝骂声。士兵们踹门进屋，见房中无人，便个个亮起手电翻箱倒柜，搜寻值钱的东西……

折腾了好一阵，结果发现全村只有三户地主未逃，其余的三百多户人家全都不见踪影。捞到了钱财的士兵心满意足得意扬扬，没有收获的，便开始滥杀家禽家畜，砸锅扒灶，捣毁家具。整个村庄犹如遭到海啸冲击，一时间天翻地覆。姚大旺、何明和几个中队长陆续到了三个地主家中，有一个老地主见到姚、何，像见到了救星一般，泣不成声地高喊：“日盼夜盼，总算把国军盼来了，还望将士们为我做主，赶走千刀万剐的共党地下党和游击队，让他们还我租谷，还我田地，还我房屋，还我财产，还我自由！”姚大旺张着蛤蟆嘴激动而又急切地说：“我们就是来为你们报仇的，共产党呢？都逃到哪里去了？老百姓呢？怎么一个也没看到？”一旁的地主婆赶忙答道：“半小时以前就跑得不知去向了，你们可要抓住这些共产党啊，把他们统统枪毙，老百姓也和他们一样都坏了良心，要是抓不到他们，你们走了，他们还要回来的，那时我们就没命活了，长官，你们这次不走了吧？”何明不耐烦地答道：“行了行了，这次抓不住他们，等下次我们还会来的。”地主婆听到这，心里顿时凉了半截。暗暗抱怨道：“你们像走马灯一样，能有啥用！”就在这时，后山突然响起了密集的枪声，一个中队长急急忙忙跑来向姚、何报告：“游击队数十人向我把守山头的侦缉分队发起攻击；现已被我军击退，逃进了树林里。”姚大旺听完大喜，命令从村里的侦缉、水警队各派出一个中队的兵力跑步上山包围树林，务必全歼游击队，活捉陈可珠！

老可带领队员们攻击敌人占据的山头，目的就是要引村里的敌人上山。他们佯攻了一阵，退到树林里继续观察敌人的动静，这时发现敌人分兵两路从东西两侧爬上山岭向树林围来；夜色黑暗，能见度极差，这两支队伍离着有一段距离，互相看不真切。陈可珠心想：真天助我也！她带着队员们利用地形，跃进冲到东侧的敌人阵营附近，叫一个队员向着东边的敌人大喊：“赶快向我靠拢，游击队准备离开树林突围！”喊罢，朝西面的敌人猛烈扫射，西面的敌人遭到突袭蒙了头，队伍立刻散开，利用地形向游击队还击。陈可珠回头看到东边的敌人快上来了，又让一个队员高喊：“快！别让游击队突围，狠狠打！”喊完又向东边靠上来的敌人打了一阵枪，把他们压在山坡上，接着又让队员向东西两侧的敌人各扔了几颗手榴弹，然后趁着爆炸的烟雾掩护，带着队伍消失在密林深处。

这样一来，从东西两侧围上来的敌人都把对方当成了游击队，东面的侦缉中队集中了所有火力，对着对面突围的“游击队”猛烈地射击，西边的水警中队也不甘示弱，使出浑身解数，向着对面攻击的人群猛打猛冲。枪声爆炸声响成了一锅粥，山下的姚大旺和何明都兴奋得不得了，连连喊道：“这下圈住了，共产党跑不了！”此时枪战越发激烈，侦缉队和水警队互有死伤，你来我往，各自被对方的火力压得抬不起头，两边中队长觉得奇怪，游击队不是只有数十人吗，怎么有如此强劲的火力和战斗力？混乱之中，双方士兵又中弹倒下了不少，姚、何二人此时还在山下得意，他们命令司号兵，吹起冲锋号，让山下的士兵全体出动，上山围歼。凄厉的号声响起，被自己人的火力压制在山坡上的侦缉队这才明白过来，游击队早没影了，他们上当了，他们是在自相残杀！侦缉中队长声嘶力竭地对着对面的水警呼喊：“停止射击，别自己人打自己人，你我的队伍全被共产党耍了，全毁了！”歇斯底里的呼喊之声惊动了所有的士兵，消息传到山下，姚大旺和何明都惊呆了……

陈可珠和队员们此时已撤离了战场，他们站在远处的高山上，兴味正浓地观看敌人自相残杀，队员们对这位女政委的谋略无不钦佩：“政委！你真神啊！”陈可珠笑了笑：“感谢大家机智勇敢地配合，我们走吧。”说到这，她又意味深长地吟诵了一句古诗：“山重水复疑无路，柳暗花明又一村。”陈珍珠好奇地问：“可珠姐姐，你念的诗句是什么意思啊，可以和我们大家解释一下吗？”老可望着珍珠满是求知欲的大眼睛，微笑着用手摸了摸她的脸颊，像一个教书先生一样，边走边和大家讲开了……

（三）

农历十一月十二日，阳光气力不足，西北风刮得正紧，东岱迎来了挖番薯、晒薯米的好天气。下地干活的林正灼刚刨完一块番薯地，正准备把挖出的番薯敛成一堆，让家里的哥嫂弟妹挑走，不料从田边冷不防窜出四个不速之客，将他围了起来。这四人一个是“自卫团”的班长缪慈铨，一个是保安队排长，另外两个则是身着中山装，头戴礼帽的特务。其中一个年纪稍大的特务十分老到，敏捷地把林正灼放在田边的手枪抢在手，其余三人用短枪对着林正灼，厉声喝道：“不准动！”林正灼立刻意识到，这是自卫团引狼上山，利用周围一时无人，来个秘密抓捕。他斜视了缪慈铨和保安排长一眼，心潮起伏，想起了陈政委说的“对敌人的宽容就是对革命的犯罪”，当初真不该把这帮家伙放虎归山，现在真是一招不慎，满盘皆输！但他转念一想，无论如何，都必须和敌人斗到底，绝不能坐以待毙，只有这样才不辜负共产党对自己的信任！他的眼睛时不时地转动着，思考着下一步该如何反抗。那个年轻一点儿的特务似乎看出了什么苗头，声色俱厉地警告说：“反抗是没有出路的，只有老老实实地跟我们走才是明智的选择！”话音刚落，这小子迅速从缪慈铨身上抢过一条绳子，把林正灼捆了起来。林正灼心想，这些个特务还真是善于察言观色，看出我要反抗，真要是落到他们手里就没有活路了。我林正灼宁做垂死拼搏的雄狮，也不当任人宰割的绵羊。刚才要是能抢到一支枪，就地翻滚射击或许还能打死一两个，现在被特务看破了，被紧紧地捆绑住，反抗就更艰难了，要是被他们押送到敌巢，必死无疑！林正灼心有不甘，还想继续摸清敌人的底细，遂冲着这些人嚷道："你们想干什么？"那个老特务轻蔑地说："委屈你跟我们到大涂走一趟！我们的上司想和你叙谈叙谈。"说罢，连推带搡地押着林正灼走上山岭，往大涂村而去。

大涂是位于百胜和东岱之间的一个小村庄，这帮家伙抓捕押送林正灼，事前做了周密的安排，走偏僻的山路去大涂，容易掩人耳目，不会被东岱人察觉，就算路上发生意外，百胜"自卫团"也能从蝉步和大涂南北两个方向迅速赶来钳制东岱。东岱要是落在自卫团手里，大涂就成了他们谧静和安全的据点。林正灼心里很清楚，自己被押送到大涂，无非是要过堂审讯，敌人从自己嘴里得不到任何有价值的情报，除了把自己处死，还能做什么呢？走着走着，保安排长打断他的思路说："林正灼你没想到吧？此时此刻东岱已完全被我们控制了，你的游击队和东岱贫农团正像丧家之犬一样，用不了多久就会被我们歼灭。"林正灼自信地回应道："你们不要高兴得太早，过去这支队伍没有我不行，现在没有我，他们照样能战斗，而且会战斗得更好，不信，你们等着瞧！"保安排长听罢，不屑一顾地说："告诉你，那些人全都逃不出我们的手心，你的侄子林志龙一到百胜就被我们捉住了，很快会和你见面。至于你的那些小队长、队员们，现在还像没头的苍蝇一样到处乱撞，早晚都要撞到我们撒下的网里。你想靠凌尚武、陈可珠的定安队救你们的命，根本就是痴心妄想！现在他们正被我们大队人马围困在云居山，自身都难保了！”这番话犹如当头一棒，把林正灼击得晕头转向。敌人如此大规模的军事行动，上级党组织一点儿都没有察觉，东岱“自卫团”贼心不死，里应外合反攻倒算，自己还蒙在鼓里。林志龙去百胜是奉上级的命令执行特殊任务，照理说区队除了自己，不会有其他人知道，难道消息不慎走漏了，队伍内部出了叛徒？林正灼心如刀绞，他痛恨自己被胜利冲昏头脑，放松了对敌人的警惕，准许队员回去帮助各家挖番薯，被敌人钻了空子。他曾听闻有个别队员出入赌场，可能被暗中活动的“自卫团”成员拉拢，但他没有重视，没有及时采取果断措施，防止敌人的渗透策反。他辜负了支队长、政委的信任，眼下自己被捉，志龙被擒，全队的同志被打散，云居山根据地被“围困”，这些恶果给革命带来了无法挽回的损失！想到这，他悔恨交加，败在保安队和自卫团手里，实在是不服气。此刻他按捺不住心中的怒火，愤怒地冲着身边的敌人说：“保安队、自卫团，都曾败在我手里！是我心慈手软才让你们钻了空子，今天你们耀武扬威抓住我纯属侥幸，算不得真本事，有本事把我放了，随你们动武还是斗智，如果能堂堂正正打败我，我甘拜下风，任凭你们枪击刀剐，敢么？”自卫团班长听罢，无言以对。那个保安排长气得像斗败的公鸡一般，伸长脖颈儿叫道：“死到临头了还嘴硬，你……”他正要挥拳打去，那个年轻特务急忙将他拦住说：“算了算了，阶下囚，让他说去吧。”那个保安排长不忿地瞪了林正灼一眼：“等着瞧！”

这时年纪大的老特务说话了：“林正灼，你还是面对现实，老老实实地到大涂和我们上司好好叙谈叙谈，我们的上司十分器重你。毕竟你是国军培养出来的人才，抗战杀敌有功，我们不怀疑你的能力。只要你继续效忠党国，一定大有前途！”这老特务举止诡秘，神态狡诈，似乎是个特工小头目。林正灼断定，这人的上司很有可能是王秀英。听说王秀英最恨贪生怕死的脓包，欣赏刚毅不屈、视死如归的人。

落到这个魔女的手里，只能见机行事，看她在自己面前抖威风了。林正灼深信工委和支队的同志绝不会被敌人灭掉，他们一定能跳出敌人的包围圈转危为安。自己和志龙只要有一人能从敌人的魔掌中逃脱，东岱区队就能很快地集合起来，投入战斗。万一两个人都牺牲了，他也深信，打散的同志只要不被敌人抓住，就一定会再次集结起来，在地下党的领导下吸取失败的教训，继续坚持战斗，眼前何不利用敌人对他尚存的希望给敌人一个错觉，让他们逐渐失去警觉，再作打算。他对特工头目说：“把我五花大绑，一路上推推搡搡，这就是你们的上司对我的器重？”保安排长瞪眼咧嘴地嚷道：“五花大绑对你够客气了，没有揍你已经是最大的忍耐了。一想到你曾下令吊打我们，我就想一枪毙了你！”林正灼想反驳，被特工头目制止住了：“算了算了，过去的事别提了。”他想，薛雄已经正法，一了百了了，想不到他手下的这些草包排长还是对林正灼耿耿于怀，真要闹出事来，无法向王站长交差。王站长再三交代对林正灼要以绥靖政策加以感化，争取一个林正灼比消灭整个东岱区队要划算得多，不能让保安队的人公报私仇，耽误了大事。想到这，他又对林正灼说：“捆绑你是怕你跑了，给我们带来麻烦，其实不捆也可以，你是个聪明人，好汉不吃眼前亏，我们四支枪，你手无寸铁，想跑也跑不了。”他转脸吩咐那个小特务：“陈银弟，你把他解开吧，让他松松快快地走，好去见我们的站长，生死由他选，看他的造化。”保安排长此时还想说什么，被老特务不必多言的手势制止住了。林正灼一听陈银第三个字，觉得十分耳熟，又认真看了看这个年轻特务的模样，这才恍然大悟，原来是这个叛徒，怪不得狠心手黑与众不同。第一个动手绑自己的是他，紧跟身旁寸步不离，如狼似虎的也是他！林正灼怒不可遏："你的头儿说得对，好汉不吃眼前亏，我不会跑。我一心一意地要去见你们的上司！”陈银弟微微点了点头，面上的神情也放松了许多，便麻利地将林正灼身上的绳索全部解开了。林正灼心中暗暗发誓：只要一有机会，我绝不会放过这个叛徒！

老特务知道林正灼不是地道的共产党，了解他曾在国军中表现出色，如能晓以利害关系，给予一定的感化，或许还能使他继续为党国效力。他清了清嗓子，假装友好地对林正灼说道："林队长你应该知道，每一个人都有选择生死的权力，落到我们保密局特工手里的顽固政治犯，没有一个能活下来。只有和我们精诚合作，才能有乐观的出路。林队长算是一个误入歧途时间不长的政治犯，应该能够接受我们的观点，不至于顽抗到底。”

软硬兼施是国民党特工的惯用伎俩，很明显，老特务是想劝林正灼叛变，他认为林正灼是自发性的抗匪保家，并不是死心塌地要造国民党的反。共产党抢先利用他斗倒了县保安队的自卫团，如果国民党能拿出比共产党更大的热情去笼络他，或许能促使他率领东岱战斗队去对付共产党的地下武装，万一不行，再把他除掉也不迟。林正灼从这位特工头目的言辞里也猜到了大概。但是特务们万万不会想到，林正灼走进了革命队伍的大门，感受到的是过去从未有过的最美好的感情，接触到了混浊世界中启迪他积极向上、明辨是非的真理，领会到了人生最高尚的道德情操——全心全意为劳苦大众服务。他所投身的，是推翻剥削阶级，建立平等新社会的革命洪流，就是用十匹马拉他，也不可能使他走上反革命反人民的轨道。

一行人各揣心腹事，顺着山路走到了大涂村，保安队在村中戒备森严，特工头目急匆匆地进了村东头的一间民房，见到了正在等待消息的王秀英。此时的王中校正坐在一张四方桌边擦拭她的勃朗宁双枪。老特务小心翼翼地向她汇报了抓捕情况，王秀英听了，毫无表情地命令道："带进来！"话音刚落，林正灼被带到了王秀英面前。他之前虽未见过王秀英，但一见面就猜出了眼前这个女人的身份，看气场，果然是傲气十足，目空一切。王秀英上下打量着这个阶下囚：个子不高，年富力强，看上去精明强干，颇有人缘。

难怪"野公鸡"会败在此人手里。王秀英所见过的阶下囚不计其数，这些人在她面前无不是摇尾乞怜，磕头求饶，软弱无能。这个林正灼却和他们截然不同，不卑不亢，一团正气。敢于和日本鬼子刺刀见红的男子，王秀英是不会轻视的。她直截了当地说："林正灼，我佩服你的为人，可你这个孙猴子再有能耐，还是逃不出如来佛的手掌心。你服输吗？""胜败是兵家常事，我一时大意被你们抓了，不足为奇。"林正灼从容不迫地答道。话音刚落，王秀英响起一串银铃般的笑声，笑声很实在，没有半点虚假。"那现在你想死还是想活？""有条件活的话，我当然想活，无条件活不如早死。"王秀英又格格地笑个不停。她手下的人十分诧异，他们的这个严厉的上司，在阶下囚面前从来没有这样笑过。王秀英笑罢，接着说："我给你活的条件。”林正灼平静地答道：“愿闻其详。”“仿照你对薛雄的做法，先写悔过书，然后回东岱召集全体战斗队成员，让他们放下武器，解散回家，安分守己，我们既往不咎。当然，你也可以带领他们听我们指挥，对共产党反戈一击。你愿意为官的话，特工队、保安队的队长随你挑；你想发财，我们可以给你一大笔钱，那时候，天高任你飞，海阔任你跃，这些条件比你当初给保安队的还优惠，怎么样？”林正灼心想：不管他们翻什么花样，都是万变不离其宗，诱劝我叛变投敌，好利用我，若不答应这个条件，处死自己对王秀英来说不过是举手之劳。自己现在身陷虎穴，不能凭意气硬拼反抗，而是要设法麻痹吃人的老虎，让它暂时没有食欲，尽可能地拖延时间。林正灼深信同志们会来大涂营救自己，到时候里应外合和这帮家伙拼搏一场，即使牺牲了，做一个勇士倒下，也不会像现在这么可怜。想到这，他针对王秀英的性格特征，假装无奈地哀叹了一声，自言自语地说道：“我林正灼从不做背信弃义的事，东岱民众信任我，共产党看重我，我是个知恩图报的男子汉，怎么能贪生怕死卖主求荣呢？这个条件我不能接受，你干脆把我杀了，我做了刀下鬼，对自己人也好有个交代。”他表现出了一副无所谓的神态，一边说着，一边观察着对方的反应。

近几日，王秀英的心情特别好，前天她利用驻守在长门炮台的海军陆战队的力量占领了晓沃，以迅雷不及掩耳之势捉拿了三个地下党成员，捣毁了贫农团团部，打死和打伤了数名骨干分子，并立即让蛤蛏场场主和富户重新成立了“自卫团”，向贫农团家属反攻倒算，形势十分喜人。陈指挥官暗中又调动了侦缉队、水警队六百多人围剿云居山和定安村，地下党工委和共产党游击队措手不及，被打得七零八落，在山洞里匿影藏形。今天，她又来到百胜和大涂，见“自卫团”把守着往返两地的主要路口，清查行人煞有介事，顿时心花怒放，信心大增，再加上事先又成功抓捕了林志龙，王秀英和林正灼的谈话更是满带着一副胜利者的姿态。她发现林正灼的言谈中只有江湖好汉的忠义豪言，没有一句共产党的政治话语，心中十分满意，看来，林正灼还没有被共产党彻底洗脑。于是，她决定欲擒故纵，耐着性子放长线钓大鱼。她听完林正灼的表态，微笑地冲他点了点头：“林正灼，我很欣赏你的为人，在我手下做事比为共产党卖命强多了，你是个聪明人，我可以给你点时间考虑，你想清楚了再告诉我。过去效忠党国的国军军人，现在转投共产党，还真是个另类。要知道‘狡兔死，走狗烹’的道理，我劝你不要感情用事。这几天的形势已经有了翻天覆地的变化，你和你的侄子林志龙被我们擒获，都是你队伍里的人主动提供的情报，你们是被自己人出卖的。所以，不要太自信，就凭你们这些毛匪和几百万国军斗，根本就是蚍蜉撼树不自量力。不用多久，国军大部队就将大军压境，最后奉劝你一句，苦海无边，回头是岸。”

林正灼从王秀英的话语神态看得出，自己不但没有触动她杀人的神经，反而让她产生了劝降自己的希望，这样一来，也就争取到了同志们营救自己的时间。林正灼最近读了好几篇毛泽东写的文章，科学的革命理论照亮了他的心灵，指明了他前进奋斗的方向，使他义无反顾地勇往直前。王秀英所说的话，林正灼从心底不认同，他承认王秀英是个优秀的人才，可惜年纪轻轻便投身反动阵营，为独夫民贼蒋介石卖命，她相貌再美，能力再强，也不过是一个心狠手辣的女魔头，最终将被广大人民唾弃。

（四）

永贵山下的百胜乡位于敖江口和闽江口之间，面向茫茫的东海，和大涂村只有一岭之隔，这里有一千多户人家，主要靠滩涂养殖鲜蛏和晒卖蛏干生活。他们靠天吃饭，遇上风调雨顺，海潮平稳的年份，鲜蛏就能繁殖快，生长好，收获量大，卖到很高的价钱，乡民的生活就得到很大的改善，要是遇上恶劣的气候，养蛏的人家就只能望洋兴叹，靠耕种山坡上的少量番薯地艰难度日。百胜乡贫富差距很悬殊，占埕[①]地广劳力多，年成好，生活就富足；占埕地少，劳力不足，年成坏的，生活就贫困；而无埕地的人家，就只有靠出卖劳力或去翻拣别人已收获的遗蛏，生活更加贫苦。有权势的人则不用付出任何劳力，他们往往乘人之危，用低价收买或强占埕地，使自己成为埕地霸主和蛏场场主，坐享其成，和地主土豪没什么两样。在国民党政权摇摇欲坠之时，这帮人为了维护自己的利益，都会像晓沃蛤蛏场场主一样招募兵丁，购买枪弹，组织自卫团，接受反动政府的领导。他们和军、警、特、匪沆瀣一气，用枪杆子来巩固自己的地位。

百胜自卫团是民国三十七年九月成立的。团长是百胜乡的一个保长，叫孙宁太，总教头兼副团长是一个长期游走在福建沿海各乡镇的裁缝，人称王裁缝。据说此人不但善于制衣缝纫，还有一手不错的拳脚功夫，下田做活的时候，最喜欢和各地不正派的女人勾勾搭搭。自从地下党连江工委迁到定安之后，此人一度销声匿迹，百胜自卫团一

---

①读作“chéng”中国福建和广东沿海一带饲养蛏类的田。

成立，他突然现身，当上了教头、副团长，腰间插起了一支蓝光闪闪的二十响驳壳枪，自卫团所有的团丁全归他训练、指挥。为搜捕地下党嫌疑分子，王裁缝为孙宁太出谋划策，把百胜乡闹得鸡犬不宁，百胜乡的埕霸和蛏场场主都很赞赏他。他曾扬言：“谁敢在百胜成立工会或贫农团，就把他抄家灭祖，斩尽杀绝。”

作为闽江口的要冲，百胜的战略地位十分重要，自卫团的猖獗，给当地民众的生活和工委地下党的工作带来了严重威胁。凌尚武和陈可珠多次向上级有关部门汇报，要求配合调查王裁缝的历史，以便进行有效的锄奸工作。就在上个月，五县中心县委敌工部向凌尚武、陈可珠通报了王裁缝的个人情况：王裁缝，原名韩复钦，是苏北淮阴县一个著名的裁缝之子，其父去世后，继承家业，当了裁缝铺的老板，此人刁钻狡诈，好逸恶劳，抗战时期有一次以裁剪制衣为名，调戏县城汉奸队长的姨太太未遂，遭到汉奸队毒打，在枪决之前，被日军宪兵队长保下。韩复钦感恩戴德，遂投靠日寇充当汉奸。投敌后，此人多次向日军提供刺探到的新四军情报，致使新四军遭受重大损失，大批药品被截获，药品采购人员牺牲八人，淮阴县地下交通网趋于瘫痪。韩复钦罪行累累，为逃避抗日锄奸团的追捕，隐姓埋名逃到福建，直至抗战胜利。目前，此人在百胜组织训练自卫团，继续与人民为敌。鉴于此人罪大恶极、民愤极大，经五县中心县委研究决定，命连江沿海地区工委和游击队迅速行动探明敌情，设法将其铲除。

凌、陈二人接到敌工部的通知任务后，本想让陈珍珠和林志龙一起装扮成学生模样以探亲的名义到百胜侦察敌情，见机行事，但林志龙怕陈珍珠人生地不熟出现闪失，最后要求支队让他以探望同学之母的病情为名单独前往百胜侦查。

然而这一天，林志龙刚走进同学孙顺荣的家，就被预先埋伏在屋里的数名“自卫团”团丁围了起来，他们扭住他的两臂，搜走了枪支，然后拳脚相加就是一阵毒打。其中一人边打边说：“没想到吧，你到百胜来当探子，我们在这里等你多时了，你算是条大鱼啊，正好王站长来了，把你交给她，有你好受的！”林志龙被打得脸上红肿、嘴角出血、浑身疼痛，但他没说一句话，没哼一声，心想：大概这就是下马威吧，到底是谁泄露了我的行踪，东岱战斗队大部分同志都晓得今天我到百胜访友，但执行特殊任务的事只有我的上级清楚。看来战斗队四十多个成员里，肯定有一个是叛徒。想到这儿，他十分惋惜地冷笑了一声。打手中有一个人看到说：“你们看，这小子岁数不大，骨头还蛮硬的。先缚紧，等团长来发落。”

自卫团的团长孙宁太、教头王裁缝都跟林志龙是老相识。早些年，东岱民众为围垦大涂前面的滩涂曾和百胜乡民有过争执。东岱民众选出的谈判代表就是林志龙的父亲，而百胜乡民的谈判代表就是孙宁太。在谈判中，林志龙的父亲和孙宁太交涉得很顺利，两人还交上了朋友，两个乡的争端最终得到了圆满解决，后来，林、孙两家常有往来。王裁缝曾在东岱住过多年，男女老少皆知，林志龙在东岱又是个厉害的孩子王，王裁缝对他印象深刻。今天，林志龙虽然被俘，但深知百胜自卫团的实力和东岱战斗队相比，差距太大。尽管被打了一顿，但他下定决心，自己只要不死，早晚要跟这帮家伙算账，报这一箭之仇。

孙宁太、王裁缝尚未进门，屋外就传来了嚷嚷声：“机枪班分散封锁四个路口！一排二排做好战斗准备！”林志龙一听声音就知道这些混账话是王裁缝说的。他自信地断定，凭这虚张声势的几嗓子，这帮人也不敢把自己怎么样。他的猜想一点儿没错，王裁缝知道林志龙这小子不是等闲之辈，他的同党说不定何时会杀到百胜来。今天见面先告诉林志龙：百胜自卫团装备精良，实力不比东岱战斗队差。这就叫攻心战术。

孙、王一进门，见到林志龙故作惊奇状，孙宁太大声地训斥团丁："谁叫你们绑人的，还把人打成这个样，快解开，都是熟人！志龙的父亲是我的老朋友，难道我这点面子都没有吗！”王裁缝在一旁皮笑肉不笑地说："林老弟，久违了，今日到百胜有何公干啊？”在林志龙的印象里，王裁缝过去一直是一张清瘦的脸，在旁人面前总是点头哈腰，唯唯诺诺，说起话来小心谨慎。现在的他可是截然不同，手里提着二十响，满脸横肉，两眼射着凶光，披一件青色布衫，扎一条很宽的褐色腰带，说起话来声高音重，令人生厌。他现在的状态正应了一句古话："子系中山狼，得志便猖狂。”

林志龙想起了被眼前这个韩复钦出卖的，惨死在日寇刀枪下的新四军同志们。此刻他真想一跃而起，毙掉这个罪恶滔天的汉奸，无奈自己的手枪被搜走了，实在是心有不甘，他叹了口气，暗下决心：绝不会放过这个汉奸卖国贼！孙宁太看着林志龙的神态，以为他年轻无知，被捉之后有悔过之心，便安慰他说："到了我们这里，你不要害怕，实话实说就行，你还年轻，受骗上当在所难免。”话音刚落，王裁缝添油加醋地接着说道："你的叔叔林正灼也已被捉拿，解往大涂去了。东岱游击队全被打散了，死的死，逃的逃，连江剿共指挥部调动了大部队围剿沿海地区所有的游击队和地下党，保密局的王站长也亲临百胜督战，形势发展得如此迅速，你做梦也没想到吧，只要你乖乖投降，还可以留住一条性命。”孙王二人一唱一和，王裁缝刚说完，孙宁太又接过话茬儿：“王中校要我们把你带到大涂，和林正灼一起，写下悔过书，宣布脱离地下党和游击队。你知道王秀英站长是什么人吗，她杀个人像捏死一只蚂蚁。我们在她面前给你说了很多好话，你年轻、单纯，有悔改之心。照我们说的做，就能保住你的性命，这样我也对得起你的父亲。王中校说了，明天早晨把你送到大涂。你到百胜除了探视同学母亲的病情外，还接受了什么任务？不要隐瞒了，说出来我不会亏待你。”林志龙心想：要我叛变投降，简直是痴心妄想。我现在考虑的是如何跟你们斗，如何杀了王裁缝，如何逃脱！想到这儿，他脱口而出：“我是来探视学友之母的病情的，没有接受任何任务。我学友一家人都到哪里去了？能不能请他们来和我一见，以表我的心意？”孙宁太说：“他们都到县医院去了，我会转告你的诚心的。”为了麻痹眼前这两个败类，林志龙平缓了说话的语气：“孙团长你是知道的，我和你表弟孙顺荣从小就在一起读书，同床抵足，同锅吃饭，亲如兄弟，他的母亲，也就是你的姑妈，得了病我能不来探望吗？”王裁缝听罢反问道：“你胆子不小啊，年纪轻轻就成了东岱游击队的重要人物，游击队和自卫团势不两立，你到百胜来，就是没有人给我们通风报信，我们见了你，也照样抓你，你这不是自投罗网吗？”“正因为我认识孙团长，也认识你这个教头，估计你们不会为难我。东岱战斗队的人给你们通报的，根本不算什么秘密，他们知道我今天到百胜是来探亲的，我一不是探子，二不来打仗，你们接到的情报和我所说的话应该是吻合的吧。”林志龙说着，眼光在他们的脸上搜索着，心想只要抓住对方的心理，以不变应万变，事情就不至于越来越糟。孙宁太听了他的话，不断地点头，心想：“这小子说的有几分道理。明天送他去大涂，如能悔改，便可保性命无忧。如果他没有悔改之意，恐怕是凶多吉少。此人心眼儿多，祸与福怕是命中注定的，今天不如顺水推舟做个人情，给予适当的关照，他的父亲也就怪不着我了。”此时王裁缝一双贼眼滴溜溜地乱转，似乎还想在林志龙身上发现点什么！他心中暗想：“王站长她们难道就不怕夜长梦多吗？此人过去在东岱就是一个不同凡响的孩子头，不要说那些顽童都拜在他的脚下，就是那些三教九流的家伙，不留神都会上他的当，对他不敢轻视。在连江中学读书的时候，他是一个唯恐天下不乱的学生，煽动罢课，参加游行示威，学校管不住他，连熊崇望校长也拿他没办法，最后只好把他开除了。去年东岱战斗队打保安队，打自卫团，这小子是个出了名的滑头，威胁极大，怎么可能会乖乖听我们的？此次到百胜绝没有这么简单，肯定有所图谋！有道是‘宁可错杀，不可放过’，今天他自己送上门，干脆把他除了，以绝后患。”他打定主意，皮笑肉不笑地对林志龙说：“你说得对，我们是老相识，不会为难你，但你不要在我们面前耍花招，想逃脱是不可能的，我们到处都有岗哨。今晚不如认真思考一下该如何悔过自新，明天我亲自送你上路。”林志龙听他说话一语双关，看他的神色，预感到这个汉奸可能嗅到了什么气味，说不定要对自己下毒手。他很干脆地回应了一句：“既然你我心中都有数，那我们明天再见！”林志龙心想，明天去大涂，王裁缝必然会押送自己一起前往，不如在路上找个机会夺枪，顺势杀了这个狗汉奸。就这样，孙王二人你一言我一语，胡扯了好长时间，后来见林志龙沉默不语，便转身走出了房间。他们刚迈出房门，门口的一个哨兵就“砰”的一声就把门关上，然后“咔嗒”一声上了锁。屋里顿时一片黑暗。这时的林志龙多想见到父亲、母亲，见支队长、政委，见和他一起战斗过的同志们，见对她脉脉含情的小珍珠。在这黑暗的房里，他第一次感到了生命的孤独，他哭了，伤心地蹲在地上哭了。他用力掩住嘴不让自己哭出声来，边哭边想起支队长曾多次对他说的话，他还年轻，还要好好培养他，当时他听后心里还不愉快，今天看来，支队长的话一点儿也没错，自己还是小鬼，没有真正成长起来，还没有真正经历生与死的考验。想到这儿，林志龙止住了哭声，用袖子擦了擦眼泪，他听见屋外风卷海浪的声音，站起来平复了一下心情，开始思考明天的战斗……

（五）

王裁缝根本没打算把林志龙押送到大涂，心中只想将他杀之而后快，为了不让人干扰自己的计划，他仗着自身的拳脚功夫，孤身一人手提二十响，跟在林志龙后面走着，心怀叵测。一路上，林志龙没有被捆绑，眼见王裁缝单独押送自己，他心中暗暗高兴，准备一翻过山岭就先发制人。两人的心情十分相似，气氛剑拔弩张。翻过山岭，既看不见百胜也望不到大涂，这对双方都是极好的“地利”。此时不管哪一方向对方进行攻击，都将被大自然掩护起来，做到天知、地知、你知、我知，别人统统不知。两人翻山走到僻静处，王裁缝见四下无人，便停住脚步，举枪要射杀林志龙。林志龙早有思想准备，眼观六路、耳听八方，他余光一扫，当机立断地冲着王裁缝大喝一声：“韩复钦，你司马昭之心，路人皆知，想在此地击毙我是吗！”王裁缝没想到林志龙会来这么一手，更没想到他会直呼自己的真名，一下子就惊呆了，林志龙看出对方受惊不浅，趁他还没反应过来，一个箭步窜上前去，一把抓住王裁缝握枪的右手，用力往身旁一推，趁势就要夺枪。王裁缝刚才冷不防被林志龙这么一惊，动作有些缓慢，但他毕竟有些功夫，见势不好，立刻用尽全力反击，双手把枪死死地握住，林志龙夺了几下，愣是没抢过来，王裁缝凶相毕露，飞起一脚，要踹林志龙的肚子，林志龙眼明手快，死死握住王裁缝的双手，身子一闪，躲开了他的这一脚，紧跟着往前就是一个猛扑，此时王裁缝伸出的那条腿还未来得及撤回，一下子重心不稳，被林志龙扑倒在地，但这家伙还真是不善，尽管摔倒了，握枪的手仍然没有丝毫放松，两个人就这样在山坳里翻滚扭打成一团。有道是，“狭路相逢勇者胜”，在这生死关头，双方都拼尽了全力，林志龙几次把王裁缝压在身下，几次又被他翻身压住，两人拉锯了多次，没有占到对方一点儿便宜，眼见夺枪无望，林志龙急中生智，左手猛地抓住了王裁缝右手握着的驳壳枪，探拇指扣住枪身前端的弹夹释放钮，用力一摁，就听“啪嗒”一声，二十响驳壳枪的长弹夹顿时掉在了地上。这支枪之前是顶上了火的，这样一来，只剩下枪膛里的最后一颗子弹了。王裁缝急了，拼了命地想把枪对准林志龙射击，两个人的两双手死死较着劲。扭打中，王裁缝好不容易用枪口对上了林志龙脑袋，就在这一刹那的工夫，枪响了，林志龙早有准备，脑袋一偏，子弹“嗖”的一声，贴着耳根子擦了过去，好险！眼见王裁缝的枪没了威胁，林志龙猛地松开双手，一把抢过掉在地上的弹夹，起身闪在了一旁。他用手指着王裁缝：“你这狗汉奸，过去新四军到处寻你不着，现在终于被我们找到了，你胆敢在此行凶杀我，罪上加罪，共产党游击队不会放过你的。你现在只有放下屠刀，戴罪立功，争取宽大处理，才是唯一的出路！”王裁缝没能杀了林志龙，听他这么一说，气得脸变色，腿发抖，一时竟说不出话来。林志龙见他气急败坏，心想，此人身体素质不错，自己没夺到枪，赤手空拳和他打，占不到便宜，不如拿话激他一下，试着瓦解他的心理。想到这儿，他厉声喝道：“你听着，过去你在苏北淮阴投靠日本人，出卖新四军，犯下了不可饶恕的罪行，这些罪恶，不会因为你的隐姓埋名而消除。你猜得不错，我就是代表地下党游击队来找你的！你现在和七年前的情况不同了，你在福建有了妻子、儿女，在老家淮阴还有一个老母亲，她老人家很开明，要我们捎话给你，让你认罪悔过，重新做人，争取宽大处理。要是你顽固不化，跟着国民党继续与人民为敌，就是跑到天涯海角，我们也会抓到你，把你明正典刑，彻底清算你的罪恶！”林志龙近来学习了不少革命理论，今天的一番话直击对方的心灵，真正做到了有理、有利、有节。王裁缝本是个无所顾忌的狠角色，万没想到林志龙会把他的家底了解得如此详细，听到这里，不由得想念起家中年迈的老母和老实本分的妻儿，心中忐忑不安，经过一阵激烈的思想斗争，这家伙开始良心发现。他不是不知道新四军和共产党的政策，只不过自己因为好色而被日本人利用，身不由己才做出一大堆伤天害理的事。他的父亲正因为这个才活活气死的。家中的母亲为了他，也不知忍受了多少“汉奸家属”的羞辱，本来逃到福建隐姓埋名，是想改过自新重新生活，没料到却因为帮助百胜的一家财主到福州购买枪支，被福州绥靖区的特工当作共产党的嫌疑犯抓了起来，由于挺刑不过，才坦白了自己的真实情况。不久前，自己被百胜自卫团取保出狱聘为教头，想着能过人上人的日子，这才死心塌地地当了孙宁太的左右手。尽管自己的情况被上峰严格保密，但没想到还是被共产党寻踪觅迹给发现了。这些共产党真有本事啊！他耷拉着脑袋，刚才凶神恶煞、要置人于死地的样子一下子全不见了，他把手里的空枪晃了晃，长叹了一声："唉，共产党到底还是找到了我，我害了那么多新四军，这笔账迟早都是要还的！"他瞪着一双死鱼眼，上下打量着面前这个无所畏惧的年轻人，心中不由得掠过一丝惊恐，这还只是个刚被共产党收编的毛头小子，就已经如此厉害，真要是共产党游击队全体发力，他们的自卫团怕是根本无法与之抗衡，怨不得老蒋整天叫嚷着"剿共灭共"，这么多年了，共产党却越剿越多，越剿越厉害！目前福建的地下党虽处于劣势，但最后谁胜谁败，还真难以预料！林志龙所说的话，此刻像横扫千军的闪电雷鸣，给予了他极大的触动，他见识到了共产党游击队员的血性胆魄和强大的内心世界，共产党对他的底细了如指掌，现在，他已无心再战："林志龙，你年纪轻轻的，敢赤手空拳夺我的枪，我佩服你！是，我的确做了许多伤天害理的事，自知罪无可赦，但没想到你们对我这样的人还能宽大处理？你说你见过我老娘，她还托你们给我带话，这都是真的吗？""那还有假？你的母亲深明大义，她最放心不下的就是你，共产党有优待俘虏的政策，只要你认罪投降，我们一定从轻发落！"王裁缝听完沉吟半晌，"罢了！隐姓埋名提心吊胆的日子我也过够了，看在我老娘和妻儿的份上，你走吧！"王裁缝一边说着，一边把手中的空枪抛给了林志龙。林志龙敏捷地接住枪，又看了看手中夺得的弹夹，"咔嗒"一下，把弹夹装回了枪里。他真想子弹上膛，反手给王裁缝一枪，完成上级交给的锄奸任务。可他转念又一想："陈政委多次说过'缴枪不杀'是我党我军对待俘虏的政策，王裁缝如此的转变，算不算缴枪的俘虏呢？应该算，既然算就不能再杀他了，如何处置他应该由上级来决定，以免犯错误。"刚才在生与死，胜与败的关键时刻，林志龙每一根神经都绷得紧紧的，想不到这个汉奸在他的心理攻势下，居然真的缴枪投降了，此时他一下子轻松下来，长舒了一口气，对着王裁缝继续说道："既然你有认罪之意，我不杀你，你可以戴罪立功，回到百胜自卫团继续当你的副团长兼教头，今后你要听我们指挥，我归队后会向上级汇报你的情况，希望你好自为知。"王裁缝听罢，对林志龙更加钦佩，他没有想到，站在他面前的这个年轻人会有如此的胆略和智慧，自己真是甘拜下风。他庆幸自己没有杀掉林志龙，否则，家中的老娘、妻儿也难逃共产党的清算。他打定主意，告诉林志龙："你从这里直插观音岭，避开大涂，暂时不要回东岱，也不要到定安去，这些地方都被自卫团侦缉队占了，你留一件联络凭证给我，方便以后联系。等走远了，朝着我的方向开几枪，造成同伙把你救走的假象，我好回去交差。"林志龙听了，心中高兴：这些事，还是当过汉奸的人想得周到。他想了想，在口袋里摸出一张壹万元的金圆券，撕成两半，一半留给自己，一半交给王裁缝："以此两半金券为据。"说完，又单刀直入地问："林正灼和我的行踪是谁提供给你们的？"王裁缝毫不犹豫，对他和盘托出："是你们队里的一个队员，外号叫笨仔，他欠下了不少嫖资、赌债，托人向缪敬芳借了一笔钱，还不起，才出卖的你们，以此抵债。提供情报后，他另外又得了一笔钱。"林志龙听完心中有了数，临走前又严肃地说："今天你有了好的开端，以后不管有什么风吹草动，你都要牢牢记住你今天的选择，不能动摇，共产党得道多助，身后有全国老百姓的支持和拥护。新中国的成立，任何力量都无法阻挡！"王裁缝听罢点点头："你说的是，我记住了，赶快动身吧。"

一会儿，山坡上、山谷间断断续续地响起了枪声，百胜和大涂有不少人在倾听、张望。

（六）

林志龙爬坡跃溪，直奔观音岭，他心急如焚，想着在路上能遇见一个乡亲，问问东岱的情况，了解一下附近的敌情再决定何去何从。他心里挂念着工委和支队长、政委的安全，急切地想知道东岱区队被突袭打散的同志现在都在哪里？带着这诸多的心事，他接连赶了二十多里崎岖难行的山路。

昨晚百胜自卫团给他送了一碗番薯饭，他一口也没吃，今天早上又刚和汉奸做了生死斗，紧张过度，再加上走山路消耗了大量的体力，此刻他已又饥又渴，疲惫不堪。走着走着，眼前出现了一座庄严的寺庙，林志龙躲在隐蔽处观察了一会儿，见四下没有异常，便想进寺院讨口水喝，稍作休息。寺门大开着，院内静得毫无声息。林志龙不想惊动寺里的僧众，他走进寺门，想要绕过大殿，直接进入厨房，不料从斜刺里突然窜出两人，其中一个迅速将他拦腰抱住，另一个手疾眼快，搜走了他身上的枪。这下可让林志龙吃惊不小，心想坏了，又遭到了敌人的埋伏，想要反抗，已是力不从心了。这时，耳边响起了一个熟悉的声音："志龙，得罪了，情况突变，我们也是不得已而为之。陈政委他们也在这里，正好有话要问你。”林志龙定睛一看，这说话的正是大刀林开荣，顿时激动得热泪盈眶：“太好了！没想到在这里见到你们……”他正要继续说话，突然看见周围熟悉和不熟悉的面孔，都在用不信任的眼光看着他，那些目光犹如麦芒一般刺着他的脸：“你们都怎么了？”没有一个人回答他的话，周围静悄悄的，二三十双眼睛都在上下打量着他，好像都想在他身上发掘什么秘密，这种难堪的境遇和尴尬的气氛，很快使林志龙恍然大悟，他破涕为笑：“噢，你们一定把我当作叛变投敌分子了，事情确实凑巧，怨不得你们怀疑啊。”他一边说着，一边坦诚地笑个不停。这一来，周围的人都受到了感染，气氛一下子轻松了许多，然而尽管林志龙面带诚意，但大家的疑虑并没有完全消失。

就在林志龙和林正灼双双被俘的当天，敌人暗中调兵遣将，严密封锁消息，突如其来地向沿海几个主要乡镇和云居山周边地区进行分兵围剿，企图一举消灭地下党游击队，摧毁贫农团组织。东岱区队群龙无首，毫无准备，队员很快被打散，东岱陷入了一片混乱，小队长林开荣和林立旺各自召集到自己小队的六七名队员，拼死冲杀，先后突出重围来到了湖里村，找到了陈政委，汇报了情况。这时工委正在湖里召开紧急会议，布置云居山周边武装力量和党的外围组织隐蔽撤退的任务。工委考虑到东岱和晓沃的形势最为危急，让陈可珠同志带一个分队，配合东岱区队的同志设法营救林正灼和林志龙，集中整顿队伍，伺机打击敌人。凌尚武同志带两个分队监视晓沃的敌人，见机行事。工委其他同志率领各周边区域的武装力量在云居山脉利用熟悉的地形和敌人展开周旋。

任务布置完毕后，陈可珠立即率队穿插到东岱、百胜、晓沃之间的缓冲地带——观音岭。开始对百胜和大涂进行渗透式的侦查。她刚把侦查员派出去，就发现林志龙手提驳壳枪十分警惕地向游击队藏身的寺庙走来，队员们都很惊诧，议论纷纷，老可精明过人，但此时也无法判定林志龙是否叛变，便决定暗中将其捉拿，先缴枪，再审查。在复杂残酷的战斗环境中，什么情况都有可能发生，人人都在经受严峻的考验。老可从内心深处希望林志龙是英雄，而不是狗熊。

林志龙见大家仍然在用审视的目光看自己，便坦率地嚷道："同志们，请相信我，我是个顶天立地的男子汉，绝不会当叛徒。我被敌人捉了，没受皮肉之苦，还高高兴兴地带着枪出现在你们面前是有原因的。你们都看过《西游记》吧？听过孙悟空按观音菩萨的意旨降服妖魔鬼怪的故事吧？我的遭遇和故事里面讲的差不多，我要把我的经历向陈政委单独汇报！"这番话一说，把大家都逗乐了，尤其是站在角落里的陈珍珠，美目一转乐不可支地看着林志龙。从她的表情能看出，她深信林志龙是好样儿的，是按照可珠姐姐的话去执行的任务，是凯旋的英雄而不是叛徒。

老可脸色稍霁，淡然一笑，充满友爱地说："大家都去休息吧！我跟志龙谈一谈。"

林志龙推了一把仍在发愣的林开荣说："木工师傅啊，我又渴又饿，再不给我做点吃的，我要倒下去了。"林开荣恍然大悟地答应了一声："是！"迈腿就往厨房走。陈珍珠把他拦住了，学着林志龙的口气说道："木工师傅啊，你去做你的木工吧，你煮的饭，他吃了照样要倒下去的。"说罢调皮地走进厨房，林开荣听了，望着珍珠的背影一个劲地傻笑。

林志龙在厨房隔壁的房间里向老可做了详细的汇报。当陈珍珠听到可珠姐姐不时称赞林志龙勇敢无畏时，她一边煮红薯一边哼起了新四军军歌。

这时，外头有人报告，去百胜的一个侦察员回来了。老可刚跨出房门，这个侦查员便上气不接下气地跑到跟前报告说："林志龙在被押往大涂的路上遭到了枪杀，凶手听说是自卫团的教头，当过裁缝。我们听到枪声赶到现场，却没发现林志龙的遗体，那个裁缝冲着我们来的方向盲目地边射击边逃窜，留了个人在附近寻找尸体，我立刻赶回来向您报告。"老可听了，心想侦察的情况与林志龙汇报的完全相符，她双目眨动正要说话，林志龙已经来在了门口，他拍着那个侦查员的肩膀风趣地说："谢谢你们的关心，我林志龙死里逃生了。"侦查员吃了一惊，张着大嘴直愣愣地望着林志龙……

(七)

林正灼被关在离保安队临时指挥部不远的鸭房里，由两个保安兵守着。下午王秀英一走，保安队就把林正灼吊起来进行了毒打，保安排长一边用皮带抽，一边恶狠狠地骂道："你也有今天……"林正灼被打得满身伤痕，浑身是血，但他自始至终没有喊一句，没有哼一声。这事后来被王秀英手下的那个老特务知道了，狠狠地教训了那排长一顿，这才停止了用刑。真要打死了林正灼，王秀英面前可是不好交代的。眼看硬的不行，老特务又开始对林正灼反复劝降，说只要写下悔过书，就马上让他当官，两天后要是还不答应，就把他和林志龙一起押到县城监狱去。此刻林正灼的内心已是坚如磐石，任凭这帮人如何软硬兼施，自己是绝不会叛变投降的。

东岱区队小队长林立旺和队员陈木对大涂的情况非常熟悉。林正灼被押送到大涂的当晚，他们就来到了大涂。在滩涂的围堤边找到了给富农放鸭的贫农团员林依顺，林依顺是第一批参加东岱贫农团的积极分子，和陈木金又是表兄弟，为人诚实可靠。三人见面后，林立旺交给林依顺一盒洋火，里面有十根火柴，翻开洋火内盒的底面，有一张叠好的小薄纸片，上面有老可亲笔写的信息。林立旺再三向他交代，这个火柴盒是十万火急的暗号，一定要交给保安队里一个二十一二岁的白净脸的特务，此人代号“燕子”，他收到火柴盒看了字条之后，会再和你联系，千万要小心，切不可被旁人发现，万一暴露，务必毁掉纸条，防止机密泄露。

按照事先的约定，林依顺的任务完成得很顺利，第二天早晨，林立旺和陈木金又到大涂围堤下和林依顺见了面，取回了“燕子”送来的情报。

兵贵神速，接到情报后，陈政委立即召集全体战斗人员做了相应的布置。她拟订了一个行之有效的营救林正灼的计划，并让林志龙带领林开荣等十名东岱区队的队员夜间潜入东岱镇，去完成三个任务：（1）侦察敌情，尽可能把分散隐蔽在外的游击队员召集回来；（2）在东岱各处张贴印制好的支队通告，宣传解放军在全国各战场胜利的消息，鼓舞群众，分化瓦解敌人；（3）捉拿叛徒“笨仔”和自卫团首恶缪慈铨。

夜深了，此刻正值海水涨潮，风声呼啸，涛声澎湃。微弱的月光被天空中一块块厚厚的浊云遮挡着，云块互相追逐着，偶尔从云隙之间漏出昏暗迷离的微光。大涂村在一座不大的山冈上，周围都是郁郁葱葱的树木和齐腰高的芦苇茅草。村里只有十多户人家，趁着这混浊的夜色远远望去，整个村子犹如一座巨大的坟堆。村前原是临近敖江口的一片广阔滩涂，七年前被东岱人筑堤围垦用来种植番薯，退潮时，堤外便成了散放鸭群的好场所。

今晚风大天冷，在村外放哨的两个保安兵都缩到村头的茅草屋里去了。负责看守林正灼的一个哨兵，正抱着步枪坐在门口打盹儿。保安队其余的几十名保安兵此刻都住在富农家的前后厅，距关押林正灼的鸭房有一二百步远。

深夜两点左右，两条黑影一左一右迅速扑向鸭房门口打盹儿的哨兵，其中一人扼住哨兵的脖子，另一个夺下了哨兵的枪，刹那间，扼住咽喉的那双手猛地一用力，就见哨兵手刨脚蹬，一会儿就没了动静，气绝身亡。两人随后小心翼翼地拉开门闩，推开了房门，屋里的林正灼听见动静早有准备，他不顾身上的伤痛，门一开便迅速闪出门外。他接过从哨兵手里夺下的步枪，又在哨兵的尸体上解下了子弹带、手电筒和四枚木柄手榴弹，一一挂在自己身上。随后，他稳了稳心神，看了看面前救他的这两个人，其中一个正是林依顺，但另一个，却使林正灼大吃一惊："怎么回事？居然是你！"话音未落，林正灼突然向着那人举起了枪。此时四周的环境并无异常，耳边不时传来呼呼的风声和浪涛撞击堤岸的哗哗巨响。林依顺急忙将林正灼的步枪推开，对着他耳语了一阵，紧接着一边监视着村头茅屋里的动静，一边催促林正灼快走，目送着他消失在茫茫的黑夜中。

林正灼带着疑惑走了两里多路，便打开手电向前方晃动了几下，一会儿的工夫，不远处的几个黑影很快向他靠拢过来。到近前一看，认出了这些同志都是东岱区队的。为首的正是林立旺。他关切地问林正灼：“队长，你身上有伤，还能继续走吗？”“没问题，感谢同志们的救援！”“既然如此，此地不可久留，我们快走吧，老可和支队的同志还在前边等着。”说完，一行人扶着林正灼，急匆匆地继续赶路。又走了一阵，林立旺也开亮手电筒向前方晃了几圈，前方不远处陆陆续续地出现了一群人影。为首的陈可珠政委见到林正灼，激动地说道：“好啊，我们又一位英雄凯旋了！”林正灼也一眼认出了老可，不顾伤痛地跑到她面前，向她行了一个持枪礼。老可回礼后，高兴地握着他的手说：“可以啊，还缴了敌人的武器，没有惊动其他敌人吧？”“政委放心，一切顺利，感谢政委和同志们的关心！”林正灼此时胸中犹如波涛翻滚，万分的激动。他深知此时支队的艰难处境，万万没有想到自己能如此快速顺利地脱离险境，也万万没有想到陈政委能安排得如此巧妙。论年龄，自己比老可大，但论军事谋略、思想水平，自己望尘莫及。“对了，政委，今天营救我的……”林正灼突然想到了刚才的遭遇，欲言又止。老可看出了他的心事，对他笑了笑：“林队长，回去再说吧。”

让林正灼感到不可思议的那名营救者不是别人，正是之前叛变投敌的小特务陈银弟。林正灼从被捕的那天起，就对这个叛徒陈银弟恨之入骨。被营救时，根本不敢相信自己的眼睛。林依顺告诉他，陈银弟的真实身份其实是代号“燕子”的地下党员。营救林正灼的方案就是他和老可里应外合一手拟订的。回到营地后，心里仍有疑惑的林正灼听完老可的介绍，陷入了深深的沉思。他现在对“敌中有我，我中有敌”有了更加深刻的认识。地下党的同志真是太出色，太不容易了，他们深入敌营，顶着难以言表的巨大压力和生命危险忘我地工作，做好了为革命随时献出自己生命的思想准备。陈银弟、陈可珠都是当之无愧的共产党的精英，自己真是自愧不如啊……

（八）

正当陈银弟和林依顺在大涂村营救林正灼的时候，林志龙带着林开荣和七名队员分别来到了那些被打散、尚未归队的区队队员家中了解情况，一小时之后，他们在约定的地点集中，开始汇总各自打探到的信息。了解到的情况是：东岱区队的两名队员“笨仔”和“犬仔”已投降了“自卫团”，他们过去都当过“壮丁”。区队的另外十八名队员携枪外逃，现在不知去向。这些人家里都被“自卫团”和保安队搜查过，所有的坛坛罐罐都被砸了个稀巴烂，其中有三名队员的家属被捉到县城，遭到拷打后，关了两天又被放了回来。“自卫团”要求所有的游击队家属，动员自己的儿子或丈夫向“自卫团”投降，否则捉到后一律枪毙，现在家家户户人心惶惶，人们听说林正灼、林志龙被捕后叛变投敌了，大都失去了信心，经过林志龙他们的一番解释，这些民众又鼓起了勇气，答应联系动员他们的子弟或丈夫赶往湖里集中，重新归队。老百姓从内心希望战斗队能重新杀回来，否则生活都没指望了。东岱镇上目前驻着两个排的保安兵，一个排的侦缉队，还有二十多个自卫团团丁。根据这些情况，林志龙和大家商量，决定先秘密围捕缪慈铨和“笨仔”，然后再在街上张贴通告。

缪慈铨的住处很好找，是镇子西面一个带院落的砖房大屋，当地无人不晓。林志龙在缪家大屋四周布好了暗哨，随后带着三名队员来到正门敲门，他们敲了很久，一个老态龙钟的老头拖着缓慢的步子开了屋门，林志龙他们开亮手电冲进屋里搜查，却四下不见缪慈铨的影子。在查看卧室的时候，林开荣摸了一下被窝，感觉还有热气，又用手电在天井的墙角一照，发现了墙上的脚印，便大声喊道："从这里跑了！"林志龙循声而来问："外面这个方向是谁把守的！"林开荣回答说是陈豹。话刚说完，林志龙立即带着人来到外面查问。那个叫陈豹的队员忐忑不安地回答道："我刚才尿急，走动了一下……"话一出口，林志龙心中顿觉被人刺了一刀，他怨恨自己太粗心了，也责怪陈豹缺乏应有的警惕。他预感到情况不妙，如果缪慈铨跑了，必定会惊动大批敌人，自己的队伍将陷入非常被动的地步。他当机立断，命令队员们集中在一起，沿着镇子的主要街道一边张贴通告一边撤离。他们以最快的速度贴完了通告，清点人数后便向后山飞跑，刚出镇子，就听见镇上响起了乱哄哄的嘈杂声，敌人出动了。

第二天清晨，镇上许多地方都围着一群人观看通告。人群中还有人一字一句大声地念着通告上的内容：

通告

毛泽东主席、朱德总司令从一九四六年七月起，计划用五年左右时间从根本上打倒国民党反动政府。但从现在的形势看，再有一年左右的时间，就能彻底打败国民党。人民解放军目前在全国各个战场英勇作战，消灭了数量众多的国民党军队。国民党一九四六年六月开始发动全国性内战时集结了四百三十万人的军队，被解放军整师整军地消灭。后虽经多次补充，到现在只剩下二百九十余万人。人民解放军在一九四六年六月时只有一百二十万兵力，在和国民党军的交战中越战越强，不断壮大，现已增至三百万人。国民党军队已从优势急速转入劣势。人民解放军业已从劣势转入优势。蒋介石当了运输大队长，把从美国运来的大批军火，都白白地送给了解放军。解放军抓获的大批俘虏经过教育，提高了觉悟，现在都调转了枪口要打倒蒋介石。人民解放军现已从防御转入反攻，正在长江以北各个战场和国民党军队进行大决战，最近的辽沈战役，国民党正规军有四十七万两千人被歼灭。中原地区的淮海战役，国民党的王牌部队有六十万人被解放大军铁桶般围住，不日即可全歼。人民解放军横渡长江，直捣南京，解放江南的广大地区，指日可待！

目前，福建军、警、特为摇摇欲坠的国民党反动政府做垂死挣扎，企图巩固后方，控制闽江口，给南逃的败军准备退路。

各地地下党、游击队和各界民众要团结一致，加紧努力，为最后彻底消灭反动势力，在全国范围内建立统一民主的人民共和国而奋斗。

我们警告反动军、警、特及一切反动武装，你们必须认清形势，停止镇压民众，停止“围剿”地下党和人民武装，弃暗投明，才是唯一的出路。

首恶必办，胁从不问，缴枪不杀，优待俘虏是我党我军历来的政策，望你们好自为之！

中共闽浙赣区党委城工部

连江沿海地区游击支队

一九四八年十二月十日

那些喜欢咬文嚼字的老先生，不但大声念通告，还逐字逐句地解释给围观的人听，听得人们大受鼓舞，纷纷议论，有人说自卫团这伙坏仔早晚要死在游击队手里。有人说共产党一个个都是不怕死的好汉，听说昨晚杀到缪慈铨家里，这个坏仔翻墙跑了。有人说那个团长“弯背芳”总有一天会被游击队用铁锤把他的驼背锤直了。还有人说，听说林正灼和林志龙不但没有死，还毙掉好几个土匪特务和保安队，现在正带着队伍在老可的指挥下杀回马枪。等着吧，有保安队的好看了……人群里说什么的都有，围观的人愈围愈多，愈谈愈热烈，有几个团丁也被吸引着拨开人群看通告，但他们看不懂，只好撕下几张拿到团部去，有些有文化的兵痞，看了之后都发着呆，好半天说不出话。正在这时，一个保安队的排长，拿着一张通告气势汹汹地闯进“自卫团”的团部，进门就破口大骂：“你们这些混蛋，不但捉不到人，还让人家到处贴了反动传单，要是不把这东西统统撕掉，大家都要倒霉！”话音未落，“弯背芳”和章德龄一前一后跨进了团部，他们接过通告一看，立刻像斗败的公鸡一般又气又恼，只听见“嘭”的一声，章德龄一捶桌子，歇斯底里地喊道：“全体出动，到各条街道认真查看，把所有的反动传单全部撕掉，一张都不许留！”“弯背芳”紧接着又补充了一句：“自卫团内部谁再敢传看，严惩不贷！”

第七章 以其人之道，反治其人之身

一九四九年一月十八日，林白带领五县中心县委组织部长老何，宣传部长郑崇德，军事教官钟云等同志从古田县赶到湖里村，召集林森、连江、罗源地区的工委书记凌尚武，副书记陈可珠、陈天源以及北茭半岛特区工委书记郑荫敏，副书记林落影等同志开了一个紧急的碰头会，向与会者介绍了当前的全国形势，并传达了闽浙赣区党委城工部对目前沿海地区对敌斗争的工作指示。

宣传部长郑崇德首先在会上激动地宣布："经历了六十五天的浴血奋战，一月十日我解放大军在以徐州为中心的淮海战场上全歼了国民党主力5个兵团、22个军、56个师共计五十五万余人。俘虏了徐州剿总副司令杜聿明，兵团司令黄维及各军军长、师长共计一百二十余人，击毙了兵团司令黄伯、邱清泉。淮海战役的胜利极大地动摇了国民党反动政府的根基，使他们面临土崩瓦解的状态。目前，长江以北的广大地区已经全部解放，国民党军队元气大伤，还在做最后的垂死挣扎。我们江南地区的地下党游击队要通过各种形式，大力宣传我党我军的重大胜利，鼓舞仍在国民党反动政权统治下的广大人民群众树立对敌斗争的信心。同时我们还要主动出击，扰乱敌人的后方，做好支援前工作，迎接全国的大解放！”话音刚落，会场上响起了经久不息的热烈掌声，在场的与会者无不欢欣鼓舞。待掌声过后，林白接着说道：“现在恰恰是黎明前最黑暗的时刻，敌人愈接近死亡，对革命者和革命群众的镇压就会愈发残酷疯狂，他们为了保住福建这块通往台湾的阵地，将会无所不用其极，我们必须做好充分的思想准备。今年将会是福建地下党战斗最艰苦的一年，从最近的情况看，我们的大部分根据地都落到了敌人手里，他们想要杀鸡吓猴，开始对我们的人大肆屠杀，各地被捕的同志有不少都已惨遭杀害，事态紧急，我们也来个针锋相对，尽全力把近期被捕的，尚未遭到杀害的同志解救出来，这个任务就由连江沿海地区工委来完成。陈可珠同志提出的抓捕敌人重要人物、再和敌人交换俘虏的设想很好，今天我们在会上详细讨论一下，另外请郑荫敏同志汇报一下北茭的敌情和他们的战斗计划，争取在换俘完成后组织力量突袭水警队，给敌人一个出其不意的打击，以缓解连江沿海地区地下党和游击队的战斗困境。”就这样，会议围绕着“抓人质换俘”“突袭北茭半岛水警队”和“宣传当前形势”等主题展开了热烈的讨论。第二天，经五县中心县委同意，连江和北茭工委的同志各自领了任务，开始分头行动……

（一）

这一天，天晴，风疾，浪大。趁着潮水上涨，一伙挑着渔筐的鱼贩子挤在演宫码头准备坐汽轮赶到县城去卖鲜。那些张帆待发的船主，叫嚷着招揽生意让他们上船，这伙鱼贩子无动于衷，他们正观望着不远处从县城返回的汽轮，那些帆船主心里都清楚，坐汽轮要比坐帆船快得多。

汽轮在码头刚停稳，鱼贩子们便挑起鱼筐争先恐后地往船上涌。船上的保安队员凶相毕露地把他们拦住，吼道："别抢，等我们下完了再上，统统滚开！"这伙人听到吼声，便不再拥挤了，乖乖地让出一条通道在码头上等候，保安队陆续从船上下来了十个人，其中有一个肩扛两朵梅花，身着国民党正规军服的年轻军官。站在最前头的那个运鱼贩子环视了一下汽轮周围，冲着同伴使了个眼色，立即扔掉了肩上的扁担和箩筐。说时迟那时快，只听"呼啦"一声，二十多个鱼贩子一齐扑向保安队，以迅雷不及掩耳之势缴了这些还未反应过来的保安队员的枪，那个年轻军官也不例外，还没等拔枪反击，腰间的左轮就被下了。这是他头回遇到突袭的场面，脸上白胖的肌肉惊得颤动了好几下，他惊魂未定地问："你……你们是什么人？"为首的鱼贩子笑了笑："我们是侦缉大队长姚大旺派来的，奉命请你们到县城走一趟。"保安班长一听这话，顿时火冒三丈："姚大旺胆大包天，指挥部的林参谋也敢得罪，你们有几个脑袋！"鱼贩子们听完并不理睬，拿枪指着这几个保安队员，挨个儿把他们推进了客舱，然后用预先准备好的绳子把他们一个个都捆了起来，那个班长这时才醒悟过来："好啊，你们不是姚大旺派来的，你们是共产党游击队！"鱼贩子们依旧没有理会他，用毛巾将他们的嘴一个个堵住，这帮人再想说什么也说不出来了，只能涨红着脸用鼻子呼呼地喘气。

此时，站在码头上的那个为首的鱼贩子向周围的群众招了招手，带着另外两个同伴押着那名军官跳上汽轮，走进了驾驶室。汽轮立即启动，向着县城方向行驶而去。

在驾驶室里，面对这个年轻的军官，那个为首的鱼贩子态度显得十分友好："林思义林参谋，让你受惊了，想必你也猜到我们是共产党游击队。今天我们来请你，绝无伤害你的意思，你的家史，你的为人，我们都很清楚，你放心为了使你的义母不担惊受怕，我们已派人通知了她，你在我们这里，不会有生命之忧。"林思义用机警的目光上下打量了这个说话人，心想，看来共产党捉我是另有目的，我是机要参谋，对他们有相当的价值。近日县城将处决一批共党分子，莫不是要将我作为交换条件救出那批共党俘虏？若真是那样，陈指挥官势必进退两难，所谓鱼和熊掌不可兼得，要杀共产党就得舍弃我，要救我就不能杀共产党，这恐怕不是福建第四清剿区指挥官一个人能说了算的。想到这，他把两眼一闭：是福不是祸，是祸躲不过，现在，只能听天由命了。

汽轮朝着县城方向开去，林参谋沉默半晌后感到很不解，便睁开眼问道："你们要把我等送往何方？"那个为首的鱼贩子答道："一会儿你就知道了，船靠岸后，请你派一个人为我们送一封信给你们的指挥官，你们的指挥官如能按信上要求照办，不日你们便可返回县城，我们绝不会为难你们。但如果你们的指挥官敢耍花招，或者你的人不配合，那就是另一回事了！""如果陈指挥官不同意你们的要求，你们会把我怎么样？”那个为首的鱼贩子笑了笑：“我们对付凶恶狡猾的敌人可不止一套办法，我可以明确告诉你两点：（一）他们的算盘我们早已替他们拨好了；（二）我们不是土匪，是共产党领导下的革命队伍，不论在前线还是后方，对敌政策都一样，不虐待俘虏。更不会无端杀害俘虏。”林思义听完这些话，仿佛吃了定心丸一般，心里平静了许多，不住地微微点头。

汽轮眼看就要到达浦口防区，为避免陈为庆的兵丁拦船例行检查，那个为首的鱼贩子对林思义说：“到你们的防区了，请林参谋给岸上的人打个招呼，免生事端。”林思义不敢耽搁，顺从地从驾驶舱探出头来，朝岸上的士兵挥了挥手，这些人见了便没再上前拦阻，汽轮得以顺利地继续昂首疾驶。最后，汽轮在人烟稀少、交通不便的鱼池山堂地区靠了岸，此地距离县城尚有十里左右的水路。临危受命的保安班长再三交代他手下的一个士兵：“你一定要把这封信亲自交给陈指挥官，越快越好，千万不能让林参谋出事，否则你我全都吃不了兜着走，出了事，我们都难逃命……”这个保安兵战战兢兢地接过游击队预先写好的信，神色紧张地说道：“班、班长，兄、兄弟们，你们放心，我不会出差错！”游击队将送信的事宜布置完毕，随即押着众俘虏陆续登岸，消失在茂密的山林中，而那名送信的士兵则小心翼翼地揣着信，乘着轮船继续向县城驶去……

装扮成鲜鱼贩子的这二十三名游击队员，全部都是从连江县游击支队抽调来的，他们挑着堆放着小鲜鱼的鱼筐，一路小跑着进入东岱，放哨的保安兵和巡逻的侦缉队队员见是赶潮水卖鲜鱼的，都没有对他们阻拦盘查。

那个为首的鱼贩子正是副支队长林康官，和他一起参与行动的队员中还有地下交通员李天使。

这次劫持林思义的行动计划是由老可一手拟订的，事前做了周密的部署。说起林思义的身世，倒也十分凄凉，他本不姓林，父亲名叫黄福瑞，原是福州南台鱼行老板的大少爷，兄弟分家之后，他到海上跑干鲜货生意，在马尾造船厂打造了一艘五十吨的机帆船，雇了九个伙计，经常到东引、西洋、妈祖列岛收购墨鱼、带鱼、虾、黄鱼等水产，再运到福州等地销售，赚了不少钱，在经商的过程中，他通过东岱的吴璞先生认识了南北竿塘岛的海匪司令林义和。这个吴璞是国民党CC系[①]特务机关的侦探长，和林司令是结拜兄弟。年轻时由于穷困潦倒，经常受到黄福瑞父亲的接济，他当了侦探长发迹之后总想报黄家的恩。由于这一层关系，林司令对黄福瑞十分关照，晓谕部属，在海面上如果遇到黄老板的机帆船，不准打扰，并尽可能予以保护。黄老板也是个有恩必报的人，每次出海必定会带些上等的烟酒慰劳值班巡逻的弟兄们。对上层的头头儿，更是根据每个人的喜好另有馈赠，海匪上下皆大欢喜，每次遇到黄老板的船都热情地请他把船驶进妈祖港做客，因此，黄福瑞在海上做了多年生意，一直是财源茂盛，顺风顺水。

1940年4月，日军不费一枪一弹就占领了南北竿塘及妈祖列岛，

---

①“CC系”是指以陈果夫、陈立夫兄弟为首的在国民党内的一股势力。他们以国民党组织部和中统局为根基，向文化、教育等区域横向进展。抗战时期是蒋介石政府的一支反日宣传力量。陈氏兄弟与蒋介石关系紧密，陈家与蒋家、宋家、孔家被称为“民国四大家族”，虽然这一派系的政治资历不及“政学系”深，但却组织严密，根基力量深厚。

控制了闽江口。林义和及手下的两千多名官兵不战而降，摇身一变成了皇协军，听从日本人的调遣。

1940年8月，日军出动了十多艘炮艇，在妈祖列岛海面上疯狂劫掠，屠杀渔民。黄老板满载鱿鱼的船也不幸遭到鬼子的洗劫，船上的伙计全部惨遭杀戮。皇协军的小头目不忍看到黄老板遭殃，立即用小快艇把林司令请来，想为黄老板在日本人面前求个人情。然而等林义和赶到现场，一切都为时已晚。机帆船上满是鲜血，一具具尸体横七竖八地倒在甲板上，有断头、缺胳膊的，有胸部冒烟、肚肠外流的，其状惨不忍睹，黄福瑞被一个日军军官一刀砍下了头颅，业已身首异处。整艘船上只剩下黄家母子俩惊恐万状地蜷缩在角落里，瞪着绝望的目光瑟瑟发抖。林义和目睹如此惨状，惊得魂不附体，悲得心肠碎裂。眼见那个鬼子军官还要举刀继续砍杀黄氏母子，林司令大喝一声："且慢！"紧跟着话到人到，一把将这个鬼子举刀的双臂抱住了。鬼子军官瞪着一双血红的双眼，面目狰狞地看着林司令。"太君，这一家人是大大的良民，请给我个面子，免她母子一死，我林某定当厚报！"眼前这个杀人不眨眼的鬼子军官肩牌上镶着一条红杠两颗星，看样子是个小队长，听了林司令的话，这家伙眨了眨眼睛，好像听懂了几句，于是把高举的屠刀放了下来，他环视了一下四周，叽里咕噜地冲着手下的鬼子兵说了几句日语，周围那些端着滴血的步枪刺刀的士兵便"哈依"一声，跟着他登上了炮艇，又到别处屠杀去了。

黄老板原打算运一船鱿鱼到香港，卖个好价钱，顺便带着妻子和放暑假的儿子一起到香港游玩，谁料天有不测风云，一家人竟遭此劫难。林义和司令心有难言之隐，但却十分讲人情，重义气。从此以后，黄老板的妻儿在南竿塘岛上受到了林司令和夫人的百般关照。黄夫人由于受到过度惊吓，加上极度悲伤，不久便身染重病，抑郁而亡。临终前，她将儿子黄冲托付给林司令及其夫人，让孩子拜他们为义父义母。第二年春天，林司令便把中学毕业的黄冲送到香港英国皇家海军学院读书深造。一九四五年七月日寇投降前夕，汉奸姚大旺在日寇的授意下将林义和司令杀害，黄冲从香港赶到南竿塘岛哭丧，为感念义父的恩德，改名林思义。日寇投降后，皇协军被福建省保安司令部收编，林思义要将义母和两个小弟妹迁往香港，以报救命和养育之恩。保安司令部及军统特工人员看他是个有用的人才，执意将他安排在省保安司令部从事水警系统的技术指导工作，义母一家也被吴璞先生接到东岱居住。陈维金到第四清剿区任职时，朱绍良便将林思义调给他任机要参谋。林义和的遗孀有腿骨疾病，林思义多方求医救治，近几个月，东岱被保安队侦缉队占领，林参谋每周日都要到东岱探望义母，陈维金为了成全林参谋的孝心，也为了安全起见特派了一个班的士兵护卫他。由于他每次出行都很显眼，地下党十分关注他的行踪，并对他的情况做了详细的调查，未雨绸缪，最终将他抓获。

林康官的小分队押着俘虏在山坳里穿梭，李天使在队伍后头观察周围的情况，保持着高度的警惕。游击队员不时地向俘虏发出“快走”的催促声。

林康官和林思义走在前头，他告诉林参谋地下党很同情他的义母，已经通过关系请了三位名中医为他的义母会诊腿骨病，请他放心。林思义听了，心中颇为感动。林康官一边走着，一边像拉家常一样和林思义聊了起来，当谈到这几年他的义母和东岱所有贫民一样，遭天灾人祸、生活贫困潦倒时，林思义不时地发出声声哀叹，自己在省城因公事繁忙，在家不得落脚，每月就是寄一笔钞票给义母，赶上物价飞涨货币贬值，义母又疾病缠身，生活十分艰难。

当林康官提起一九四〇年八月日寇屠杀沿海渔民，血洗黄老板机帆船的往事时，林思义激动了，愤怒了。他要求康官不要再往下说了，自己和日本人有不共戴天的切齿仇恨，每当提及这段往事，他都心如刀绞。林康官沉吟了一会儿，话锋一转问林思义："现在国民党发动内战要消灭共产党，屠杀革命者，压迫老百姓，这不是和日本鬼子一样吗？"林思义毫不犹豫地回答道："不一样！日寇是侵略者，国民党是全中国的领导者。"林康官也提高了嗓门："你的义父林义和是谁杀的？""日本鬼子杀的！""不完全是，林司令是日寇和国民党特务共同杀害的！他们是一丘之貉，你的义父还有中国人的良心！"

林思义怒不可遏："你胡说！无凭无据，血口喷人，你们为了拉拢我，为了打击国民党简直不择手段！"林康官也不示弱："你糊涂！认贼作父！我说的既有凭又有据，你可以详细问问你的义母，她这些年一直把这个秘密藏在心里，她会告诉你真相的！"林思义大吃一惊："什么？怎么会这样？""老人家为了你的安全和前途着想，她怕你一旦知道了真相，会遭人暗算。"林康官说完向后方瞭望，见队员们押着保安兵离他们还有一段距离，便压低声音接着说道："现在这群被俘的人当中就有一个曾经是你义父的结拜兄弟，也是参与杀害你义父的凶手。你啊——翻了船还不知哪面来的风。"林参谋听了这些话，心中大为触动，他万没想到共产党对他义父的死因了解得如此清楚，事情变得越发复杂，他陷入了沉思……林康官看出了林思义心中的波动，严肃地对他提出了忠告："我刚才对你说的这些话，除了你的义母之外，对你们阵营的任何人都不要提起，否则会招来杀身之祸，切记！"

游击队员押着俘虏来到了山堂村南面的一幢独立的民居前。此地十分隐蔽，背靠云居山，翻过两道山梁可以直达上庵寺；南面翻越数座山岭便到了儒洋、山门后，北面则紧靠不起眼的上际村。东面可俯瞰敖江。山堂村通往这里的道路都已被贫农团控制，无关人员不得通行。队伍到达后，太阳已经偏西了，游击队员把俘虏们集中在屋前的空地上，让他们原地休息，林参谋刚被林康官带进厅堂，就见两位女子一前一后的从屋外走进来，林康官对林参谋说："这是我们游击队的陈政委，特地来看望你。"林参谋定睛一看，站在自己面前的是一位眉清目秀，脸庞黝红，一头短发，身材匀称，充其量不过二十四五岁的女子。她穿着斜襟浅蓝色的服装，细长的柳眉下闪动着一双聪慧的眼睛，腰间插着一支勃朗宁手枪，英姿飒爽，身后那位年轻的小姑娘腰间扎着一根皮带，插着一支驳壳枪，脑后的两根小辫子显示出一种天真的稚气，小姑娘未语先笑，腮上一对酒窝，十分可人。如此善意美丽的女子敢和凶残的国军抗争，真是不易，他心中暗暗叹息："人间几多不平事，迫使佳丽举刀枪。"堂堂一个英国皇家海军学院的高才生，一个受人器重的国军中校军官，今日竟成了弱女子的阶下囚，真是太滑稽了。想到这儿，他赌气说道："阶下囚林思义，任凭你们处置！"陈可珠看他那憨厚和无所谓的神情心想，此人本质不坏，因为不明真相身不由己才认贼作父，如今被俘，硬装出一副“不成功，便成仁”的样子，实在是傻得可笑。她坦诚地对林思义说：“林参谋不必多想，既来之则安之。我们的林副支队长已经对你说过了，共产党不虐待俘虏。你们的指挥部要杀害我们十多名被捕的同志，我们也是出于无奈，才设法扣留你们，以达到交换俘虏的目的。我们绝不会像国民党一样滥杀无辜。”林思义仔细观察着陈可珠的言谈举止，他发现陈可珠虽不如王秀英艳丽泼辣，但却比王秀英朴实善良，端庄柔美。正像英国诗人雪莱所写的那样：“她温柔而芬芳，远离荆棘不生毒刺，不会使你的心受伤。”听完陈可珠的话，林思义心中对共产党的反感消除了，反而对他们产生了一种同情和感激。在交换人质的问题上，他认为陈可珠他们处于劣势，斗不过兵强马壮的陈指挥官，为了摸清底细，他直截了当地问：“交换人质的话，你们有什么具体的方案吗？”此刻，林思义消除了戒心，开始关心自己的命运了。陈可珠示意要他坐下谈，也想听听他的见解。她从小珍珠手里拿过一份抄件说：“我们在信中写清了三件事，也让你过过目，看是否公平可行。”林思义接过信，仔细地阅读起来：

陈指挥官见谅：

据悉近日你方要屠杀我方十八名被俘人员，出于无奈，我方只好将林思义参谋及九名保安兵捕获，以作交换。我方言必信，行必果。请陈指挥官见信后，权衡利弊，三思而后行，妥善安排换俘事宜。二十八条性命皆掌握在你的手中。

一月二十二日（后天）上午十时正，福建第四清剿区指挥部须将连江狱中在押的中共地下党员及进步分子十八名（按所列名单）送至敖江北岸鱼池山堂段，将他们全部释放；中共闽浙赣区党委城工部连江沿海游击队在对岸同时释放抓获的第四清剿区指挥部机要参谋林思义及九名保安兵，双方各负责渡船遣送被俘人员，并保证他们安然到达对岸。

换俘之前双方不得虐待被俘人员，俘虏释放后随行人员返回时一律徒手乘船。明日上午十时我方派员在江南桥南头专候回音。

后会有期。

中共闽浙赣区党委城工部

林连罗地区游击支队

凌尚武

陈可珠

公元一九四九年一月二十日

林思义反复阅读了数遍，深思良久后说道："陈政委，我能否提出异议？"陈可珠微笑着说："既让你看，就是要你表明心迹，共同搞好换俘工作，但说无妨。"林思义默默地点点头，严肃地说道："我认为这封信是一厢情愿。""哦？为什么呢？""陈指挥官和他手下的干将，根本不把你们放在眼里。论实力，吃掉你们绰绰有余，我们这些人的性命他们不会看重，相比之下，他们更愿意在换俘的时候设计消灭你们。到时候他们不讲信用，你们悔之晚矣！"林思义对换俘丝毫没有信心。陈可珠早就估计到林思义会说出这些话，她成竹在胸地对林思义说："林参谋快人快语，说出了心里话。但你要明白，身为福建第四清剿区的机要参谋，你身上担着剿总计划的秘密，在全省又是受赏识的海军技术军官，枉顾你的生死，恐怕陈维金和他手下的干将，还没有这个胆量。”一番话，说得林思义沉默不语。陈可珠看着他一言不发陷入沉思，便又提醒道：“林参谋，你看我们的计划能行吗？”林思义望着陈可珠苦笑，勉强点了点头。

这时，屋前空地上飘来了番薯米混合大米蒸饭的香味和碗筷碰撞发出的“叮叮当当”的响声。几个贫农团员抬了一大蒸笼饭放在地上，又摆上了两钵红糟闷萝卜、油煎带鱼。林康官见到保安兵们争抢着添饭，便对他们说：“平时我们和百姓是吃不到这种饭菜的，今天是为了优特你们这些俘虏，特意给你们准备的。你们不要抢，这里不比保安队，谁抢得快就吃得饱，我们蒸了一大笼饭，够你们吃的，你们可别撑破肚皮，以免让我们背上虐特俘虏的罪名。”围观的游击队员们听了，哄堂大笑。一个贫农团员边给这帮人盛饭边说：“你们这些人吃饱了不要再和穷人作对就行了。”

在福建第四清剿区指挥部的会议室里，陈维金手下的干将急不可耐地传阅着游击队交换俘虏的信件。王秀英看完了信，玩世不恭地从鼻孔里发出一声冷笑，将信件推给郑乃一说道：“林正灼逃跑的第二天，我就对指挥官说过，连江县保安队只有吃喝嫖赌的本事，连看家狗都不如，可指挥官还要起用他们，到头来怎么样？丢尽了党国的脸面！现在双方的俘虏数量是十比十八，共产党的十八个人个个有分量。连江县保安队的九个保安兵无足轻重。只有林参谋这一个人不能舍弃。陈指挥官您自己去掂量吧！”与会的人都瞪大眼睛望着王小姐。他们都有共同的感受，王小姐在会上的言语犹如她手上的枪，从不轻易击发，一旦开火必定百发百中。陈维金在桌边来回踱步，不知如何是好。

郑乃一看完信，甩手把信件扔给了姚大旺，嘲讽地对他说：“前辈历尽沧桑，定有对付绑匪之妙策。”姚大旺张着蛤蟆嘴，怪声怪调地回答道：“不敢不敢，后生可畏，尔等率先拼杀，吾辈绝不会贪生怕死。”他看完信件后，幸灾乐祸地叫嚷着：“共产党此举并不高明，十换十八太便宜了他们。那些保安兵，成事不足败事有余，干脆送给共产党，要杀要剐随他们便。我也认为林参谋是军中之宝，非救不可，十八名在押的共产党也是非杀不可的，这就苦了我们陈指挥官啰。”海军陆战队营长、水警大队长，陆续都传阅了信件，七嘴八舌地发表了自己的意见，只有坐在角落里的连江县保安队长始终低头不语。

眼下出现了如此意想不到的事，一下子打乱了陈维金原来的战略部署。在座的人都希望借换俘的机会彻底消灭共产党，一出胸中的怨气，但真要打起来，林参谋性命难保，谁都不愿放这当头炮。大家沉默不语，互相观望。陈维金在会场上来回踱步沉思，同样一言不发。他已经向上峰做了报告，没有上峰的指令，他和手下的这帮人又能有什么两全其美的办法呢？……过了许久，从门外进来了一名机要员，向陈维金递来一份电报。他接过一看，脸上顿时露出轻松的神色，他一连看了数遍，而后高声念道：

第四清剿区指挥部：

同意你们换俘，务必确保思义参谋安然返回。事后挥军将共产党尽数剿之。不得有误！

福州绥靖公署朱绍良

民国三十八年一月二十一日

在场的人听完，各个心中像落下了一块石头，有了上峰的电令，就不用再瞻前顾后左右为难了。

此时的王秀英心中愤愤不平，她心里很清楚：地下党略施小计，就把第四清剿区的核心机要人物林参谋擒了去。数千名国军经过一年多的奋战，付出了惨痛代价才捕获了十八名地下党，正准备杀俘警匪之际，又轻而易举地被共产党换走了。等把这些共党放走了再回头清剿，又谈何容易！

长期以来，国民党的清剿部队在明处，共产党的游击队在暗处，清剿部队每走一步，都在游击队的监视之下，每次围剿都受到牵制，十有八九会被引进险境。尽管清剿部队在武器装备和兵员给养上都占据了绝对优势，但他们是无根之本，得不到老百姓的支持，无论何时何地都扎不下根，站不住脚。老百姓不但不对他们说真话，还往往帮着游击队把他们引入伏击圈。经过近两年的较量，清剿部队的官兵可谓是哑巴吃饺子心中有数，不管如何斗智斗勇，他们都斗不过游击队。“得道多助，失道寡助”的思想逐渐在某些军官的脑海中涌动。这次换俘行动在福建清剿区的一些高层领导的内心也产生了巨大的触动，他们当中有的对“剿匪戡乱”产生了消极厌战情绪，有的甚至开始反对大肆屠杀共产党人。朱绍良身边的助手吴硕将军就是反对屠杀行径的国民党高级军官之一。

得到指令的陈维金像卸下了千斤重担，立刻布置保安队和警察局去执行换俘的命令，确保林思义参谋安全返回，并要求对被俘释放的保安队士兵进行严格地甄别审查，对严重失职，有通匪嫌疑的人员严加惩处。分派完毕后，陈维金要求在座的各大队指挥官及指挥部各部门负责人群策群力，按电令中“挥军将共党尽数剿之”的指示为指挥部提供决策。这帮人一直商议到深夜，最后，拟订出了一个周密的作战计划：

决定于一月二十四日下午三时开始，全面围剿以定安为中心的沿海地区二十一个被共产党占据过的村庄，对反抗者一律就地枪杀，对放下枪支的俘虏及嫌疑犯一律交由连江县警察局投监严审。

命令侦缉大队四百人进驻龙山，对东岱、关头、白宫、刘坂、龙山、洋西和湖里进行围剿。

命令水警大队三百三十人，进驻云居山下的寺院，对道沃、北山、中楼进行围剿。海军陆战队则配合水警队围剿下歧、定安、后王庄、山堂、里庵和上际。

陈维金要求各部于一月三十日前务必将围剿区域内的共产党地下党据点和贫农团组织全部彻底摧毁，对各地的共产党武装务必全力消灭，对于作战勇敢、功勋卓著、指挥有方者，给予晋衔升级之褒奖，对围剿不力、贻误军机者，严惩不贷。

发动如此大规模的作战，陈维金的内心十分激动，他心中暗想：此仇不报无颜面对党国！共产党游击队就是孙猴子，本事再大，也逃不出如来佛的手掌心！

（二）

深夜十二时，明月当空，再过九个钟头，就到了交换俘虏的时间了。陈可珠、郑崇德、郑荫敏、陈讲门、林落影、杨孝基、陈珍珠等十员精兵强将正按照林白书记的布置，趁夜色长途奔袭北茭岛，准备一举端掉那里的水警中队，给北茭地下党和组建不久、缺乏武器弹药的游击队做一个战斗示范，用从敌人手中夺取武器来武装他们，让他们在沿海战略要冲开展武装斗争，给陈维金一个意想不到的打击，从而打乱他们的“围剿”部署，以解云居山地区的战略危机。

略带寒意的海风吹拂着鱼池山堂的港湾，从白蒙蒙的远处，泛起层层闪耀着白光的水波，时隐时现地向岸边涌来，拍打着船舷发出阵阵响声，港湾没有渔火，十几个人从岸边架了一块跳板，悄悄地走上了停靠在这里的舢板，待他们都坐稳之后，岸边的人将跳板拖走，并用长竹竿将舢板撑离岸边，舢板后舱有橹，一个粗壮的汉子开始把舢板摇向不远处一条桅杆上落着帆，船身罩着竹篷的渔船，不一会儿，一行人爬上渔船，船上两个行船的伙计，便滚动着转碇索的转轴，收索起锚。先前那条舢板则由那个摇橹的精壮的汉子驾着，调头向岸边驶去。渔船的船老大用肩膀扛了舵把，将舵定住，两个行船的伙计随后又慢慢地把落座的大帆渐渐拉了起来，从他们的动作看来，是要尽量减低升帆时，桅杆上轮轴所发出的“咔嗒咔嗒”的响声。船老大按风向转舵，扬帆兜风，将渔船驶出定安港湾，开始乘风破浪。这时，天上的月亮一会儿被灰白色的云块盖住，一会儿又冲出云块的包围，露出自己不十分圆满的面孔来，并以她特有的风姿，特有的魅力在广阔的夜空中驰骋，给茫茫的海面洒下了淡雅迷人的柔光。

陈可珠、陈珍珠从未在海上颠簸过，她们已经做好了晕船呕吐的准备。一个革命者必然要经历各种环境的艰难考验，才能不断完善自己的品格，磨炼自己的意志。自己已下定决心把生命交给党、交给革命事业，还有什么痛苦忍受不了呢？今天参加突击队的有五县中心县委组织部的领导，有各地区游击支队的领导，他们全副武装，男同志携带了一把手枪和一支步枪，女同志则配备两把手枪，在林白书记的领导下，他们团结一致，身先士卒，要打开一个新局面，给福建沿海游击队树起一面不倒的红旗。

船老大估计两位女同志会晕船，请她们进后舱躺下休息，并让伙计取来两只木盆，放在她们面前，装盛吐出的污物。其他的男同志见了，便都围拢到后舱来，有的鼓励她们横下一条心，克服晕船。有的则和她们俩开起了玩笑："闭上两只眼，喝酸又吃甜，不怕海水咸，快乐如神仙。"这些男同志都是在海边长大的，天生就是曲蹄仔[①]，开玩笑意在分散老可和珍珠的注意力，但这些方法对晕船的人是无济于事的。船一出港湾，几个颠簸，可珠姐妹俩就开始头晕目眩。老可"哇"的一声回答了同志们友善的逗笑。有人见到老可吐，更起劲了，笑着说："我过去越是吐，越想吃饭，吃了饭又想吐，吐完了我又吃，硬是把它堵住了。"陈珍珠听到他们一直念叨"吐、吐、吐"，又受到姐姐的影响，实在无法控制了，也"哇哇"地吐个不停。同志们平时没有机会和老可、小珍珠开玩笑，现在趁着这个机会穷开心。有人接着说："晕船不是病，吐起来要带劲，张开嘴巴唱高

①指生在海上，长在海上的渔民。

调，一口吐得干干净净。”老可无奈地抱怨他们：“你们真会乘人之危，像水浒里的张顺，凭借在水中的能耐，把李逵整得死去活来。”小珍珠心想：你们不给我想点什么办法，让我不呕吐，还尽说风凉话，真不像长辈的样子。她以讥讽的口气说道：“趁我晕船笑话我，这也算长辈，也算英雄本色？”船老大也为这姐俩打抱不平：“妹子说得对，欺负女同志，不像男子汉，你们两个不要听他们乱讲，要不是你们在船上，我就把船开得更颠簸一些，也让他们吐几口，看他们高调不高调。”郑崇德听罢笑嘻嘻地说：“好啊，你们已结成了统一战线，我们大家可得小心在意啊。”船老大是游击队的海上地下交通员，大家都很尊敬他。这时，郑荫敏想到了一个好办法：“珍珠、老可，你们在船上躺着也没什么事，我给你们讲一个故事吧，这样可以分散你们的注意力，或多或少能减轻你们晕船的痛苦。”姐妹俩听了连连点头，在场的人也都来了兴致，纷纷围在郑荫敏身旁准备倾听。郑荫敏原是黄岐半岛人，他清了清嗓子，向大家讲述了一个关于黄岐半岛的精彩传说：

天上玉皇三太子，因抱打人间不平而触犯天条，被贬下凡间转世投胎，转生男孩后十三岁就考上了秀才，也正是他考取秀才的这一年，家中祸不单行，父母先后因病撒手人寰。他变卖所有的家当将父母收埋。从此只好靠租赁家中的几亩薄田度日，但他胸怀大志，埋头苦读，三年后赴京赶考，三场皆捷，却因无钱贿赂主考官，最终名落孙山。

正在此时，一头修炼千年的蛟怪闯入东海，打败龙王敖广，霸占了龙宫，开始兴风作浪，残害生灵。黄岐半岛的渔民深受其害，苦不堪言，龙王逃到天庭，搬请来天兵天将前来降伏，无奈蛟怪凶悍无比，竟凭一己之力战败一众天兵天将，天庭出师不利，玉皇大帝只得让龙王暂住天庭，伺机再除灭妖魔。

三太子“落第”返回家乡，悲观失望，情绪低落，走着走着，突然撞见一个陌生人正在追赶邻家胡老伯的女儿凤娇姑娘，他快步上前，拦下那人，愤怒地喝道：“何方强徒，光天化日之下，竟敢调戏良家女子？”那个陌生人哈哈大笑：“我今日造化，该着遇见美女俊男，索性一起擒回龙宫领赏。”原来此人乃是蛟怪手下的海蛇精，奉蛟怪之命上岸擒拿一对俊男美女做血食，海蛇精笑罢，面带狰狞地扑向三太子，一把将其擒住，转身再找那名女子，早已不见踪影。此时天边出现一团祥瑞，海蛇精害怕是妈祖娘娘临凡，便仓皇擒走三太子，直奔东海而去。

进到龙宫，蛇精向蛟怪呈报了刚才的经过。蛟怪听后下令将三太子当场开腹挖心食用，海蛇精领命，便用利剑猛刺三太子。谁知刺了好几下，三太子却毫发无损，蛟怪连连称奇，亲自抽出佩刀向三太子砍去，只听“咣当”一声，大刀砍在脖子上又被反弹了回来，原来三太子虽然投胎为凡人，但身上仍有仙筋神骨，因此剑刺不伤，刀砍不死。蛟怪见状大惊，下令先将三太子囚在石洞中，稍后再作处理，并派海蛇精日夜看守。

这时，妈祖娘娘也追至龙宫，看见龙宫附近的一块礁石中有一股怨气上升，知是三太子遭到囚禁，便上前打退海蛇精，救出了三太子，并将他带回自己的娘娘庙，传授他武艺法术，以待日后除灭妖怪。

第二年元宵节，那个获救逃生的胡凤娇见三太子音信全无，又听闻他被人卷入东海，料定他已葬身鱼腹，便在海边焚香祭奠，谁知香火却又将蛟怪引了出来。那怪听闻有一美丽的女子在海边焚香祭奠，于是亲自上岸准备将这女子擒回龙宫。蛟怪悄悄地来到胡凤娇背后，听得她是在祭奠被妈祖娘娘救去的那个俊俏男子，心想："我何不变成那男子模样来戏弄她一番？"于是摇身一变，变成三太子模样，走到胡凤娇面前。凤娇抬头一见大吃一惊："你是人还是鬼？"蛟怪笑道："贤妹不必害怕，一年前，小生幸蒙一艘官船搭救，方免一死。""那你为何今日才回来？""我被救后，就在衙门当差，早想回乡，怎奈公事繁忙，才拖至今日。"凤娇听后深信不疑，就将他带回了家。凤娇父母见三太子还活着，喜出望外，备下酒宴，为他洗尘。假太子见状暗暗欢喜，并天南地北胡扯一通，使众人更加深信不疑。酒过三巡，胡老伯提出要招他为婿，蛟怪听后正中下怀，赶紧点头应承。胡老伯高兴地说："择日不如撞日，今晚就在我们家完成大礼。"于是一家人忙里忙外筹办婚事。

话分两头，三太子在妈祖娘娘的传授下，怀着除暴安良的壮志，夜以继日地勤学苦练。一年来三太子不但熟悉了仙术，而且精通了十八般武艺。这年元宵夜，妈祖娘娘将三太子唤至跟前，向他说明了因抱打人间不平触犯天规，以致被贬下界的前世因果，三太子听罢幡然大悟。妈祖娘娘还告诉他："为师已知蛟怪假扮你的模样，正在胡家兴风作浪，你先前往解危救难，待为师去天庭搬请天兵天将，随后再前往助战。"一切分派已毕，二人念咒语驾祥云，分头行事。

胡家正在忙着举行拜堂仪式，村里渔民都来贺喜帮忙。热闹非凡，司仪拉长声音高喊："一拜天地，二拜高堂，夫妻对……""拜"字还没等喊出，天空突然降下三太子，直奔蛟怪："该死的蛟怪，胆敢扮我模样在此作恶，吃我一剑！"蛟怪见事已败露，现了本相，跳到屋外。三太子追到海边，恰遇妈祖娘娘率领天兵天将前来。妈祖娘娘命令三太子为先锋，排兵布阵，运用神力，擂动法鼓，向蛟怪讨战。片刻，蛟怪率领水族兵将应战，双方激战了一天一夜。妈祖娘娘、三太子最终打败了水族兵将，将蛟怪杀死，渔民见蛟怪被除，海屿澄清，个个欢天喜地。纷纷前来叩拜妈祖娘娘和三太子，妈祖娘娘将三太子的来历，讲给大家听，并宣玉帝旨意，将三太子召回天庭，掌管四海。渔民们欢天喜地，纷纷备下酒宴拜别三太子。从此，妈祖娘娘成了黄岐半岛的守护神，村村建庙敬奉，岁岁祈求保佑，每年正月十五的夜晚，黄岐半岛的渔村都会举行拜游的庆典活动，画有三太子头像的神灯，也逐渐演化成吉祥幸福的象征……

渔船就这样穿波逐浪借风鼓帆，行驶了五个小时。天很快就要亮了，无数闪耀的繁星开始悄悄地隐去。前方海岛的轮廓已经清晰可见。突击队乘坐的渔船，停靠在预先确定的地点——黄岐半岛的上塘村，北茭战斗的出击地。

黄岐半岛是一座长条形的海岛，从连江县十万分之一的地图上看，这个岛只有食指大小。上塘、苔菉、北茭都在这一长条上。

船靠岸了，老可和小珍珠急着往岸上走，同志们怕她们摔倒，要扶她们下船，被她们谢绝了。船老大亲切地对他们说道："别急，先坐在沙滩上歇一歇再走，晕船不是病，到了岸上就有劲儿了！"大家登岸后，岸上早有一群人围拢过来，纷纷和他们握手问好，郑荫敏和老可对了一下手表，已经清晨五点半了。大家随后来到了上塘渔民工会的所在地：上塘村妈祖庙。这座庙堂是用大木头和大石头建造起来的，十分宽敞明亮。神殿正中有一尊妈祖娘娘的坐像，头戴凤冠，脸庞清秀，神态安详，身穿红底金线绣凤袍，栩栩如生。立在一旁的顺风耳塑像，四肢裸露，左手握着一条蛇，蛇身缠绕手臂，侧耳作听音状。海神妈祖不仅保佑航海、漕运平安，还兼有注生娘娘的司职，故又称为娘娘，因此，妈祖庙也称娘娘庙。在苔桨、北茭两地，也都建有相当规模的娘娘庙。上塘村的这座庙宇香火鼎盛。前来祈福还愿的人络绎不绝。妈祖娘娘像对面的正厅有一座戏台，每当鱼汛大发，渔民丰收时，大家都踊跃捐钱请戏班到庙里唱戏，感谢妈祖娘娘显灵，保渔民平安，助渔民丰收，这里不仅是渔民们祷拜的圣地，也是渔民们娱乐的场所。去年一月，上塘的渔民工会成立，娘娘庙就成了工会议事和聚会的地方。

此时，北茭游击队的班长王义民同志送来了一张用毛边纸画出的水警中队驻防情况草图。图上标明了宿舍、武器库、进出通道、哨兵的位置，并注明了武器类别，兵员数量和周围的地形地物以及通往缉私、盐警哨所的路线和两处的兵力部署。

郑崇德、陈可珠、郑荫敏、钟云一起开了一个领导小组会议，对整个战备工作做了一次认真的研究。统一思想之后，决定由陈可珠和郑荫敏负责全局的战斗指挥，并召集突击队、北茭半岛特区工委会，北茭半岛游击队队长、工会负责人，向他们部署了具体的作战方案：

一、突击队明晨四时到达北茭娘娘庙（水警驻地）的后山隐藏。担任突袭任务，接到进攻命令后立即进庙歼敌，北茭游击队派两个班配合突击队，战斗听从陈可珠政委的指挥。

二、北茭游击队其余的队员于明晨四时进入通往盐警、缉私哨所岔路口隐蔽，担任阻击敌人援兵的任务，由队长陈桂安负责指挥。

三、北茭、苔菉、上塘工会会员明晨四时全部在北茭娘娘庙附近的海边聚齐，携带可防身杀敌的武器工具，战斗打响后，配合突击队打击敌人，救护伤员，搬运清点武器弹药。由北茭副书记林落影负责指挥。

四、战斗于明晨四时二十分准时打响。

五、战斗结束后，北茭工委和游击队迅速进驻娘娘庙，做好三件事：

1. 教育并遣散俘虏，做好善后工作；

2. 着手进行北菱半岛游击队的扩编训练工作；

3. 召开庆功会，动员全岛人民做好抗击来犯之敌的准备工作。

第二天清晨，十名突击队员像离弦的箭一样，以最快的速度进入了北菱水警队驻地的后山隐藏，并跟北茭游击队顺利会合。进入预定位置后，老可摁亮手电看了看表，时间是三点五十分。她详细了解了王义民所带两个班的准备工作和敌情动态。王义民汇报完毕后，将一名队员带到老可面前说："他是亦明，和水警队所有的人都混得很熟，我让他负责利诱流动哨。"老可听罢点点头，示意他们先隐蔽好。

时间一分一秒地过去，眼看离攻击时间还剩十分钟的时间了，亦明左手抱着一包东西，右手提着一壶酒，拐到娘娘庙前的那条主路上，不紧不慢地向着庙门走来，老可指挥队伍悄悄跟在后面，快到庙门口时，亦明便哼着别人听不清的小调，假装要从庙门经过。跟进的队伍迅速散开，利用地形地物，十分隐蔽地观察周围哨兵的动静。一个哨兵很快就发现了亦明，端枪喝问："什么人？""是我，亦明。"哨兵放下枪向他靠近，走近前发现是亦明，便轻声问道："你来干什么？"亦明也认出了对方，说道："啊，是你老兄站岗，我今天在船上值班换了班，带了几只蟹，一壶黄老酒回家，准备吃饱喝足了再睡觉。"不远处的另一个哨兵听了他们对话也转悠过来了，两眼放光地说："是亦明啊，干脆请我们吃了吧，省得你带回家。"第一个哨兵把步枪挂在肩上，生怕亦明手上的东西被他拿走，便两手抢过来，故意说道："我看看是什么好东西。"对方也背了步枪，过来一把抢过同伴刚到手的酒，对着壶嘴猛吸了一口，连声称赞："好酒，真是好酒！"亦明见他们如此模样，心中高兴，便顺水推舟地说："既然你们二位想吃，那干脆我们找个地方一起吃了算了。"两个哨兵急不可耐地说："就在这里吃，就在这里吃。"说完，两个人把枪都放在地上，一边互相争抢着吃蟹肉，一边夺过酒壶你一口我一口地猛灌一气，亦明环视四周，觉得夜色昏暗，同志们摸黑接近不易被发觉，正是猫捉老鼠的好机会。就在两个哨兵正吃得起劲的时候，王义民带着四个队员摸了上来，以迅雷不及掩耳之势将他们两人按住，这两个哨兵还没反应过来，就被游击队员用毛巾堵上了嘴，手脚也被队员们用绳子牢牢捆住，动弹不得。战斗正式打响了，老可指挥着其他队员，迅速冲进庙里。队员们早就把驻防图上的内容记得一清二楚，一进庙门便分头行动，一组队员来到中队长的卧室前，一脚将房门蹬开，打开手电大喝一声："不准动。"水警中队长在梦中惊醒，大惊失色，正欲摸枪反抗，被两双强有力的手按在床上捆了起来，放在枕头下和挂在墙上的枪都被游击队员拿了去。另外一组队员冲进庙堂，用十多支手电射出的强光对着堂内的通铺直晃，同时发出一阵如雷的喊声：“不准动，缴枪不杀！”水警们被惊醒了，不少人习惯性地从床上滚到地下，这个中队过去有海军陆战队的底子，训练有素，装备精良。他们意识到自己遭到了北茭游击队的偷袭，不甘示弱，一心想着反击！其中有几个水警动作十分敏捷，一下子就滚到枪架边，取下了冲锋枪，当突击队开枪射击时，他们也开始疯狂地回击扫射。老可他们见敌人的战斗力如此强悍，十分惊讶，这时王义民的手电光仍在晃动，老可的心颤动了一下，叫了一声“不好！”紧跟着“突突突”一阵枪响，王义民被击中胸部，身子摇晃了一下，栽倒了。陈珍珠见此情景，毫不犹豫地顺着着敌人枪弹发射的光焰，“砰砰砰”连射三枪，对方的两支冲锋枪都哑了，与此同时，另一个还想顽抗的水警也被老可一枪毙命，其他的突击队员也将正在取枪的水警打得趴在地上，躲在床下。伴随着几十支手电筒射出的强光，庙堂内响起了队员们的厉声断喝：“我们是共产党游击队，缴枪不杀，顽抗到底死路一条！”那些被射杀的水警有的被子弹穿脑而过，红白外流，有的被子弹射透胸膛，尸体尚在冒血。那些活着的水警听到如雷鸣般的断喝声，个个惊恐万状，眼见战斗处于下风，反抗无效，这帮人纷纷垂头丧气，举手投降。工会会员们在大庙堂里点起了十多根大蜡烛，把俘虏们集中在一个角落里看押起来，令人痛心的是，王义民同志重伤不治，英勇牺牲了。

庙堂的战斗结束后，突击队集结在一处，准备占领大殿后面的军火库，在军火库前，大家正准备一拥而入，却被军事教官钟云拦住了。他让同志们退到两旁，自己迅速侧身用脚蹬开了门，紧接着又飞快地闪退在一旁。门刚一撞开，就见屋里躺着一个人，用冲锋枪正对着门口扫射，两旁的同志立即闪避准备还击，钟教官大喝一声：“不许开枪！”把队员们制止住了。眼看屋内的冲锋枪持续吐着火舌，钟云敏捷地又一侧身，反手向冲锋枪发射处连开数枪，就听见屋里“啊”的一声，冲锋枪熄火了。钟教官一马当先冲进屋内，大喝一声：“不许动！”同志们也纷纷亮起手电在房里搜索，只见地上躺着一个人，身负重伤奄奄一息，已无力反抗。屋里除了一张床，就是几十箱长短不一的弹药箱。这时大家才醒悟到为什么钟教官一开始不让大家拥进来，后来为什么又不让大家开枪，真是个实战经验丰富的好教官，要是贸然闯进军火库，不知道有多少人会被击毙，万一双方交火引爆弹药，后果不堪设想。钟云的机智果断，给大家上了一堂生动的现场战术教学课。

经过工会会员辨认，躲在武器库负隅顽抗的人是副中队长李兴，在他的床头柜上有一部电话机，可以和岛内的哨所直接通话。不过，就在娘娘庙的激战接近尾声的时候，通往盐警、缉私两个哨所的岔路上也响起了一阵阵激烈的枪声，陈桂安率领的北茭游击队出其不意，打了个漂亮的阻击战，把前来增援的盐警和缉私队打得死伤惨重、仓皇而退。老可和郑荫敏得到战报，立即调动队伍乘胜追击，兵分两路去攻打盐警和缉私的哨所，结果，驻守两地的四十多个兵丁全部望风而逃，乘船消失得无影无踪。

此时，天光大亮，娘娘庙里香烟缭绕，鞭炮阵阵。“共产党万岁”“打倒国民党反动派”的口号声此起彼伏。

郑荫敏在战后总结大会上激动地宣布：“此次北茭半岛的战斗，共俘获敌兵七十八人，毙敌十二人，缴获两挺轻机枪，十二支冲锋枪，七十二支步枪，四支手枪，九千二百发子弹，三十个枪榴弹。这些武器弹药都是美国制造的，蒋介石这个运输大队长连我们这个小地方都照顾到了，我们不和他客气，照单全收。他用美国的武器弹药来镇压中国人民，我们就以其人之道还治其人之身！”说到这儿，郑荫敏的神情一下子沉痛起来：“北茭半岛的地下党员、游击队班长王义民同志在这次战斗中光荣牺牲了，我们准备召开一个隆重的追悼会，深切悼念王义民烈士，号召全岛地下党员、游击队员和工会会员向烈士学习，紧密团结在北茭半岛特区工委周围，勇敢战斗，不怕牺牲，消灭敢于进犯的敌人！”随后郑荫敏在会上向大家一一介绍了远道而来的突击队全体人员，当大家听到他们长途跋涉不辞劳苦、英勇作战、不怕牺牲的战斗事迹时，整个会场响起了经久不息的掌声，老可和小珍珠特别引人注目，渔家女都想把她们邀到自己的家中做客。

第八章
得道多助，失道寡助

蒋介石于一九四九年一月二十一日宣布下野，次日退出南京总统府回到老家溪口，把政权交由副总统李宗仁代理，之所以这么做，一方面是为了营造出一种与共产党和谈的假象，从而赢得喘息之机做最后挣扎；另一方面，辽沈、淮海战役的一败再败引起美国朝野不满，以“退休”为名让李宗仁上台，好继续获得美国人的支持。

蒋介石本想把上台的李宗仁作为傀儡操控在手里，但李宗仁在美国驻华大使司徒雷登的支持下野心勃勃，一心想取蒋而代之，起初他们两人是明争暗争，后来干脆演变成明争明斗。然而桂系毕竟实力有限，终究斗不过蒋介石。李宗仁上台后提出的七项措施都遭到了蒋介石的反对，成了一纸无法实施的空文。蒋在幕后指挥，架势不亚于亲自坐镇南京总统府。在军事上，蒋介石特别重视东南地区，为了加强控制东南部的一众战略基地，他任命薛岳为广东省主席，朱绍良为福建省主席，陈诚为台湾省主席，方夫杭为江西省主席，并设立了沪杭警备司令部，以汤恩伯为总司令，统一指挥江苏、浙江及皖南军政。

下野前，蒋介石将亲信将领李以匡召进南京官邸，对他暗授机宜："福建非常重要，没有福建就没有台湾，你到福建去要大力协助朱绍良主席，维系好闽浙边区、闽粤边区和闽台之间的联系，你所带的五十五师是战略预备师，全部美式装备，要好好训练，作为防卫福建的有生力量。"

一九四九年二月至三月间，福建以朱绍良为首的"中央"势力，表面上接受的是李代总统的领导，实际上却都听命于蒋介石的幕后指挥。蒋介石电告朱绍良，要在福州附近构筑一个半永久性的防御工事，准备进行防卫共产党的大决战。"福建上将"萨镇水、陈绍宽则希望朱绍良不要在福州与共产党决战，以免地方糜烂，沦为焦土。福建只有一个独立五十五师，其余的部队都是地方的杂牌军，整合起来也不过五六个团的兵力，和共产党的大部队硬拼只会落得以卵击石的下场。所以，朱绍良对蒋介石的电令也是阳奉阴违。

最近一段时间，闽东、闽中、闽西和闽北的国民党地方政权先后遭到各地游击队的武装攻击，乡镇一级的政权基本上都被摧垮，可谓是四面楚歌。第四清剿区指挥官陈维金下令对连江沿海各村镇实行全面围剿，但却顾此失彼，游击队穿梭式渡海，成功偷袭了北茭半岛，消灭了一个水警中队，拔除了盐警和缉私两个哨所，搞得朱绍良头疼不已。陈维金的部下在沿海地区名为"剿共"，实为抢掠烧杀，给无辜百姓造成了深重的灾难，以"福建上将"为首的地方势力对此十分不满，对陈维金产生了强烈的排斥情绪。福建绥靖区副主任吴石将军向朱绍良进言，认为福建是山岳地区，便于打游击，游击战乃是共产党起家的本事，他们的部队与之相比差距甚大，清剿行动收效甚微，还须有的放矢，不宜全面展开。朱绍良对福建的地方势力一向有所顾忌，他深知，得罪了这些人，自己在福建难以立足，吴石将军的言论值得考虑，否则得不偿失。想罢，他打定主意，命令陈维金立刻停止全面清剿，收拢兵力把守好几处战略要地，将围剿重点集中到了定安和北茭。

林白调派“十员大将”配合北茭特区工委游击队袭击北茭水警中队时做了两种打算：（一）围魏救赵，以解云居山地区之危，只要大围剿的敌人调动部分兵力扑向北茭，北茭游击队便可在黄岐半岛一带开展麻雀战将其牢牢拖住；（二）敌人如不上当，另从别处调兵攻打北茭，则所调兵力势必数量不足，北茭游击队可利用缴获敌人的武器弹药，狠狠地打击增援敌人，不让敌人上岛，待岛上局势稳定后掩护突击队撤回根据地。

老可率领的突击队“十员大将”在成功奇袭北茭后，帮助北茭特区工委扩编训练了游击队，打退了福建水上保安团增援部队的两次进攻，稳定了岛上的局势，一九四九年二月二十五日下午一时，老可他们仍然乘坐原先的那艘渔船，准备从北茭半岛起程返航。在北茭港湾的码头上，欢送的人群摩肩接踵，整个码头彩旗飘飘、锣鼓喧天、鞭炮齐鸣。一些年轻的妇女们一直把老可和珍珠送到船上，才依依不舍的洒泪分别。船开了，离岸走了很远很远，岸上的人还在向渔船挥手示意。欢快的锣鼓声一直随风飘荡，久久不息。

凯旋，可以使胜利者热血沸腾，从内心激起一股无比的自豪感，“十员大将”顺利完成了五县中心县委交给他们的任务，每个人的心中都产生了一种难以言喻的欢乐之情。

陈可珠姐妹俩站在桅杆旁，迎着风吹浪打，开心地望着一群飞翔在浪尖上的海鸥，飒爽英姿。船老大大声地冲她们喊道：“妹子，要站稳！”珍珠笑容满面地答道：“没事！”然后调皮地向观望她们的那些“大将”们眨眨眼，好像在说：“怎么样，还讥笑我们吗？”郑部长敏锐得很，立即回敬道：“别高兴得太早了，大浪区还没到呢。”话音刚落，众人一阵哄笑。珍珠很不服气地哼了一声，扭过脸不理会他们了。

小珍珠是个年轻好动不服输的女孩，在北茭战斗的这段日子里，她常和工会会员们出海，向他们学习驾船捕鱼的本领，在海上吃了不少的苦头，她下定决心，一定要克服晕船的毛病，尽快适应海上的生活。功夫不负有心人，现在的她，在船上无论遇到多大的风浪，都能淡定自若，再也不晕吐了。所以，她对同志们的话毫不在乎。相比之下，陈可珠就要差一些了，乘船遇见风浪的时候，还是晕得厉害。

按照五县中心县委敌工科的安排，“十员大将”乘坐的渔船须于当天傍晚进入敖江口，在大涂停靠。此时敌人已从大涂村撤走，大涂成为一片真空地带。众人上岸后，翻山前往观音岭寺，支队会派人接应，在寺中稍事休息后，突击队全体人员须在子夜一点以前到达湖里村。

傍晚，“十员大将”离船登岸来到了大涂村边，突然发现不远处有人赶着鸭群，用竹竿在地上乱打，还大声地吆喝着：“快走！赶快走！”鸭群“嘎嘎”地惊慌乱叫，声音传出老远。老可他们见此情景意识到有紧急情况出现，于是，大家都停止了前进，老可把手一挥，果断地说道：“快，抢占村后的高地！”话音刚落，突然从两侧的堤坝后面钻出不少人，用枪口都对准他们喊道：“不准动，把枪放下！”其中一个端着机枪的人得意地说："你们一个都跑不了！""十员大将"就这样被包围了，显然他们在上岸前就被敌人盯上了。同志们看这架势，都认为这是意想不到的被俘，是奇耻大辱。但大家都没有放下枪，仍随时准备拼搏。围住他们的这群人其实也并不清楚眼前的人就是共产党游击队，在没有弄清对方身份之前，谁也不敢轻易开枪，双方就这样僵持着，老可仔细看了看对方的装束，听着这些人满口的海边方言，推断他们可能是离此地最近的百胜乡自卫团，应该是发现了船只后，一直尾随监视着到的大涂。她猛然想起了林志龙之前提供的情报和留下的联络凭证，于是沉着地反问道："要我们放下武器？你们好大的胆子，知道我们是什么人吗？我们是福州绥靖公署的！你们是百胜自卫团吧，想造反吗？"几句话，把对面阵营的人说愣了，为首的一个人手提驳壳枪，用枪口指着老可问道："你们怎么证明是绥靖公署的？""叫你们的团长王裁缝来看证明！"老可不甘示弱，用手枪在空中晃了晃。那个手提驳壳枪的人听了，顿时心慌意乱地答道："我就是王团长"，说完便乖乖走到老可他们跟前。这时，小珍珠早已从挎在身上的公文包里取出一个信封，右手提枪，左手把信封交给了"王裁缝"韩复钦。韩从信封中抽出了一张叠好的信纸，里面夹着半张壹万元的金圆券。见此物件，韩复钦的手立刻颤抖起来，他随即打开信一看，这才知道眼前这位问话的女子就是赫赫有名的老可，游击队的陈可珠政委。他们肯定是从北茭过来的，共产党太厉害了，眼下他们的胜仗一个接一个，今天的巧遇正是他韩复钦将功补过的好机会啊！想到这儿，他激动地脱口而出："陈……"政委两字还未出口，他顿时觉得自己太莽撞了，灵机一动，立即改口："长官，误会，误会！原来你们是暗地到此侦察敌情的，怪小的有眼无珠，罪该万死！”说罢向老可及其他同志再三鞠躬。而后，他转向自己的团丁大声说道：“这都是福州绥靖公署的，还不赶快把枪收起来！全体团员立刻返回百胜，告诉孙团长，被我们发现和跟踪的渔船上都是绥靖公署的长官，纯属误会。我留下来向长官们赔礼道歉，陪长官们稍事休息后再回去。”老可身边的同志们听了，都感到莫名其妙，便将珍珠拉到旁边询问……

把团丁打发走了之后，“王裁缝”韩复钦讨好地对老可他们说了实话：“白胜乡虽然没有国民党军队，但第四清剿区指挥部命令我们监视闽江口和敖江口，严加盘查过往船只，在我们的防区出了差错，就要拿我们是问。你们的船从官岭方向过来就被我们盯住了，我有预感，所以告诉手下人没有我的命令不准开枪。陈政委，林志龙向我说了你们的政策，我一定铭记在心，只要有用得着我的地方，我一定尽力！”陈可珠面带严肃地对他说道：“韩复钦，你本是一个十恶不赦之徒，我们原本已经拟订了锄奸计划，要把你铲除的，但念你能改恶从善，暗中帮助我们，我们心中有数，希望你不要辜负了你死去的父亲和你年迈的老娘，好好珍惜你现在的家庭！”韩复钦唯唯诺诺地说：“是，是！”老可看了一眼同志们，知道大家都已从珍珠的口中得知了内情，也没必要把大家的身份透露给韩复钦，便进一步向他问清了附近的敌情。韩复钦也不便多问老可他们的去向，满面堆笑地说：“这样吧，请大家去本地富农家里坐坐，休息一下，有什么事需要我做的尽管交代。”老可和同志们凑在一起商量了一下，为避免夜长梦多，决定不在大涂休息，还按原来计划继续赶路。临走前，珍珠把装有信纸和金圆券的信封要了回来，老可又单独向韩复钦交代了一些事。

离开大涂，一路上同志们欢声笑语，宣传部长郑崇德说："老可真会变戏法，让我们绝处逢生。"小珍珠调皮地说："可珠姐姐说过，张顺只有水上的本事，到了岸上干瞪眼，你们这伙张顺大叔该服了吧？"大家被逗得大笑，既欢乐又尴尬。郑荫敏喜笑颜开地说："这丫头一张嘴从不饶人，以后谁敢娶她做媳妇，一天到晚都要跪在她面前过活。"小珍珠被他激得赌气直骂："你坏，你最坏，你是地地道道的张顺！"边骂边追赶着老郑打。大家都笑着说："快看啊，李逵追着张顺打！"老可也被逗乐了，笑了一阵，十分友善地说道："别闹了，别闹了，安静一些快点赶路。"

入夜了，明亮的月光照得山野黄蒙蒙的，同志们长途跋涉，又饿又累，感到山上的寒气特别重，他们爬山越岭直插观音岭，在距离寺庙还有一段路的山旮旯里听到了几声"咕咕咕咕"的斑鸠夜鸣。

大家都知道这是自己人接应的暗号。郑荫敏就用两手围成喇叭状，靠着嘴巴"咕咕咕咕"地回应。不一会儿，支队二十多名全副武装的游击队健儿先后从隐蔽处跳了出来，纷纷向"十员大将"敬礼并握手问好。游击队员们有很长时间没有见到与自己生死与共的首长和同志们了，大家久别重逢，心情十分激动，"十员大将"的饥饿、疲劳与寒冷顿时一扫而光。带队前来接应的副队长林康官说："先到寺里去吧，饭菜都准备好了，大家吃了饭再走。"

观音岭寺院的大殿里点起了几根红红的大蜡烛，烛火欢乐地跳跃着，把大殿照得十分明亮。这次突袭北茭，"十员大将"不仅打出了神威，而且在训练北茭游击队、提高军政素质的工作中发挥出色，指挥他们打退了水上保安团的两次进攻，展现出了非凡的本领，在黄岐半岛树起了一面永不褪色的红旗。而在云居山地区、闽江口沿岸坚持斗争、和敌人展开麻雀战的支队同志则在凌尚武、林康官以及工委诸位同志的领导下声东击西，也给予了敌人出其不意的打击，打掉了敌人不可一世的嚣张气焰。敌人连吃败仗气急败坏，只好在老百姓身上出气，烧杀抢掠无所不为，凶残的暴行激起了群众极大的愤怒，再加上国民党中的进步人士对反动派罪行提出的强烈抗议，陈维金迫于压力，才不得不收敛以全面围剿“共党”为名，行残酷镇压民众之实的暴行。

两地斗争凯歌高奏，寺庙中这群顺利会师的游击队健儿们人人激动，个个欢乐……

通过敌人的全面“围剿”。各乡村谁支持革命，谁反对革命，一目了然；反动军队有多大战斗力，内部有什么矛盾，也都暴露得一清二楚。成功粉碎敌人的战略意图后，五县中心县委对下一步的工作做出了新的指示：镇压反革命，肃清敌特，挖掉反动军队的耳目，让他们变成瞎子聋子，好牵着他们的鼻子走。同时按毛主席的指示，在农村划定好阶级成分，向反动地主要钱要粮，做好支前的准备工作。和解放大军会师之后，沿海地区工委将改为连江县委，统筹安排，向新的目标冲刺。

夜深了，月亮一会儿明晃晃的，照得起伏的山野像大海中奔腾的波涛一样；一会儿又被灰褐色的云朵遮盖，将山野变得朦朦胧胧，观音岭的溪水“哗哗”地流淌着，周围万籁俱寂。

老可他们经过短暂休整，离开了寺院，一行人成一路纵队在蜿蜒曲折、起伏崎岖的山间小路上继续行走。他们爬上旗山，刚到周岭，前哨组的三个游击队员就和敌人遭遇了，对方的火力十分凶猛，前哨组被牢牢压制住，一步也前进不得。后面的队伍和前哨相距不过二百来米，立即停止了前进。从枪声判断，敌方大约有一个排的兵力，数十支步枪，三挺轻机枪，不知道是哪里的队伍。几个领导人经过短暂碰头，决定由郑荫敏和梁秋金向前推进，与前哨组取得联系，迅速弄清敌情。两个人领命后匍匐前进，冒着枪弹和前哨组接上了头。根据前哨组提供的情况，敌人确实有三个班，三挺轻机枪，从他们的装束和动作判断，应该是县保安队，要路过周岭到晓沃去。敌人已散开，占领了有利地形，火力很猛，但打打停停，也正在判断游击队的情况。

郑荫敏、梁秋金正要返回向老可他们通报情况研究对策，不料敌人盲目扫射，流弹将郑的左腿击中，梁秋金的右臂也负了伤，老郑不能动弹，梁秋金捂着伤口，让哨兵看好郑荫敏，自己飞快地向后撤。

情况紧急，得知敌情后，几个干部都同意老可的意见，让林康官副支队长带领二十多名队员借着朦胧的月光，利用善于夜战和熟悉的地形优势绕到敌后，拉开前后夹攻的阵势，速战速决，以免驻在晓沃后山的侦缉队前来支援。敌人怕夜战，也怕上当，一直在原地打打停停。林康官领着队员绕到敌后，敌人毫无察觉。两面夹攻开始了，敌人顿时被这前后大作的枪声惊慌了手脚，一群人在朦胧的夜幕下左冲右突，夺路而逃。由于游击队弹药不足，密集的枪声响过之后，只好任由他们向晓沃方向逃窜。在打扫战场时，游击队发现一个伤兵双手举枪跪在地上，一个劲地喊着："投降，投降！饶命，饶命！"钟教官上前一把缴了他的枪，然后向他讲了共产党的政策，也问明了今晚的敌情。

原来，这帮敌人是县保安连一排，要到晓沃镇的道沃村驻防，这段时间，保安连三个排轮流到道沃驻防，昨天上午，三排已撤回县城，一排在今晚顺潮而下到了演宫码头，刚上周岭就和前哨组遭遇了，他们以为游击队的人不多，本想着打一阵子枪，击毙几个共产党，吓退了游击队再撤走，却没想到上了游击队的当，被他们前后夹击打死好几号人，现在这些保安兵正在撤往晓沃后山去，准备向侦缉队靠拢，等天亮之后继续前往道沃，现在的道沃十分空虚，没有军队把守。钟教官听完这个伤兵的介绍，问他是否愿意留在游击队，这人听了，立即跪在地上磕头如捣蒜："保安队本来就比其他国民党军队低着一等，今晚又吃了败仗，死了好几个弟兄，估计排长班长都要受审，当兵的日子也不好过，我是乡下人，家中还有老母妻儿，是被强抓去当兵的，我愿意跟游击队走！"

这时，大家又察看了郑、梁两位同志的伤势，好在骨头都没有被打断，只是伤口还在流血，陈珍珠在公文包里取出两个从敌人那里缴获的急救包，仔细地为他们俩包扎了伤口，随后又给这位投诚的伤兵处理了一下胳膊上的皮外枪伤。

几个领导干部商量了一下，决定就地用树枝、竹子绑扎两副担架，由陈可珠、陈珍珠带领十名队员立即把负伤的郑、梁护送到道沃村，待天亮涨潮时找一只船把他们运到关头医院治疗，其余的同志则由林康官带领前往湖里。

老可姐妹和十个游击队员趁着夜色一路急奔，抢在保安队之前来到了道沃村，一行人分散到两个"红心白皮"的保长家里休息，把伤员交给保长的家属们轮流看护。由于奔波劳累和夜间紧张的战斗，一行人一直睡到早晨八点多钟才陆续醒来，当保长们安排了船只，催他们起身吃饭准备动身时，从晓沃后山赶来的侦缉队和保安兵已将道沃附近的口岸全部封锁，开始对进出口岸的船只严加盘查。

眼见情况危急，后悔已然于事无补，老可紧锁双眉沉思片刻，决定乔装改扮赌上一把……

八个打赤脚的渔民分别抬着两块竹板床，上面各躺着一个病人，全都用蓝底白花的被子蒙头盖着，两个年轻的女子提着装有生活用品的大挎蓝守护在一旁，这些人满脸愁容，急匆匆地向着村边的码头走去。上船的码头上有一个班的保安兵把守，道沃村的两个保安长早已来到他们中间，正恭恭敬敬地给他们散烟，眼看担架快上码头了，保长紧张地对士兵们说："闪开点，这两个都是吐泻病[①]，会传染的。"士兵们听完嚷道："上峰有令，任何人都不得乘船离开码头，病人也不例外！"保长说："吐泻病，不赶快抬出乡，不立即救治，很快会死的，这种病很容易传染。老总你们做做好事！"带班的班长命令士兵："掀开被子检查，看是真是假！"一个士兵正小心地要用枪管去挑被子，这时走在一旁的老可大声叫着："会传染的……！"抬床的人正要放下担架往两边散开，准备拔枪战斗，不想那个士兵听到叫喊立刻往后退了一步，担心被传染，不敢掀被。带班的班长喝道："怕死鬼！听说有游击队的伤员进了道沃，万一被游击队的伤员混了出去，我们都要丢脑袋的！"老可向两个保长使了个眼色，意思要他们担保，保长们看这架势，是只能进不能退了，豁出去唬住敌人才有出路，否则打起来后果将不堪设想，他们都拍着胸脯说："我们敢用脑袋来担保，他们都是道沃的村民。"其中一个保长指着小珍珠说："她是伙弟妹，担架上有一个就是他哥哥伙弟，全村人都知道的，哪来的游击队伤员，你们行行好，让他们赶快

①霍乱。

上船去急救，误了时间会死人的。”说完他从身上掏出了一沓钞票，塞在带班的班长手里。带班的班长犹豫了一下，收了钱转怒为喜地说：“既然保长做了担保，也得给他们面子，上船吧！”护送的人正要抬着担架上船，士兵们叫道：“副排长来了！”话音刚落，眼见那个副排长肩挎一支匣子枪，神气十足地上了码头，歪着脑袋嚷道：“都给我站住！一个也不准上船！一班长你好大的胆子！不请示我就放人上船，你有几个脑袋？我是副排长，排长病了这里就是我说了算！”老可和小珍珠回头一望，都愣住了，心里忐忑不安，此人就是当初护卫林思义的保安班长，被俘后在山堂村见过面，老可还向他交代了共产党的政策，讲了许多革命道理，此人老兵油子，很会看风使舵。今日相见，结果很难预料，要做好最坏的打算，她用眼神向同志们发出准备战斗的信号。这个副排长看了看老可又望了望珍珠，很惊奇地拉长声音叫道：“啊，是你们啊！”所有的保安兵听见副排长怪模怪样地叫，都很惊诧，游击队员也个个把心提到嗓子眼，只等政委一声令下，便像猛虎扑狼一样要对方的命。老可不等他继续说话，立即装出农村泼辣的妇女见到熟人的样子，语带双关地说道：“哎哟，原来是老班长大人，当了副排长更耀武扬威了。要不是我老公和叔子得了吐泻病，我也不会急着请乡亲们帮着抬上船到官头救治，你要是翻脸不认人，我一家人都不会放过你的，到时候有你的好看！”副排长听了老可一席话心领神会，想起了被俘时游击队的厉害，顿觉心惊胆战。他环视了一下周围，一下子都明白了。游击队的政委，临危不惧，身边那个可爱的女保镖身手不凡，枪法极准。伤员，百分之百的也是共产党，昨晚就是和他们遭遇的！看样子这些人身上都藏着短家伙，一触即发，自己要是叫一声“捉共产党”，估计身边一个班的兵全都得躺倒，自己刚刚提升为副排长，还没过足官瘾恐怕就要挨一枪，实在不值得。想到这，他看着士兵们一个个发呆的样子，又望望游击队员一个个剑拔弩张的神色，便笑嘻嘻地对那个保安班长说："道沃嫂和细妹子你也认得，还懂得给保长们面子，算你小子精明！行了，让他们赶快上船，救命要紧！"说完对老可眨了眨眼："嫂子，可别忘了我对你们的好处啊。"

就这样，游击队顺利地将伤员抬上了船，解缆扬帆时，那个副排长还在岸上大声喊着双关语："有恩不报非君子！"老可向着他和两个保长挥了挥手，此时船上的队员望着自己的政委，一个个转忧为喜，心花怒放。

船只一路顺流而下，眼看就要到长门了，这时在船头已经能看清炮台底下有身着海军军服的陆战队士兵站岗，岸边还有不少穿黄军服的军人守在码头上检查过往的船只。班长陈炳章对老可说："政委，今天情况有变，眼前这一关难闯，我们是不是改航？""太晚了，敌人应该已经看见了我们的船，再说伤员的伤口正在化脓，弹头还在体内，附近只有官头医院才能动手术治枪伤，就是鬼门关，我们也要闯了。"听政委这么一说，大家都横下了一条心，为了救伤员，这次豁出去了。

闽江北岸的长门山和南岸的金牌山之间仅有百丈之隔，是闽江口最窄的区域，被称为扼江控海的雄关，历来是兵家必争之地。宋、元、明、清时期都在此设有炮台，清朝末年这里曾是抗击英、法侵略者的重要战场，拥有一段光辉的海疆保卫史。抗日战争前夕，国民政府在此建立闽夏要塞司令部，驻军多达十一个营。划鳅山、老山、琅岐山、金牌山炮台形成鼎足之势，统称长门炮台，居高临下连飞鸟都难以飞越。抗战爆发后，国民党政府一度积极反共，消极抗战，一九四四年，闽江口防务不力，长门炮台几乎每天都要遭受日军数十架飞机的轰炸，国民党放弃闽江口炮台不守，节节败退，长门炮台连遭轰炸，被日军全部摧毁。一九四七年，国民党反动派为了对付共产党保住闽江口阵地，在长门要塞地区又派驻了海军陆战队三个营的兵力，配备了数艘舰艇在闽江口游弋并多次派兵参加“围剿”沿海地区的共产党游击队。最近第四清剿区还派了姚大旺的一个侦缉中队到长门炮台以查匪和缉私的名义对过往船只进行检查勒索，过往船只苦不堪言。每逢姚大旺来到长门炮台，他的这个中队就特别起劲，总要搜罗一些贵重的东西献给他们的大队长以表忠心。老可他们这条船还没进港，就被瞄上了，岸上的士兵一个劲地摇旗呐喊鸣枪示警，船只只能硬着头皮驶向码头，刚一停稳，就被一个班的兵给围了起来，这些士兵有的背着美式的加兰德步枪，有的手持汤姆森冲锋枪，上船来二话不说就掀船板，查船舱，这帮人翻腾了一阵，一无所获，带班的班长就问老可：“躺在竹板上的是什么人？得了什么病，你们是干什么的？”老可淡定地回答道：“两个病号一个是我的丈夫，一个是我的叔子，得的都是吐泻病，要到官头医院急救，耽误了会死人的，这种病会传染，所以用被子把他们压得紧紧的。”说完她又指了指小珍珠和身边的一众游击队员：“这是我的小姑子和乡邻亲戚，我们都是道沃的，乡邻亲戚都是来帮我们抬病人的。”上船搜查的这些兵见船上没有任何值钱的东西，又听说有得霍乱的病人，撒腿就往岸上跑。这些当兵的心里清楚，最近许多乡村都出现了这种病，十分可怕，一旦染上，几个小时内就会持续吐泻死亡。带班的那个班长也正想回身上岸，但他觉得老可和珍珠长得非常漂亮，一时想起了顶头上司姚大旺的嗜好：这些天大队长一直想物色几个美人，总是没碰到像样的，今天可真是得来全不费工夫，要是把这两个美女往他面前一送，说不定自己还能官升一级，捞一个排长当当。想到这，他急忙喊住了正在上岸的士兵："回来，把这两个女人带到中队部去，今天大队长莅临指导，正需要这样的美女，就算我孝敬他老人家的！"说完他又冲着船上的游击队员嚷道："其余的人赶快开船走，不要在这里传播瘟疫！"手下的士兵听罢，个个心领神会，便怪声怪气地上来拉扯老可和珍珠。老可他们怒火中烧，大喝一声："住手！光天化日你们无法无天，强抢良家妇女，你们的良心过得去吗！""哎哟，你们想造反啊！"带班的说着，立即把挂在肩上的枪抄在手里，"咔嚓"一声顶上了膛，其他的士兵也都学着他的样子，纷纷把枪口对准了老可他们。"这年头，良心值几个钱，带走！"老可担心队员们忍耐不住和敌人拼斗，那样一来不但完不成护送伤员的重要任务，自己和同志们也很有可能被敌人一举消灭，太不值得了。"乡亲们，不要怕。你们为了我的老公和叔叔，冒着被传染的风险，辛辛苦苦地把我们送到这里，实在是不容易，我们再向老总求求情，让我们把病人送到医院，等治好了病，回头再来拜访姚大队长。"那个班长邪气十足地说："好个多情的女郎，我们姚大队长也是个多情的男人。多情的男女总相会，人生能有几回醉，把我们的姚大队长伺候满意了一定放你们走！"说罢他不耐烦地对士兵们挥了挥手："拉走，拉走！"士兵们乘机就要搂抱老可和珍珠。眼看着船上一场血拼就要发生。老可和珍珠怒不可遏地喝道："住手，不准耍流氓，我们自己会走！"士兵们没想到这两个女人如此烈性，一时也被他们的吼声镇住了，事已至此，老可心想：不入虎穴，焉得虎子，游击队之前多次想要击毙姚大旺，都被他溜掉了，前些日子他带着侦缉队倾巢出动围困云居山，其嚣张气焰达到了登峰造极的地步，他自认为地下党游击队被他的人马杀得死伤惨重，全都销声匿迹了，现在他可以高枕无忧地到这重兵把守的军事要地花天酒地，肆无忌惮地玩弄妇女，在这种状况下接近他，用出其不意的手段将其除掉不失为一个好办法。

想到这儿，她冷静地对战友们说道：“乡亲们，你们放心，我们道沃人一直想会会姚大队长，总是没有机会，今天我姑嫂俩一定请他最后帮一次忙！”那个班长以为老可他们怕了，怪笑地附和着：“这样最好，大家都有面子。”队员们心里很清楚，政委要带珍珠去找姚大旺算账。他们怕两人吃亏，便急切地吼道：“我们跟你们一起去！”士兵们听了爆发出一阵讥笑声：“这群不懂事的乡巴佬！”那个班长让士兵们用枪逼着这些未暴露身份的游击队员，自己端着枪把老可和珍珠往岸上赶。老可一边走一边劝大家：“乡亲们，你们先开船送病人走，我们没事！”“不，我们不能走啊！”队员们几乎向政委哀求。老可心里非常清楚，队员们怕她们有危险，想和他们一起去，先干掉姚大旺而后再和敌人同归于尽。这真是一份依依难舍的战友情！这一分手，自己和珍珠将面对作恶多端的匪首，并代表党和人民，判处他死刑；这一分手，也许再也不能和亲密的战友、可敬的同志见面了。幸运的是，大家始终没有暴露身份，没被敌人发现藏身的武器，这是突袭取胜的关键。姚大旺既凶狠又狡猾，不可等闲视之，眼下只能“孤军”作战了，要避敌之长，击敌之短，以智克敌！现在，两位伤员急需救治，游击队必须保存实力，自己宁可上刀山下火海，也要保全同志们的性命！想到这，她再三动员大家：“乡亲们，救病人要紧，你们不能再耽误时间，不用为我们担心，我们会把事情处理好，现在只好把病人托付给各位了！”

队员们了解老可和珍珠的心意，但眼睁睁望着尊敬的领导、亲密的战友、两位孤立无援的女同志走向魔窟，于心何忍？他们个个心似油煎，无论如何都按捺不住，准备冲上岸去救人，周围的士兵看得真切，七八条枪的枪口立即对准了他们的胸膛：“不准动，赶快开船走，免得挨枪子儿！”眼看一场搏斗就要开始，竹床上的郑荫敏用微弱的声音嚷道：“乡亲们，你们千万不要惹祸，静静地坐在船上等她们，她们会回来的。老总，不要跟他们一般见识。”这时，那个带班的班长领了几个兵，亲自押着老可和珍珠向姚大旺的队部走去。其他的兵，一见头儿走远了，又怕时间久了传染上吐泻病，于是照这样那样的借口陆续离开了。最后，岸上只剩了两个兵远远地监视着船上的人。

见敌人大都走远了，船上的游击队员才长舒了一口气。郑荫敏又用微弱的声音对大家说：“大家要相信可珠同志，她一定会有妙计，去年在定安，我们一个分队遭到姚大旺和水警重兵围困，老可略施小计，就让反动军队自相残杀，结果老可和小分队坐山观虎斗，敌人却死伤惨重。”

这时，梁秋金说道：“我同意郑书记的看法，我们要沉着稳重，不能蛮干，否则是要吃大亏的，大家的心情可以理解。现在不能冲上岸，也不能开船走。在这里要立足于打，而且一定要配合老可和珍珠的行动，一定要把她们救出来。万一形势有变，我们就都把命豁出去，把长门炮台闹得天翻地覆，来个一腔热血染长门！中共城工部连江地区的游击队员为了祖国的解放，个个都是不屈的战士！”两位领导的鼓舞，让队员们顿时精神抖擞，信心十足。郑荫敏接着说：“我们始终没有暴露身份，这对我们突袭敌人阵营十分有利。现在请同志们检查好枪支弹药，我和秋金分别还带着两颗手雷，由炳章分配给投弹准的队员，在关键的时刻甩出去。到时候大家听我指挥，只要老可那边一有动静，就派五个人往岸上冲，全力营救老可、珍珠。另外，我听见有快艇停泊在码头的声音，炳章会开轮船，带一个人抢快艇做好突围的准备，其余的三个人和我们两个伤员全力射杀码头上的敌人。”梁秋金补充道：“大家要注意捡拾和夺取敌人的枪支弹药补充自己，尤其是冲锋枪和机枪，尽量用密集的火力把敌人打得蒙头转向。接应到老可、珍珠的队员要护卫着她们迅速上快艇，来不及上快艇的同志和我们两个伤员一起阻击山上的陆战队，能逃几个算几个，逃不了也要和他们拼个鱼死网破！”这两位伤员从进入长门码头，和敌人开始纠缠起，就在各自思考着对策，经过短暂的提醒和商议补充，拟订了一份完整的作战计划……

老可和珍珠被押到半山腰一座地堡前，地堡是靠挖掘山体修建而成的，除了一尺多厚的混凝土大门外，其他部分都隐藏在山体里。现在这里已经成了侦缉中队的队部。那个班长在虚掩的大门前高喊了一声“报告”，接着立刻从门里传出一声沙哑的怪叫：“进来！”话音刚落，老可和珍珠就被推搡着进了门。堡垒内部灯光明亮，空间十分宽敞，两侧的山墙上还凿有几个小间，正中的大厅里，只见一个五大三粗满脸疙瘩、长着一张蛤蟆嘴的大光头斜坐在八仙桌旁翘腿饮酒，这人一见中队的班长带着两个女子进屋，便歪着头瞪着一双充满血丝的眼睛冲着两个女子斜视了一会，霎时身上每一根神经都兴奋起来，他怪笑着问道：“哪里弄来这么好看的两个美人儿？”班长立即跑到跟前，贴着他的耳朵耳语了一阵，大秃子哈哈大笑说：“有心计，有心计，像我一样的有心计！你小子是个当官的材料，有你的好处。”说完从裤兜里掏出一根金条：“拿去和你手下的弟兄改善改善生活！把门给我带上，不许再让任何人进来，你可以走了。”班长嬉皮笑脸地连连点头答应，这小子揣上金条，又安排好门口守卫的士兵，然后哼着“当了官就有美人相伴”的小曲，摇头晃脑浑身麻酥酥地走了。

老可和珍珠断定眼前的光头丑鬼就是姚大旺无疑了。这个丑八怪此时笑得眼角和嘴角几乎连在一起，露出满嘴黄牙，嘴边还流着似油非油似水非水的液体，看上去令人备感恶心。姚大旺趁着酒兴，在淫笑中表现得既凶狠又狰狞，面对两位美女，他走路趔趄，话不成句：“欢迎……欢……迎……两位小美人，我姚……姚某三三生有幸……来，我这还有好酒，先陪我喝一杯……”小珍珠此时恨不得掏枪要他的命，免得夜间做噩梦。但没有姐姐的指示，她不敢轻举妄动。老可轻轻摁了一下珍珠的胳膊，然后装出害怕的样子说：“大队长，别难为我们姑嫂，我们喝了酒，就放我们走吧！”“好啊，喝了酒一定放你们走！”“好吧，那我们喝！”说完，老可拉着珍珠往桌边靠。她们正要伸手拿酒壶，姚大旺立刻摆摆手说：“不，不，这酒不好，换一种好的酒接待你们，听说你们是道沃人，我对道沃人很有感情。”他趔趄地走向桌边的柜橱，拿过一个瓷瓶和两个空杯，放到她们两人面前，然后把瓷瓶里的酒倒在两只空酒杯里，酒是褐色的，散发着浓烈的气味。老可看到他取酒倒酒的动作十分利索，不像是烂醉之人，立即提高了警惕，和珍珠交唤了眼神，小珍珠也意识到酒中可能有鬼。她们曾经听说这恶魔有迷奸女人的嗜好，身边常备麻醉酒，女人喝下去之后神志不清，而后任凭他糟蹋。两个人心中做好了准备，老可先端起酒杯说：“姚大队长，我先敬你一杯。”姚大旺笑呵呵地说：“好，痛快，你们一人先喝一杯，我一定奉……”话还没等说完，老可突然将杯中的酒往他脸上一泼，姚大旺猝不及防，惊叫了一声，一时睁不开眼，说时迟那时快，珍珠抽枪在手，枪管一下子就顶住了恶魔的胖腰：“收起你的鬼把戏！”老可早已扔掉手里的空酒杯，一手摁着姚大旺的秃头，一手抄起那只瓷瓶往他嘴里灌：“你不是喜欢喝吗，那就把这瓶子酒都喝掉！”姚大旺挣扎着，努力晃动着脑袋，将灌进嘴里的药酒吐出来，边吐还边大笑着说：“你们是什么人？有话好说，何必动刀动枪呢？门口有我的兵，山上有我的兵，码头上有我的兵，你们就是有飞天遁地的本领，也难逃我的手心，我劝你们把枪放下，乖乖听我的话……”话未说完，他突然变了脸色，顿时成了一头猛兽，猛地抓住珍珠的手腕一下子就把珍珠扭得背过身去，珍珠的手死死握着手枪，情急之下迅速扣动了扳机，只听见“砰”的一声，子弹射到了墙壁上，姚大旺仗着力大，扭住珍珠的手腕，夺下枪顶住她的脑袋，并用左手臂死死夹住她的脖颈儿，此时的老可也早已拔枪在手，她用枪指着姚大旺，厉声断喝让他放下武器。姚大旺毫不在乎，也大声喝道：“不准动，就地给我跪下，要不我就杀了她！”说完他用臂膀在珍珠的脖子上使劲勒了一下。珍珠由于喘气艰难，脸涨得通红。“哼！你们两个一进门我就猜中了你们的身份！你叫陈可珠，游击队的政委，赫赫有名的神枪手，我手里这个叫陈珍珠，一个比鬼还精灵的丫头，枪法也相当不错。你们两个也不知道射杀了我们多少人，今天还想和姚大爷较量，你们太嫩了！我佩服你们的灵敏嗅觉，但你们忽视了姚大爷我的手腕。我这个人也有弱点，那就是爱美人，一见到你们，我的心就软了，我和特务营长郑乃一打过赌，我一定要吃到你们这对天鹅肉，我做梦都要你们陪我，一个做我的正室，一个做我的妾，到了我身边，也不要改口，还是以姊妹相称，只要你们愿意，立即可以化干戈为玉帛，参加共产党的事我可以既往不咎，你们连悔过书都不必写。怎么样？只要你们真心跟着我，船上那些人，我全把他们放了。”老可看着眼前的情形，略微沉思了一会儿，然后和珍珠使了个眼色，便打定主意，把手中的枪扔到了姚大旺的跟前。姚大旺淫笑着，搂着珍珠慢慢向前移动，他伸出一条腿，正准备用脚跟将老可的枪勾到身背后，不料却听得“啪”的一声枪响，枪声清脆，犹如小鞭炮一般，姚大旺另一只握枪的手霎时间垂了下来，同时，一道血线顺着他的大肚子流淌到地上，“滴滴答答”染出一片红。小珍珠顺势挣脱了他的控制，闪在一旁，这家伙张着蛤蟆大嘴，瞪一双像死鱼一样的眼睛，惊讶而又不甘心地望着老可，嘴里嘶哑地喊着：“来人……来人！”此时此刻，老可迅速冲上前，伸手夺过他手中的枪，面带怒气掷地有声地对着姚大旺宣布道：“姚大旺，你恶贯满盈，今天我代表中共连江地下党，判处你死刑。”说完对着姚大旺的心脏部位“砰砰砰”连射了三枪，只听“咣当”一声，姚大旺身子栽倒在地上，气绝身亡。原来，小珍珠这次行动身上藏着两支手枪，一支七响左轮，一支微型的小撸子，这两把枪非常小巧，便于携带，是林思义参谋临别时送给她的，姚大旺将她的左轮缴去后，一心只顾着对付老可，珍珠趁其不备悄悄从腰间掏出小撸子，当恶魔刚抬腿够枪时，珍珠就对着他大腹便便的肚子射了一枪，扭转了危局。

这时，有人在外面“咣咣”地敲着大门，姐妹俩立即卧倒，枪口对着大门，准备伏击要进门的哨兵，不一会儿，门开了，却没有人进来，只听门外有人喊：“政委、珍珠！”她们都觉得很奇怪，外面的人继续喊道："我是陈银弟，不要误会！"两个人愣了一下，只见门口有一个穿中山装、戴礼帽的人把哨兵的尸体一个一个地拖了进来。老可、珍珠定睛一看，果然是陈银弟，连忙过去把大门闩上，转身拉住他的手重重地握了一下，陈银弟看了一眼胸腹冒血的姚大旺说："这已经是便宜他了。"接着他直截了当地对姐妹俩说："上个月林参谋向王秀英要了我当警卫，今天林参谋到长门陆战队营房开会，你们一靠岸我就看到了，我预感到情况不妙，一路跟踪你们，到了地堡门口向哨兵打听了一下情况，我怕你们吃亏，趁两个哨兵不注意，我用枪把子把他们砸死了，我怕二位神枪手把我当哨兵打，才先在门口通知了你们。"说完，他立即把哨兵身上的一支卡宾枪卸下来交给珍珠，珍珠也动手将两个哨兵腰间的弹夹全取了下来。老可问银弟："接下来你有什么计划吗？"陈银弟胸有成竹地说："我想好了，利用我的有利条件，让大家立即脱离险境，请政委和珍珠同志受一下委曲吧。"老可点点头："全听你的。"珍珠喜出望外地看着银弟，内心佩服他大胆机智。

陈银弟到小间翻橱搜柜，挑选了两套女军服，递给老可姐妹："指挥部这几天来了一个女秘书，个头外貌有些像陈政委，珍珠同志装个传令兵很合适，你们赶快把军服穿上让我看看。"说完他又从口袋里取出一只化妆盒说："外勤特务每人都有一盒这个玩意儿。"老可拿过来打开一看，盒里有黑、白、红、粉色的眉笔和假胡子，老可笑着说："你现在真成了地地道道的特工人员了。"银弟微笑着答道："政委说得好，我这个特工对付共产党是假，对付国民党是真。这完全是政委教我做的，将来有人骂我叛徒、特务、坏蛋，打我，枪毙我的时候，政委和珍珠同志你们可不能躲在一边看笑话啊。"一番话，把姐妹俩都逗乐了。珍珠边戴船形帽边笑着说："你这张巧嘴，不但骗过了特务头子，讨好了王秀英，就连我们自己的同志也被你蒙住了。"陈银弟一边在珍珠脸上涂画擦抹着，一边笑嘻嘻地说："政委教导我们，愈是在艰难的环境中愈要表现出革命的乐观主义精神。"不一会儿，妆化完了，老可看了看化了妆的珍珠，简直就是一个白净的小伙子，她从内心赞扬陈银弟心灵手巧。珍珠看姐姐穿上国民党女军服，别有一番风韵，一个劲地嬉笑不停。

一切收拾停当，陈银弟严肃地说："政委，从现在开始，你们要听我的指挥。"珍珠斜视了他一眼："不要耍嘴皮子，快说啊！""你们二位从岔路大模大样地到江边，有人问就说是第四清剿指挥部的，没人敢拦你们，不要上之前乘坐的船，重新搭乘过往船只速速离开。等你们离开长门，我会设法让我们的船开走。政委，你们和船上的同志准备在哪里会合？"老可说："不能到官头，到魁岐会合吧。""你呢？"陈银弟说："政委放心，我现在像个孙猴子有七十二变，你们不用为我担心。"老可和珍珠拉着他的手点点头说："那你一定要保重。"三人商量完毕。陈银弟到地堡外头观望了一会儿，给她们指明了道路，然后依依不舍地往别处去了。

老可和珍珠一路上走得非常顺利，没有遇见阻拦，她们绕开了刚才受到盘查的那个码头，来到了另一处泊船点，正好赶上有一条前往福州的客轮正要启动，她们就进了船舱，陈银弟站在不远处的炮台上，两眼一直目送着她们，直到轮船驶离长门，走出二三里路远，他才长出了一口气，逍遥自在地点起一支烟，回到游击队船只停泊的码头，冲着一旁监视的哨兵问："这条船上有鱼吗？"那两个负责监视的哨兵答道：

"船上没有鲜货，倒是有两个吐泻病人。你不要上去！"陈银弟听了，抛掉了烟卷，假装惊慌失措地骂道："有这种传染病人的船还让他们停在码头，你们也太大意了，还不快快赶他们走！"码头上的兵都认得他是个当官的护卫，又是保密局的，就细声细气地对他说："我们也没办法，船上的两个女人被我们的大队长借去用了，不知什么时候能回来，他们见不到人，就是不肯走！"陈银弟把头一歪："我可告诉你们，一会儿我的长官要在这个码头上船，有你们好看的！"他一边骂，一边观察着船上的动静，见有人把他扔在船上的烟捡去了，他心里顿时踏实了许多，烟卷上有他之前写好的一行小字："速开船，到魁岐会合！"船上的陈炳章和陈银弟是同乡，又是小学的同学，知道陈银弟的真实身份，一眼就把他认出来了，他看了烟卷上的字，心中有数，立刻和竹床上的两位领导耳语了一阵，岸上的哨兵经陈银弟那么一说，怕担责任，立即蛮横地鸣枪警告，要船上的人迅速离开码头，这条船上的人得知了实情，便装着无可奈何的样子，升帆转舵，顺潮将船开出了长门港……

第九章
昏惨惨黄泉路近，红彤彤喷薄欲出

一九四九年四月下旬，解放军突破长江防线，国民党军队一溃千里，二十多万残部于五月中旬退抵福建。在解放军的一路追击下，他们犹如流窜的洪水猛兽，在福建境内反复的征粮抢掠，强拆民房，所到之处民怨沸腾，怨声载道。解放军第二野战军第四、五军团的一部，在向南追歼敌人时，途径江西贵溪，与北上的中共闽浙赣省委和人民游击纵队主力顺利会师，之后又在江西上饶与闽北游击队会合。五月初，在闽北游击队的配合下，二野先后解放了崇安、建阳、水吉、浦城、建欧、南平和松溪。五月中旬又陆续解放了邵武、吉田、沙县、顺昌、周宁，这些解放区被中共闽浙赣省委领导的游击队接管了政权，并由新建立的“军管会”统一管理维持各地的地方秩序。

在“渡江战役”中因追歼逃敌而入闽的三野七兵团21军63师189团在浙南游击纵队第一支队的配合下，于六月十七日解放了福鼎，

188团则接管了拓荣，解放了霞浦，为解放大军第十兵团挺进福建打开了门户。

6月20日，闽浙赣区省委通知福建全省中心县委以上的城工部地下党负责人到建瓯市开会，一是听取近期地下党游击总队、支队对敌斗争的情况汇报；二是布置新的任务，迎接全省大解放。

（一）

6月27日，林白带领十兵团三十一军先头部队的一个侦察连和一个征粮队到达福州小北岭五县中心县委总部，会同各县党和游击支队的负责人召开紧急会议，按照省委的批示对接下来的对敌斗争和支前工作做了全面的部署……

连江县依山傍海，山地多稻少田，是个典型的缺粮县。和全省其他县一样，除了地主、富农、商人和常年在海上漂的渔民能经常吃上大米外，普通民众常年只能以红薯为主粮，因此外省人将福建人诨称为“地瓜”。连江县的租谷、大米都控制在地主、富农和粮食贩子的手里，他们囤积居奇，在灾荒时期高价出售，牟取暴利。近海的农民为了求生，都到海滩上挖蚌壳、捉鱼虾，用这些水产换取少量的粮食充饥。然而，主政的国民党政府对此视而不见，反而长期横征暴敛，散兵游勇、土匪强盗又时常流窜洗劫平民，令本就生活艰难的连江人民更加困苦难熬。他们日夜翘首期盼，盼着解放军能早日进军福建，解放全省。

凌尚武、陈可珠的游击支队与第四清剿区的队伍进行了长期艰苦的斗争，虽然游击队斗志旺盛，但毕竟力量单薄，武器装备差，弹药奇缺，在与敌人的周旋中险象环生，打得十分吃力。东岱区队所受的压力更大，面对敌人大规模的围剿突袭，他们伤亡惨重，目前只能化整为零，暂避敌人的锋芒。国民党二十多个军退入福建后，经过整编尚有十个军二十七个师约十二万人的兵力，全部归在了福州绥靖公署主任朱绍良的手下，蒋介石除严令朱绍良死守外，还从台湾运送了不少海陆军增援马尾，企图全力保住闽江出海的通道。李延年的七十四军二万多人马奉命驻守在连江、丹阳和官头一带，第四清剿区被福州绥靖区宣布撤销，陈维金被调到福州绥靖区司令部。特务营和王秀英的情报组直接归保密局福州站王调勋指挥。侦缉大队也被调回福州保安司令部整编。

解放军先头部队从闽北一路追击到闽东，使这帮惊魂未定的国军惶惶不可终日，在朱绍良的指挥下，这些残兵被分派到各个据点抢修工事，准备负隅顽抗。

连江县委支前分会和解放军征粮队经过慎重考虑，打算以东岱镇为突破口开展征粮工作，而后再把工作延伸到非敌占区的乡镇。

支前分会和征粮队在东岱联合召开贫农团和积极分子动员会的第二天，一群人三三两两，陆陆续续来到解放军征粮队的驻地——林氏宗祠，表示愿意把自己多余的粮食全部贡献出来，支援解放军打胜仗。征粮队是从三十一军军直机关和九十三师抽调出来的，人数有一个排的兵力，为首的是军直炮兵团于教导员和他带领的二十名工作人员。他们大部分是山东胶东人，听不懂福建话，东岱居民也听不懂他们的方言，于是由老可当翻译负责双方的沟通。当于教导员了解到这些居民的来意后，对他们的拥军行为深表谢意，并非常诚恳地对他们说：“解放军对福建的粮食情况很清楚，福建是个缺粮省份，山多耕地少，红薯种得多，租谷种得少，每年国民政府都要从台湾及外省调粮补缺。福建人民备受国民党反动派横征暴敛之苦，老百姓吃不饱，更谈不上有余粮。最近国民党李延年、刘汝明兵团相继败退福建，十余万人都驻扎在公路沿线一带，必然反复掠夺，耗费大批粮食，我军十几万大军南下之时又正值青黄不接，要解决这么多人马的粮秣，更是难上加难。现在边江大部分乡镇都在敌人手里，自古以来兵马未动，粮草先行。东岱是个游击区，地下党的同志都在动员自己的亲属借债筹款，千方百计购买粮食支援解放军，游击区的群众一听说解放军征粮队来了都自觉地行动起来，形成了有粮献粮，无粮捐钱，无钱出力的大好支前局面。”于教导员说着说着，逐渐激动起来：“我代表征粮队的全体同志感谢连江地下党的同志们，感谢父老乡亲在艰难的环境中对解放战争强有力的支援。我们了解大家的疾苦，目前，我们只向有粮户征借粮食！”说完，他又向大家点了点头，老可在一旁用闽南语一字一句地把他的话说给在场的人听，然后命人将这些献粮人的姓名、住址和所献粮食的数目一一做了登记，记录完毕后，于教导员继续说道：“我们向地主、富农、粮行老板征粮就是借粮。除了留足他们日常生活所必需的粮食外，其余全部借用。粮行老板的存粮由支前分会协助统计清楚，除去急需供销售卖的，其余也一律一次性征借，之后再不续借。我们按户向提供粮食者开写借据，以后大家可以凭此借据向当地人民政府索取粮食，或抵交公粮。共产党说话算数，人民政府一定会对老百姓负责任。请大家放心，希望大家相互转告，大力支持！”

前来献粮的这些人听了于教导员的一席话，个个都像喝了黄连水一般暗暗叫苦，他们怕夜长梦多，都争先恐后地要求按各家报的粮数征粮。老可和于教导员、凌书记交换了一下眼神，然后对这些人说道："我们统一摸好底之后再通知你们！"老可根据他们每个人的神态、穿着及刚才所登记的地址、职业等信息，对他们的身份已经猜到个八九不离十。于教导员和其他在场的同志也觉出了一些端倪。

不出老可他们所料，来的这些人有的是地主、富农，有的是粮行老板、粮食投机商，听说解放军来征粮，他们的耳朵都竖起来听"风声"，演宫官仓没有粮了，贫苦人没有粮了，这次来东岱借粮的对象肯定就是他们，这些人心里都算过一笔账：各家各户除了一年要消耗和要卖出的粮，多的还能余出上百担粮食，少的也能余出三四十担。这些余粮原本打算在青黄不接的时候抛出去，除了高价卖给本乡本土的人外，还将供应给大沃、晓沃、百胜等地的乡民，那可是一天一个价。有道是，民以食为天，万物随着米价涨。不怕万物涨就怕没米粮。如果剩余的米粮都给了解放军，一日解放军在福建斗不过国军，他们的这些粮可就算是白白倒进海里，再也捞不回来了，事后，国民党还会给他们扣上通共通匪的罪名，到那时，可就什么都完了。话说回来，即使解放军打了胜仗，凭他们开具的一张借条能否顺利取回上交的粮食，还真不好说。所以，他们这些人打定主意，串通一气假装积极，准备拿出少量的粮食蒙混过关。万没想到，老可和征粮队还要调查摸底，这些人急得像热锅上的蚂蚁一样，心神不定。从林氏宗祠急急忙忙出来以后，他们又聚在一起商议了一阵，都准备回家隐匿粮食。

解放军征粮队来到东岱不久，东岱区队又出来杀了个回马枪。盘踞在东岱的反动自卫团被彻底打散，这帮人丢盔弃甲，有的举手投降当了俘虏，有的腿快逃到了县城，打算伺机反扑。

仲夏的夜晚，月色朦胧，微风阵阵，伴随着绵绵的细雨，东岱镇家家入睡，沉浸在一片静谧之中，区队的一个个暗哨此时正头戴斗笠，悄无声息地隐藏在城墙边、民居旁和大树下，严密监视着预定的目标。

为了便于开展游击战，镇上和附近村庄的狗几乎被除灭殆尽，然而少不了还有漏网的窜进山里成了野狗。在这万籁俱寂的夜晚，突然连续响起的几声犬吠格外的刺耳，将不少人从梦中惊醒。站在高坡上的哨兵听得真切，意识到有情况发生，立即向驻在林氏宗祠的队伍报信。林正灼命令林志龙、林开荣和林立旺各带自己的小队分头搜索，以防有人趁黑夜偷运或隐匿粮食。为了预防不测，进驻林氏宗祠的解放军征粮队也严阵以待。没过多久，三个小队的游击队员陆续将几波成群结伙、肩挑背扛的人带到了征粮队驻地，霎时间，祠堂大厅挤满了人。队员们仔细查看了这些人运送的物品，全部都是大米和租谷。这时候，先前来献粮的那一伙“积极分子”急急忙忙地跟了进来，口口声声要找征粮队的同志评理。解放军的于教导员和县委书凌尚武，副书记陈可珠在祠堂后面的一间房子里听完了林正灼及三位小队长的汇报后，一致表扬了区队的警惕性，经过短暂讨论，凌尚武要林正灼派两个小队，等他们和粮主谈完话之后配合征粮队和贫农团趁热打铁，到地主、富农和粮商家里以迅雷不及掩耳之势清查储粮，一次性地征收粮食，同时动员群众边收粮边装船起运，确保万无一失。

分派完毕后，于、凌、陈三人来到了祠堂大厅，十多个粮主一下子围了上来，异口同声地责骂东岱区队是土匪，强行拦截粮食，破坏解放军的征粮政策。他们要求发还被扣的粮食。凌尚武听完严肃地问道："你们深夜运粮，目的何在？""我们拥护解放军，家里的粮食怕被国民党军队搜走，想藏到一个安全的地方！""解放军不能像国民党军队那样能夺就夺，能抢就抢！""解放军有政策，老百姓借粮全凭自愿！""游击队把我们赶到这里，这像什么话！""这是黑夜抢劫！拦路抢劫。"……这伙儿人你一言我一语，像连珠炮一样让对方毫无插话的余地，凌尚武目光一扫众人，双眉紧锁，正想发火，老可的心里却亮堂得很。她的一双明眸在烛光的映照下异彩一闪，意味深长地笑着说道："各位不必生气，东岱区队没向大家说清楚，他们是担心你们深夜运粮遭遇不测。出了东岱往县城方向走二十里就有国民党重兵防守，万一被他们发现，你们的苦心不就白费了吗？到时候解放军向你们借粮，你们再热心也无济于事了。既然大家都来了，那就请大家协助征粮队到各家自我清查一下，把正常开销的粮食都留下，多余的粮食都借给解放军，你们留下的粮食由我们负责保护，征粮的时候，一手交粮一手交借条，我代表县委说话算数，一定有借有还。相信大家不会在背后搞名堂，也请大家不要对国民党抱有幻想，逃到福建来的国民党军队，尽管有十余万之众，但都是残兵败将，乌合之众，他们经不起解放军的打击，等待他们的必然是灭亡的命运。请你们不要错打了算盘，要给自己留一条光明之路。"

粮主们听了老可这一席话，个个心里像打翻了五味瓶，他们互相呆看了一会儿，脸上都泛起了一阵说不清道不明的苦笑……

只用了三天时间，征粮队就向地主、富农、粮行、投机商顺利筹集到了三百担大米和五百担租谷，装载了三艘大船，从海路绕道北茭半岛进入罗源湾，前往接应北下的解放大军……

（二）

蝉步与浦口的轮渡码头，现在仅有一条大渡船日夜往返，为南北两岸方圆数十里农村的村民提供了集市贸易、探亲访友的便利，陈为庆匪帮对乘渡船往返的人从不过问。

李天使这天早上一跳上开往浦口的渡船，就和身边的两个熟人互相攀谈起来。对方问李天使：“过去你买米都是去东岱，今天怎到浦口来了？”天使无奈地回答道：“解放军在东岱征粮还没结束，米店不敢放出大量的米，今天一开门就卖完了，我没赶上。”对方又问：“听说解放军一个排的兵押着三条大船的米谷走了，怎么还没结束？”李天使故作神秘地说道：“还有一二百担的预备粮没来得及装上船，征粮队大部分的人都走了。”他又指了指下游方向说：“就是那条大船，你们看，还在装米呢。”周围不少人都听见了他们的谈话，伸长脖颈儿望着李天使所指的那条模糊不清的船只。有人好奇地问：“怎么看不到有人守船呢？”天使压低声音说：“你们还不知道吧，解放军走了，听说东岱区队大部分人跟着凌尚武、陈可珠去了定安，准备二打晓沃‘自卫团’，现在只有几个留守队员看船。”见渡船上的人侧耳静听，李天使小心地告诫大家：“大家不能乱讲啊，一旦被陈为庆知道了会去抢的！”大家都异口同声地说：“不会，不会，谁会干这种傻事。”有人还说：“就是陈为庆知道了，也不敢去抢，他现在泥菩萨过江自身都难保。”李天使摇着头说：“难说，难说。”渡船行驶了一阵在浦口靠了岸，乘船的人纷纷下船，各奔东西。

李天使和两个夹着布袋的熟人到各家米店转了一圈，打听完行情后，边走边骂街：“这是什么世道，米价一天涨三次，昨天一万元买一斤米，今日只能买到五两，这样下去要饿死多少人！”走着走着，他们来到了集市上一家顾客最多的饭馆，找了张黑乎乎、油腻腻的四方桌坐下，要了一斤烧酒，一碟肉和一碟五香花生米、三个人边喝酒边唠叨，谈起米价飞涨便破口大骂，谈起东岱解放军征粮队便压低了声音，连连称赞，端盘子的伙计发现了，连忙走过来，向他们指了指墙上的一张字条，上面赫然写着：“莫谈国事”。李天使他们看了，不屑一顾，仍然趁着酒兴我行我素，把刚才在渡船上说的那些话，反反复复又说了半天，弄得邻桌的食客们也都好奇地侧耳静听。

就这样，李天使和他的两个队员在浦口很快就把东岱粮船守备空虚的消息散播开了，当他们吃完午饭离开后，下午整个浦口镇就已经无人不知无人不晓了。陈为庆听到风声喜出望外，眼下形势危急，粮食紧缺，正愁无计可施，这个消息不正是雪中送炭吗？他立即召集手下的几个匪徒商讨劫粮事宜。为了证实事情的真实性，他派出人马到东岱探听消息，还带着手下的人潜到江边反复观察，情况得到证实后，他兴奋不已：“真天助我也！”

东岱与浦口之间的敖江江水波涛汹涌，黎明时分，一条条灰白色的大海豚趁着涨潮露出脊背，耀武扬威地在江面上戏水搏浪，场面十分壮观。天刚蒙蒙亮，江面上雾气浓重，陈为庆派出了两艘木帆船，每艘船上都配备一挺机枪，运载着十多个匪兵，他自己穿着一身黑，在后面的小客轮上坐镇指挥，气势汹汹地向着下游的东岱粮船包抄而来。两艘木船靠近之后，立即向着粮船猛烈开火，子弹向着后座的竹木蓬罩倾泻而来，密集的枪声持续了数分钟，粮船上没有任何还击，枪声停止后，只见从粮船上窜出几条黑影，飞快地往岸上跑，匪徒们又用机枪对着人影扫射了一阵，便大声呼叫着："船上的人跑了，跑了！"紧接着，左右两只木船摇着橹，转着舵，迅速向粮船靠拢。陈为庆下令射击时，为了保证粮船上的粮食安全，要求任何人不得射击船身，在夺取粮船后，要将守船的人全部射杀抛江，不留活口。

两艘木船靠上了粮船，这群匪兵正要登船，粮船上立即响起了猛烈的枪声，由于距离太近，木帆船上的匪兵猝不及防，为首登船的几个人纷纷被射中，栽入江中，两艘木船上剩余的匪徒也被打死了十几个。这时，粮船上响起了一阵洪亮的吼声："缴枪不杀！"陈为庆的指挥船离着粮船还有几十米的距离，见此情形惊慌失措，掉头就想跑，这家伙被吓蒙了，连声嚷道："是解放军！我们上当了，快，快撤！"与此同时，隐蔽在附近岸边的游击队员此时也都开始瞄准汽轮射击，三艘匪船遭到了合围，一阵排枪过后，木船上的残余匪徒发出阵阵痛苦的哀号，纷纷喊着饶命投降。陈为庆再也顾不上手下的安危，乘坐汽轮夺路而逃，仗着他的船快，总算是跳出了解放军和游击队的合围圈。不料，汽轮刚回到浦口岸边，又遭到一顿机枪和排枪的迎头痛击，分兵而来的解放军和游击队趁陈为庆后方空虚，在他率部进攻粮船的时候，一举攻占了浦口码头，张着口袋等着他自投罗网。凌尚武则带着两个小队，神不知鬼不觉地占领了陈为庆在浦口的老窝——程氏祠堂，守窝的匪兵只有一个班，两人被击毙，两人被击伤，其余的全都举手投降做了俘虏。汽轮上的这群匪徒眼见后院起火，彻底崩溃了，枪林弹雨之下，汽轮上又多了好几具尸体，陈为庆的臂膀也负了伤，面对绝境他对天长叹："完了！彻底完了！偷鸡不成蚀把米，连老窝都被人端了！"他用手擦了擦遇风流泪迷蒙的双眼，把牙关一咬，命令船上的幸存人员："靠北岸往下游开，冲出江口，到南竿塘去，但愿天不绝我，保佑我陈某人死中得活！"现在，满是弹孔的汽轮上连陈为庆在内一共还剩下六个人，这帮匪徒犹如丧家之犬，驾驶着这条千疮百孔的汽轮急匆匆地逃向敖江口……

这场诱敌深入，三面合围的伏击战打得可太漂亮了，一举打破了敖江两岸长期被国民党隔绝封锁的局面，重新贯通了云居山和长龙山之间的水路要道，为凌尚武、陈可珠的游击队赢得了更大的活动范围，也为解放大军下一步夺取连江城，包抄官头镇，扼守闽江口提供了有利的条件。在国民党七十四军为了保存自己的实力龟缩进几个据点之后，凌尚武、陈可珠和县委领导班子就谋划打到江北去，消灭陈为庆匪帮。他们在于教导员的指导下，拟订了这次作战方案：让勇猛善战的两个班的解放军配合支队直属队和东岱区队，兵分三路秘密进入伏击地点，并派出李天使散播言论，把陈为庆匪帮引入口袋。这是连江地区解放军征粮队协同配合游击队消灭顽匪的第一个大胜仗，顺利打通了支前的通道，极大地鼓舞了当地群众，也对敌人产生了巨大的震慑……

（三）

在打开南北通道，消灭陈为庆匪帮的同时，老可接到五县中心县委的命令，要她迅速挑选两名年轻、有文化、枪法好，勇敢而又机灵的人作为助手，翻山步行到马尾福州绥靖区后方勤务部和陈银弟取得联系，而后坐林思义参谋长的军车前往福州仓前山麦园31号福建研究院黄觉民院长家，陈可珠扮成黄院长的外甥女，以带学生到院长家中补课为由，与一位上级领导接洽，接受其指令去完成一项特殊任务。

老可和凌尚武商量后，决定让陈珍珠和林志龙当助手，立即收拾行装，做好必要的打扮，于第二天一早出发。

老可身穿一套春末夏初浅蓝色旗袍，十分得体，腕上戴一只镀金女式手表，秀发披肩，显得更加清秀、文雅。脚蹬一双白色跟尖头皮鞋，手提一只半新半旧的褐色皮箱，内装一本圣经、几本教科书和一些衣物日用品，俨然一名气质高雅的地道中学教师，与平常腰扎皮带、手握勃朗宁、英姿飒爽的游击队指挥员形象判若两人，小珍珠剪着齐耳的学生发，上身穿长袖白洋布衬衣，下身着灰色的西装长裤，脚穿一双白色胶底运动鞋，散发着青春的魅力。她手提一只藤编的旅行箱，里面装着几本中学课本、练习簿和一些日常衣物，“摇身一变”成了一个有钱人家的小姐、秀丽的女学生。林志龙则剪着学生头，上身穿人造丝长袖衬衣，下身穿米黄色的西装长裤，脚穿白色的回力运动鞋，朝气蓬勃。他提着一只稍大点的藤编旅行箱，扮成了一个富人家的公子哥儿、正在学校就读的中学生。

这时福州及周围的县城全驻满了国民党军队。学校、庙堂、院落无一不被占据。这些地方的门前都拴着骡马，堆放着辎重，随处都能嗅见骡马屎尿的臊味，三五成群疲惫不堪的士兵，东倒西歪坐在驻地门前，一见行人便提起精神，瞪着贪婪的眼睛，上下打量着，希望能从他们身上发现点钱物，而后不问青红皂白地进行哄抢；要是见到标致的女人，这帮人眼睛里便顿时燃起欲火，如果有一个人带头调戏，其余的人都将一拥而上做出伤天害理的勾当。

处处是兵的世界，处处笼罩着恐怖的气氛。从这些士兵的身上，明眼人都能感受到国民党政权那昏惨惨黄泉路近的境地。

蒋介石为了加强闽江口的防守，从台湾调来了两个团的兵力进驻马尾军港，扼守长门炮台，为退守福建的残兵败将鼓劲打气。福建第四清剿区撤销后，林思义被调到福州绥靖区马尾后勤务部任上校参谋长，负责两个台湾团和马尾海军部队的后勤保障工作。他一到任，就让陈银弟做了自己的贴身副官。

上级情报部门为了避免老可他们在路上出差错，通过内线做了周密的安排。他们到了马尾，刚接近后方勤务部的院落，就被哨兵拦住检查，两个哨兵上下打量着他们，凶神恶煞地问："你们从哪儿来，到这里干什么？"老可不慌不忙地答道："我们从连江来，到马尾探亲。"哨兵命令他们打开三个箱子，翻了一阵没发现什么值钱的财物和可疑的东西，但老可箱子里的一封信却使他们备感震惊。只见信封上写着"林思义儿收"。两个哨兵立即改变了态度，小心地赔着笑说："哟，原来是找林参谋长的，是参谋长的亲属？""林思义是我表弟，还要再检查吗？"老可严肃地问道。"不，不，不！我们是例行公事，请多担待。"这个哨兵说完，另一个连忙为他们盖好箱子。两人正要往里通报，一位中尉军官走了出来，此人正是陈银弟。他看见了老可他们，却装作不认识，假意从他们身边经过时，哨兵向他报告："陈副官，有三位林参谋长的客人求见。"陈银弟斜眸细瞧了一会儿，装腔作势地说：“参谋长的亲戚我怎么没见过？”老可等人看他那个“熊”样子，心中暗暗好笑，但为了配合陈银弟演好这场戏，也只能把他当作陌生人。珍珠飞快地冲着他嚷道：“你这个小官平时对老百姓作威作福，今天总不能欺负到林参谋长亲戚的头上吧！”说完她从老可箱子里取出那封信，“啪”的一声交到陈银弟手里说：“你看了信就会想起我们是什么人了！”老可此时美目一眨，笑容显露，心想：“这个丫头也够厉害了。”林志龙在一旁低着头，强压住内心的愉悦，一言不发。陈银弟心想：这个小珍珠的言行和我不谋而合，够个地下工作者！他两眼笑眯眯地看了看珍珠，又把信封里的信拿出来仔细看了一遍，照着信中的内容将老可几个人的化名熟悉了一下，然后故作惊讶地对老可和珍珠说：“原来两位是林参谋长的表姐和表妹，徐丽萍、徐丽珍小姐。”说完他又冲着林志龙点点头：“原来你就是林参谋长的表弟林凌。”随后他拍了一下戴在头上的大盖帽：“要不是看了老太太的信，我怎么也想不到是你们大驾光临，恕罪恕罪，请……”哨兵们看到陈副官对三人如此客气，便抢着为他们提箱子，点头哈腰恭恭敬敬地把他们送进了后院。

林思义此时正在办公室和几个军官交谈着什么，陈银弟从门外进来大声通报：“报告参谋长，你的表姐徐丽萍，表妹徐丽珍，表弟林凌一起来探望你了！”说完迅速将那封信递了过去，好让林思义对三个人的新身份有个思想准备。几个军官见参谋长有客，便陆续告退。林思义看完义母嘱托的信，心中暗想：来的这三个人都是热血青年，共产党的精英，他们的能耐不亚于孙悟空的七十二变，深不可测。不久前两位女将在长门炮台身陷魔窟，能轻而易举地枪毙了杀人魔王姚大旺，又悄无声息地离开险境，搞得长门炮台好几天不得安宁。现在他们又要去重兵把守的福州执行特殊任务，真是令人敬佩。

老可以表姐的身份问道："表弟，近来可好？"林思义笑容满面："好什么啊！你看我，官大了一级，罪也加了一等。"老可听到这里，向林思义靠近了几步，低声开导他说："既然如此，不如抓紧时间弃暗投明。我党、我军对起义的将领都给予了极大的优待和关照，何况你还多次暗中帮助过我们。"林思义听完无奈地摇摇头："这些我深信不疑。可是，上贼船容易下贼船难，我不愿死心塌地跟国民党走，但我现在被他们揪住了尾巴，甩不掉！"老可见他有说不出的苦衷，便接着问道："此话怎讲？""实不相瞒，我贤惠的妻子和可爱的孩子原本在香港生活得很好，最近却突然被国防部二厅接到台湾去了，这意味着什么，我想你们跟我一样清楚。恐怕我最后的归宿是台湾而不是大陆。国民党败局已定，无法挽救，他们现在只有逃往台湾苟延残喘这一条路了。"说到这里，林思义脸色一变，鼓起勇气说："请诸位放心，在下身在曹营心在汉，即使到了台湾，我也一定会竭尽所能去做我应该做的事。我衷心希望有朝一日能和妻子、孩子回到大陆，和义母及所有的亲人团聚。我希望贵党在取得胜利后能给予我的义母一点儿关照，她是一位可怜而不幸的母亲，也是一位善良而正直的母亲。只要我林某人不死，一定会回报你们的大恩大德。"林思义说着说着，脸上显出苦楚的神情，两眼含泪。话说至此，老可他们竟无言以对。大家都用真诚的眼光看着林思义，沉默片刻之后，老可冲他点了点头："我理解你的苦衷，非常感谢你在这段时间对我们的大力帮助，我们也一定会投桃报李、永远珍视这段友谊。你放心，等解放了，我们一定会妥善照顾好你的义母，为了国家的独立、强盛，让我们共同奋斗。”

林思义听罢，抑制不住内心的激动，高兴地说：“感谢你们的理解，你们共产党人所表现出的不屈和智慧令我由衷钦佩！”

老可还想说些什么，林思义观其神态，突然反应过来说：“本该留你们在我这多坐一会儿，吃完午饭再走，但一会儿还要开会，我怕出意外，只能早下逐客令了，此地不宜久留，你们有要务在身，我现在就让陈副官把你们直接送到仓前山。”说完，林思义十分不舍地和老可他们一一握了握手，然后小声说道：“为了避嫌我就不出门送你们了，祝政委和同志们一路平安，一切顺利！”

（四）

一辆草绿色的军用吉普载着老可他们驶过福州大桥，来到了仓前山麦园路。老可请司机把车停下，带着小珍珠和林志龙下了车，和一路护送他们的陈银弟握手道别。他们在麦园路上走了一会儿，顺利地在一个僻静之处找到了福建研究院黄觉名院长的家。黄院长住在一座小院里，四周有一人多高的围墙，院中有一栋灰色的砖木结构的两层楼房，珍珠上前轻敲着门上的铁环，不一会儿门开了，门内出现了一位秀气端庄的年轻女子。她仔细打量了一下珍珠，客气地问道：“依妹，你找谁？”“我们来找黄院长，是黄院长的亲戚。”“你们从哪里来？”“连江中学。”这时，年轻女子看到了珍珠身后的林志龙，顿时什么都明白了，她激动地嚷道：“哎，志龙，是你们呀，都请进来！”林志龙看了看她，顿生惊讶：“娇西姐，你怎么到这里来了？”“我帮黄院长守房子，做家务啊。见到你们我太高兴了！”老可和珍珠听说是娇西，也都十分惊讶。一行人进了庭院，娇西顺手掩门，把门闩好。她接着问志龙：“这两位是？”“这位是陈政委，这位是陈珍珠同志。”娇西听到林志龙介绍，证实了自己刚才的猜测，便热情地拉着她们的手连声说：“陈政委，珍珠同志，黄院长交代今天有贵客临门，要我好好接待，他很快会回来。清早房前池塘开荷花，树上喜鹊叫喳喳，我就预感到今天的客人不寻常。”娇西的脸上笑容甜美，大大咧咧语意幽默，逗得三人都很开心。林志龙笑着说：“娇西姐，你今天又要给我们演一出‘美人计’是不是？尽拣好话说，可别把我们说晕了。”娇西听罢，很认真地回答道：“美人计是对付敌人的，对革命同志我只能说真话不能说假话，你们再不要喊我娇西了，那是坏人叫出名的。只要是革命的同志，以后都要叫我的原名陈淑珍。”她话音刚落，三个人立刻发出一阵欢乐的笑声。林志龙想，过去娇西和革命无缘，今天口口声声地喊自己“革命的同志”，真是时过境迁，要对她刮目相看了。黄院长住的院子很宽敞，四周栽满各种花草，院子中间一条鹅卵石铺的小路直通楼房，老可他们被陈淑珍让进了楼房一层的厅堂内，只见用油光纸糊就的板壁上悬挂着一幅真丝刺绣的孙中山先生像，横眉上“天下为公”，两旁“革命尚未成功”“同志仍需努力”的草书刚劲有力。厅堂两旁有四间厢房。正中摆放着一张红木八仙桌和四把太师椅，看得出这些家具尽管年代久远，上面的油漆都有些脱落了，但依然十分结实耐用。老可问：“黄院长夫人呢？”陈淑珍说：“夫人在格致中学教书，特别忙，别的学校都停课了，唯有格致中学还继续上课，夫人每天都要忙到晚上才能到家。一个儿子一个女儿都在上海读书。”陈淑珍愈说愈兴奋，“上海解放了，院长的一双儿女都参加了南下工作队，家里连个看家的人都没有。我在连江因为‘野公鸡’的事被敌人抓捕，就逃到福州找同乡的香香姐，她就在黄院长家里‘赚吃’，黄院长对她印象很好。前段时间香香姐因为儿子结婚，要回东岱料理家务，她就把我介绍给黄院长做帮工。院长看我手脚都很灵活，就把我留了下来，院长和夫人对我都很好，在他们家的这几个月，我不但学到了不少文化，还懂得了很多革命道理。”说到这儿，陈淑珍有些不好意思了：“你们嫌我啰嗦吧，我还有很多话想对你们讲。”珍珠笑着说：“你讲吧，我们都很爱听。”陈淑珍这时低下了头：“过去我太傻了，今天见到你们真高兴，希望你们不要嫌弃我，我想跟你们在一起干革命，把世上所有的坏人统统杀掉，把东岱、连江、整个福州都变成太平世界。”老可听完不住地点头：“淑珍同志，你放心吧，我们一定会帮助你，不仅是福州，我们还要让全中国都变成太平世界。”珍珠和志龙也在一旁异口同声地说：“淑珍姐你是好人，也是受苦人，我们不会嫌弃你！”陈淑珍听了这些话，激动得热泪盈眶。过了好一会儿，陈淑珍平复了一下自己的心情，笑容满面地将老可他们领到楼上休息。楼上和楼下一样，也是厢房四室正中一厅。只见厅堂里摆放着一套沙发，上面套着布套，十分整洁，客厅的墙上挂着几幅装裱精致的字画，其中有郑板桥的松竹图，有不知出于哪位名家之手的清香白莲图，还有鲁迅和郭沫若两位文坛名士风姿卓著的诗词书法。面对这些书画，老可顿时体会到了黄院长热爱生活积极向上的高尚情操。她心想，怪不得上级领导称誉黄院长是和我党同呼吸共命运的民主人士，说他的文史研究在整个福建的文化教育界，甚至在全国都产生了重大影响，真是名不虚传啊。

淑珍请老可他们坐下，转身去沏了三杯透着沁香的茶，摆在三人跟前的红木茶几上，然后笑容可掬地说道："你们先喝杯茶解解渴，我去准备午饭，请稍等片刻。"林志龙看了看老可和珍珠，见她们笑而不语，便转脸笑嘻嘻地回答说："谢谢淑珍姐。"也许他们打游击养成的战斗习惯，每到一个新地方，都要先熟悉一下周围的环境，目送陈淑珍下楼后，三人走出厅堂，站在二楼的阳台上环视周边的景色。只见正前方不远处有个大池塘，四周柳树成荫，池塘附近只有零星几栋平房，地势高低不平，东边百丈开外坐落着几栋紧挨在一起的二三层的建筑，想必就是福建研究院的所在。这时他们看见陈淑珍从楼下厨房里走出来，急匆匆地将院子的大门打开，让进来两个人，她激动地对来人说："客人来了，都在楼上。"说完她回过头，微笑着对楼上的人打招呼："黄院长和谢先生回来了。"走进院子的两人望着老可他们，高兴地说："好，好！欢迎，欢迎！"其中一人吩咐淑珍："拿出你的好手艺，好好地慰劳慰劳远方来的英雄们！"他们说完快步上楼，热情地和老可他们一一握手，并做了自我介绍。来人正是黄觉民和谢筱乃。黄院长中等身材，穿一套灰色中山装，圆脸庞，粗眉大眼，戴着黑边眼镜，显得知识渊博、老成持重。谢先生是中央社会部[①]派到福建负责和国民党上层人物及民主人士联络的优秀地下党员，他瘦高个儿，文质彬彬，穿长衫戴礼帽，一对明亮深邃的眼睛

---

①1939年2月，中共中央书记处做出《关于成立社会部的决定》。决定指出：目前日寇汉奸及顽固分子用一切方法派遣奸细企图混入我们的内部进行阴谋破坏工作，为了保障党组织的巩固，中央决定在党的高级组织内成立社会部，即中央社会部，简称中社部。中社部1939年2月在延安成立，培训了大批情报侦察干部。被称为共产党情报保卫人员的"黄埔军校"。

炯炯有神，看上去像一个政府要员。做完自我介绍后，大家分宾主落座，谢先生对老可说："你先不要介绍自己，让我来猜一猜。你就是连江沿海地区游击队政委，过五关斩六将的陈可珠同志，现化名为徐丽萍，对吗？"老可腼腆地笑道："首长，您过奖了。"谢先生又指了指珍珠："你就是可珠的妹妹，性格刚强，为人热情，聪慧勇敢的神枪手陈珍珠，现化名为徐丽珍，对吗？"陈珍珠瞪着一双美丽的大眼睛看着这位素昧平生、被姐姐称之为首长的人，她想像姐姐一样说几句客气话，又怕说不好被二位先生见笑，只好抿着嘴笑而不语，脸上两只天真而迷人的酒窝格外的引人注目。谢先生又看了看林志龙："你是游击队里唯一的中学生林志龙，在尚武和可珠的领导下不断成长，曾经机智灵活赤手空拳地制服了百胜乡反动的自卫团团长，还和林正灼一起在东岱树起了一面不倒的红旗，对吗？"林志龙脸涨得通红，不好意思地答道："首长，您对我的表扬实在不敢当，晚辈在党的教育和上级领导的指挥下才学会走路。"他连连向二位长辈鞠躬。黄院长风趣地说："免了，免了！老谢这个革命者居然学会了看相，看得还真准，这都是受了革命理论的指导吧。"谢首长听罢，微笑着说："黄院长言简意深，不过我可不是算命先生，刚才是在故弄玄虚。他们的情况都是林白同志向我介绍的。林白同志对他们的评价很高，否则也不会调他们前往敌人的心脏地带接受特殊的任务。"说完，他表情严肃地看着老可、珍珠和志龙："你们千万不要骄傲，要再接再厉，黎明前的决战就在眼前，敌人将会更加疯狂地对付我们。我们要以不变应万变，在敌人意想不到的时候给他们出其不意的打击，在敌人内部造成混乱，从而打乱敌人的部署。这次组织上紧急调你们来，目的是为了对付保密局福建站的王调勋、王秀英和特务营的郑乃一、徐福生。这些人监视了我们党中央派到福建做地下工作的同志，现在，在与我们建立关系的邮电、电台、报社等重要部门里，有不少的同志已遭到逮捕。这些抓捕工作的直接指挥者就是你们的老对手王秀英，她对我们的威胁太大了，需要尽快除掉她，你们三个有没有具体的办法？”“有，论枪法我们三个都不在乎她！”珍珠抢先说。“那论拳脚和白刃格斗呢？”谢首长问。珍珠看了看可珠姐，又望了望林志龙说：“志龙练过武，一定打得过她！”林志龙接着说：“请首长放心，我能对付得了！”珍珠听了志龙的回答，表现得很兴奋。老可说：“我们尽可能避免短兵相接，以智取为上！”两位长者听了，都点头称是，谢首长斩钉截铁地说：“王秀英罪行累累，必须除掉她，以绝后患！现在国民党正将五百多箱机密档案从南京运往福州，其中有二百多箱文件涉及核心军事机密，为了将这批机密档案转交我党，吴石将军设法将这些文件从于山①连夜运进福建研究院的书库中保存，等福州解放后全部交给解放军。吴石将军花费了很多心血。为了掩人耳目，他又在福州搜集了百余箱普通的军事书籍充当第一批发送的绝密档案，派出心腹人员押送前往台湾。吴石将军现在是国防部史政局中将局长，又是福州绥靖公署副主任，他虽不是共产党，但却十分拥护共产党的主张，曾经在土地革命和抗日战争时期都给予过我们支持，是一位伟大的爱国者。目前，特务头子王调勋对他

①位于福州城区中心东南隅，相传因战国时古民族"于越氏"聚居此地而得名。汉代有临川何氏九兄弟在此炼丹修仙，故又名九仙山。闽越王无诸曾于九月九日在这里举行宴会，故又称九日山。“文革”时期曾改名红岩山，一九七七年复名于山。

已产生怀疑，但暂时还奈何不了他。我们担心王调勋向蒋介石打小报告，陷吴石将军于危险的境地。当务之急，既要对研究院书库里国民党军事机密档案的安全严加提防，又要警惕敌人可能在混乱之中向吴石将军下毒手。现在吴石将军的行动以及和我党联系最密切的民主人士的行动都处于特务营长郑乃一和副营长徐福生的监控之下，此二人也是你们的老对手，只有除掉他们，才能打破他们的监控网，暗中保护吴石将军和民主人士。你们来了，我们很高兴很有信心，但对敌我双方要有充分的认识，正确地估量，知彼知己才能百战不殆。”谢首长说着，用手拍了拍林志龙的肩膀：“你们三个人，再加在暗中保护你们，不断给你们提供新情况的地下党的同志也是势单力薄，我们的敌人都不是等闲之辈，十分狡猾凶残，眼下福州地区的军、警、宪、特已到了泛滥成灾的局面，重要的部门三步一岗五步一哨，警车、摩托巡逻车每天满街耍威风。”说到这里，谢首长话锋一转，愉快而充满信心地说：“然而胜利终将是属于我们的，我们的解放大军势不可当，现已进入闽北，直逼寿宁、福安，敌人已经成了惊弓之鸟，外表强大，内心空虚，各怀鬼胎，你们和游击队、武工队的一些同志具有丰富的战斗经验，都是地下党的精英，为了新中国的成立，个个甘愿洒热血写春秋，一定能在敌人万军之中，轻取上将首级，造成敌人阵营的混乱，要时刻记住，广大人民群众是我们的坚强后盾，我们一定能取得最后的胜利！”谢首长说着，激动地站起身来，右臂用力向前一挥，犹如一位指挥千军万马的将军挥军冲向敌阵。老可他们深受感染，心情无比激动。

最后，谢首长说：“今晚有中央社会部和福州地下党的四名武工队员为你们送武器弹药，并和你们一起拟订具体的行动方案。”

（五）

中亭街、南台是福州最繁华的商业区。这几天福州国民党当局命令商会通知所有的商店开门营业。否则以破坏市场，抗拒战乱罪予以查封。福州警备司令部严禁警车响着警报器，军车载着武装士兵通过闹市区，违者由警备、宪兵司令部扣车查办。

商店货源稀少，顾客寥寥无几，生意清淡，货币贬值，面对物品价格飞涨，欲购者望而生畏。当局还强令各大商店高声播放留声机，营造热闹气氛。《何日君再来》《夜上海》《四季歌》等靡靡之音此起彼伏。入夜华灯齐放，五光十色的霓虹灯勾魂摄魄地闪烁着，直至次日凌晨。

在兵荒马乱，人心惶惶的时候，国民党当局却要强商人之所难，给市民以假象，强行将动荡的环境粉饰成太平景象，简直是自欺欺人。

一九四九年六月，蒋介石飞抵福州市南郊机场召开临时军事会议之后，便立即逃到台湾马公岛，每隔一天给朱绍良来电，三令五申要朱绍良坚守福建，并不时给朱绍良打气、壮胆。面对委座的训令，朱绍良只得阳奉阴违，一面令各部队坚守阵地准备抗击解放军，一面在绥靖公署所在地福州欺骗民众粉饰太平，安定军心。这掩耳盗铃的把戏完全是做给蒋介石看的。

头几天，出入日用商店、绸缎庄、金银铺和珠宝店的顾客几乎都是那些军队将领、政府要员、买办绅士以及资本家兼地主的眷属。他们都想在逃往台湾前把家中成捆成叠不断贬值的钞票换成金银珠宝或有价值的东西。但他们大都无法如愿以偿，往往满带怒容，怨声载道而归。而平民百姓对国民党政权的所作所为则更加恨之入骨。

保密局福建站本部是一座很不显眼的两层暗灰色楼房，坐落在福州市区的鼓楼附近。那些阻止全省工潮、学潮，逮捕、殴打进步学生，监视、跟踪暗杀民主人士、工会会员，围剿中共地下武装力量的指令全部是从这栋楼房里发出的。原先这里的“老板”叫林超，是一位双手沾满革命者鲜血的刽子手。一九四八年一月，王调勋上任，其所作所为与林超相比有过之而无不及。这个王调勋瘦高个儿，平头长脸，两腮无肉，高鼻子阔嘴巴，下巴刮得精光，长着一口参差不齐的黄牙，眼光忽明忽暗不可捉摸，身上穿一套呢子军服，左胸口袋上挂着两排奖章，肩上扛着少将军衔。不过，他大部分时间都喜欢穿西服打领带，和年轻标致的女子跳舞。这一天，他把王秀英、郑乃一、徐福生及站本部的几个组长都召集到会议室，商讨蒋委员长和站本部的指令：尽快处决目前在押的所有政治犯。然而，福州绥靖公署却要他们暂缓执行，以免在政局不稳的情况下引起社会各界的强烈不满，造成被动局面。现在，福州民主党的进步刊物已经对王调勋的罪恶阴谋做出了披露。福建地下党也散发了“告福建全省人民书”的宣传单，号召全省人民加紧支援解放军解放全福建，救全省人民于水火之中，捉拿蒋介石，并严正警告特务头子王调勋放下屠刀，不准屠杀革命者，否则，血债要用血来偿，他这个刽子手就是逃到天涯海角也将被捉拿归案。

王调勋进退两难，不执行蒋介石和毛人凤的指令就是抗命，后果可想而知；可要执行处决指令就将和福州绥公靖公署产生对立，他深知，自己一旦得罪了绥靖公署，惹恼了朱绍良，那么保密局福建站的所有人员都将在福州地区寸步难行，舆论的压力也会使福建站臭名昭著，一旦时局急转直下，前往台湾的通道被堵，他王调勋和手下的人就会变成过街老鼠人人喊打。因此，他今天召集手下开会，要这些人谈谈自己的看法，看能不能想出两全其美的方法。会上的争论很激烈，王秀英和行动组的组长认为，保密局处理政治犯从来不受外来力量的干扰，有再大的风险朱绍良也不能把他们怎么样。为了掩人耳目，可以考虑秘密枪杀。而郑乃一和情报组、内勤组的组长们则认为，在当前的形势下，“现官不如现管”，朱绍良手握重兵，要尽可能尊重他的意见，对政治犯暂缓执行枪决，不要自找麻烦。如果上面追究下来，责任也可以推到朱绍良头上。组长们再三强调，保密局今不如昔，目前比较稳妥的办法还是先将政治犯转移到北郊秘密监狱，让他们与世隔绝，自消自灭。

王调勋听到这里，眼前突然一亮，心中顿时有了主意。“移囚秘密监狱”也许能助他一箭双雕……

一九四九年七月十六日午夜，天上乌云飘动，将空中镰刀似的弯月一时遮掩，云隙中的星星忽明忽暗，荒野中空气闷热、蛙声阵阵，战斗人员分散潜伏在道旁，一群群贪婪的蚊虫“嗡嗡”直响，肆无忌惮地扑到他们的皮肉上进行着轮番袭击，潜伏者们强忍着蚊虫的叮咬，两眼死死地盯着前方，准备迎接即将到来的战斗……

汽车的马达声由远及近，车灯的光柱随着高低不平的道路忽上忽下，忽明忽暗，根据光柱的强弱判断，由远而近的车队属于中速行驶，最前方是一辆小车，后面跟着三辆大车，车与车之间的距离有四五十米远。其中第二、第四辆卡车是敞篷的运兵车，那么夹在两车之间的那辆全封闭的卡车就是囚车无疑了。

车队越来越近了，突然，枪声大作，刘文耀同志率领的福州地下党两个班的战斗人员开始用机枪、步枪和冲锋枪对着第二第四辆敞篷卡车上全副武装的敌人猛烈射击，奇怪的是，这伙敌人好像预先就有了防范的准备，枪声刚一响，他们就把车停下了，车上的人猫着腰飞快地跳下车，利用周边的地形地物进行反击。从第一辆车上滚到地上的一名高个军官十分镇静，命令身后的士兵边打边撤，在惊天动地的枪声喊声中，这个军官乘坐的小车里又有两个人滚到地上，其动作快如闪电，引人注目。不远处，老可带领的预备队正在另一处隐蔽点仔细观察着战况，这个预备队共有八个人，除了老可、志龙和珍珠外，其余五个是平时负责保护谢筱乃的武工队员。老可从对方的身形判断，估计最先从小车上下来的人是徐福生，随后那两个是王秀英和郑乃一。这时，敞篷卡车上的敌人已经逃远了，枪声逐渐稀疏起来，刘文耀眼见敌人逃窜。又听到囚车上的人齐声呼救，便指挥一个班的武工队员和二十多名地下党派来的救援同志奔向囚车。他们用枪托砸掉了锁，刚打开车门，冷不防从车里探出一挺机枪对着他们疯狂扫射。救援人员始料不及，面对车门的六名地下党的同志当场遇难，刘文耀被前边的同志挡着，没有中枪。他迅速俯下身子，和幸存的人一起往卡车两旁撤。与此同时，刚刚撤退的敌人又重新围拢过来，刚才从小车上跳下来的那个高个子军官高声喊道：“给我追！把这群共党彻底消灭！”战况急转直下，隐蔽在暗处观战的老可脸色突变：“不好，中了敌人的圈套！”为了挽救惨局，她急中生智，立即命令志龙、珍珠迅速向躲在车边的郑乃一和王秀英射击，并指挥身边的五个武工队员集中火力压制囚车上的敌人，掩护刘文耀的队伍撤退。小珍珠不愧是神枪手，“啪”的一枪，小车旁的一条黑影应声倒地，倒霉的郑乃一连哼都没哼一声，当场中弹身亡。一旁的王秀英看到这突如其来的精准射击，心中早已猜到八九，她反应极快，立即卧倒，但终归还是慢了一步，就在她斜卧的那一刹那，林志龙的枪响了，王秀英左胸重重地挨了一枪，她突然感到胸中像燃起了一团火，剧烈的闷痛使她昏头昏脑，一时天旋地转，不省人事。此时的徐福生早已被惊得魂飞魄散，这家伙在地上飞快地爬行着，再也不敢露头。刘文耀带着一个班的队员，气喘吁吁地撤到了老可身边。面对所遭受的损失，他悲痛万分，泣不成声。老可斩钉截铁地对他说：“不能怪你。现在不是难过的时候，立刻组织火力消灭敌人！敌人没想到会在即将取胜的时候遭到我们的突然袭击，他们死了两个领头儿的。不敢再和我们纠缠，一定会迅速撤离。”

在老可的沉着指挥下，敌人受到了猛烈的火力压制，全部趴在地上不敢再动。这时隐隐地听见有人喊：“赶快把郑营长和王站长抬上车！”士兵们听了，都恐慌起来，知道当官的中了枪，一时也不知道如何是好了。战场上瞬息万变，刚才还在以胜利者的姿态对共产党猛打穷追，现在指挥失灵，被人家死死地压制着，可谓是进退两难。这时，徐福生爬上小车，看了看刚刚抬上来的郑乃一，发现他额角中弹，早已停止了呼吸，“郑营长……”徐福生失魂落魄，抱着郑乃一尸体泣不成声，他回头又看到王秀英躺在一旁，胸膛染血，头偏在一边，便立刻放下郑乃一的尸体，发狂似的抱住了王秀英，用耳朵紧贴着她的胸脯，黏糊糊、热腥腥的血沾了他的半边脸，当听到王秀英的心脏还在跳动时，他不顾一切地解开了她上衣的纽扣，撕开了她满是鲜血的内衣，发现在丰腴的左乳边有一个小洞还在汩汩流血。他立即从自己的挎包里取出随身备用的美国急救包，撕去外面的包装纸，取出药棉和纱布堵住了她的伤口，然后歇斯底里地命令站在车旁的一个连长："撤！立即撤！乘车返回！"士兵听见命令，从地上跃起争先恐后地往车边跑。这个连长一边指挥士兵上车，一边组织掩护。动作慢的、暴露明显的几乎都被武工队的枪弹击中。有的士兵还未爬上车，司机就急忙将车开动，一片混乱和狼狈的景象。徐福生搂抱着王秀英，心想平时他要能如此搂抱着她的躯体，那将是多么得柔情蜜意。现在，无论如何都要救活她，只要能把王秀英救活，他愿付出任何代价，哪怕王秀英残废了，他也愿陪伴她终身，如果王秀英死了，他会不顾一切地把所有在押的政治犯杀光！一个不留！他们所有人都低估了福州地区的游击队，无数次大大小小的围剿、突袭，都未使这些共产党遭受重创，这次王调勋自以为是地定下"瞒天过海""请君入瓮"的计策，以为只要引出了地下党的武装，就可以把他们一网打尽。谁知道地下党将计就计，比他高出一筹。他几乎毁掉了特务营，把他们三个了不得的人物推上了死路，他还不如陈维金。王小姐要是救不过来，自己绝不会轻易放过他。看他怎样向汤司令交代，如何向朱绍良做出解释。徐福生边想边哭，嘴里骂骂咧咧，通过这场战斗，他完全丧失了对王调勋的信心……

王秀英被送进了福州协和医院，经检查，弹头穿透右肺，没有伤及肋骨和心脏。经过急救输血，她渐渐苏醒过来，脱离了危险。王调勋和徐福生在她床前陪了一天一夜。朱绍良接到郑乃一死亡的消息，问明原因后气急败坏地把王调勋叫去骂了一通，要王调勋亲自向汤恩伯司令做出解释，并撂下一句狠话："一切后果由你自己负责！"

郑乃一死亡，王秀英负伤，特务营死伤三十余众，王调勋原想捂住盖子，封锁消息，结果发现这根本就是他的一厢情愿。郑乃一犹如特务营之父，他的死讯早已被士兵们传开，特务营像炸开了锅，尸体运抵福州的第三天，全营官兵在站本部为他召开了追悼会，连朱绍良都亲临哀悼。王调勋内外交困，狼狈不堪，躺在床上两天没起床，徐福生到福州绥靖公署向朱绍良提出请求，让特务营回归原建制，开到厦门汤司令身边，再也不愿接受王调勋的指挥。保密局长毛人凤这时也到了厦门。徐福生想在毛人凤面前告王调勋一状，出出胸中的闷气，为郑营长喊冤。王调勋难过得像被人抽掉了脊梁骨，整天郁郁寡欢。最后，他想尽办法，从站本部和他个人身上挤出了不少血，花重金对伤亡的官兵做了抚恤，并专门给徐福生和王秀英发放了"对共党斗争奖励金"，一场风波才算暂时平息。

另一方面，谢筱乃在地下交通站秘密召集有关人员开会，总结经验教训，动员各方面的力量做好善后工作，继续设法营救已被提前移囚秘密监狱的同志。

会上，一位在"秘密监狱"当看守的地下党同志泣不成声地说："我们的同志进了秘密监狱就等于进了十八层地狱。除了个别人经受不住酷刑，叛变投敌外，绝大部分人都在里面活活地被折磨死了。有的同志拒不招供，被敌人用麻绳反背两臂，将两个大拇指头拴在空中，痛苦难忍，满头冒汗，被敌人用沾水的皮鞭抽打，昏迷过去之后又被一盆冷水浇醒，如此反复折磨，被弄得骨断筋折，直至完全断气。有的同志遭受了“炒排骨”的酷刑……我眼睁睁地看着自己的同志受苦受难而不能帮助他们，实在忍受不下去了！我坚决要求组织让我离开这个人间地狱。让我参加战斗为受苦难折磨的同志，为死难的烈士报仇！”他那撕心裂肺的叙述，激起了在座同志对敌人的无比愤怒，抽泣声、呜咽声逐渐汇成一阵阵怒吼，在会场上久久不息……

这几天，王秀英的身体恢复得很快，但医生还是不让她起床，一切饮食起居都由护理员照料。她住的病房是一个宽敞明亮的大套间，隔音效果很好。病房门口有两个便衣特工守护，这天上午，护士长带着两位女医生进了病房，让他们在王秀英的病榻前都取下口罩，王秀英看了看他们，觉得很陌生，没等她发问，“医生”笑着对她说：“我们特来看望王小姐的病情”。“这几天好多了，死不了，等我痊愈出院了，非要报这一枪之仇不可！”王小姐一提起身上的枪伤就满面怒气。另一位“医生”仔细打量了她一阵之后，从大褂口袋里取出一本小册子，抽出夹在里面的一张四寸照片交给王小姐说：“你看看，认识照片上的人吗？”王秀英伸出左手，接过照片仔细看了看，兴奋而又激动地问：“这张照片是哪里来的？”拿出照片的“医生”回答说：“十年前我舅舅给我的，那时我才十七岁。”王秀英听罢意欲坐起。护士长立即按住她：“不能动，有话躺着好好说。”“你舅舅是谁？王秀英两眼紧盯着这位“医生”，急不可耐地要她说出真相。“我舅舅就是照片上的这位大人。”“医生”指了指照片上穿长衫戴礼帽潇洒的汉子：“他叫王裕兴，是我亲舅舅。这张照片是我舅舅和表妹在上海女子体育学校大门口照的，我叫陈淑珍，就是你们要追捕的东岱妇女，送‘野公鸡’上西天的娇西。”王秀英听到这里，脑袋顿感晕眩，心跳也开始加速，为了进一步证实站在她床前这位假医生的话，她急切地追问道：“我姑妈叫什么名字，是什么原因去世的？”“你姑妈叫王咏梅，和你表弟一起十五年前在官头岭被地主害死的。我孤身到东岱投靠表叔。从那时候起我就发誓，要为母亲弟弟报仇，宁为玉碎，不为瓦全，我要让那些欺压别人的好色之徒，一个个死在我手里。”王秀英听到这里泪水盈眶，几乎要晕厥过去，眼前这位长相俊美的“女医生”就是自己失散多年的表姐陈淑珍！此时，她的内心开始掀起阵阵的波澜：“姑妈和表姐苦大仇深，和自己失散多年，自己却把亲人当仇人，险些把可怜的表姐交给手下的人追捕杀戮。”她越想越怨恨自己，现在的王秀英第一次感觉到军统特务的职业，使她逐渐失去了人性，失去了女性应有的善良和同情心。她撑着身子想再次坐起来，护士长第二次把她摁住了：“王小姐你千万不要激动，以免伤口崩裂，如果你不听话，我就让她们离开！”王小姐哽咽地点点头，眼泪像断线珍珠一样不断地涌流。此时陈淑珍再也控制不住感情，她大喝一声：“表妹！”紧接着俯下身子抱住王秀英，两人脸贴着脸，互相搂着脖颈儿放声痛哭，另一位“医生”也受到感染，背过脸去，用手帕揩泪。护士长很不安地嚷道：“不要这样，不要这样，王小姐的伤口还未痊愈，请王小姐保重，也请客人体谅。”屋里激动响亮的哭喊声惊动了门口的特工，其中一个家伙隐约听到动静，轻轻地推开了门，探了探头又缩回去了。王秀英稳了稳心神，低声问淑珍：“你怎么知道我在医院治伤？”淑珍指了指身边的那位

“医生”说：“是她告诉我的。你知道她是谁吗？”王秀英轻轻地摇头，不好意思的示意那位女医生也一起坐下来。淑珍心想：王秀英现在对共产党恨意十足，我和游击队的陈可珠政委今天化妆来到医院见她，如果现在对她说出真相，怕她一时接受不了，弄不好，刚刚连接起来的亲情都将受到影响，出现极坏的恶果。可不说出真相，不劝阻表妹停止作恶，放弃与共产党、与人民为敌的思想，就无法完成谢先生和黄院长交给我的任务，达不到认亲的目的。她考虑再三，不知如何开口，于是闪动着一双美丽的双眸，望着老可。示意她拿主意。从淑珍那善良聪慧的眼神中，老可猜出了她的顾虑，对她谨慎处事的做法更加赞赏。

老可深知，王秀英是个桀骜不驯的人，绝不会任人摆布，况且她这一生从未吃过大亏，凭着她多年来对共产党人的仇恨，一旦知道了真相恐怕会立刻反目，此时此地，还是尽可能不触怒她为好。想到这里，老可以友好的神态，轻缓的语气开始含蓄地和王秀英交谈：“你先不要问我是什么人，慢慢你自然会明白的，我和你表姐来看望你的伤势，是希望你早日恢复健康，对于你们两家的遭遇，我深表同情，在此真诚地祝贺你们姐妹重逢。”王秀英从对方稳重的神情和善良的语气中感受到，眼前这个女子和自己阵营里所有的女人都不一样，她身上所流露出的优秀气质甚至比社会上那些有地位有知识的女子还要高出一筹，她的眼神显露着善良、纯朴和明智。王秀英非常聪明，她心中一震：这个女子会不会是共产党？她怎么晓得我负伤进了协和医院？那一场发生在北郊的夜间战斗王秀英至今记忆犹新，地下党武装人员转败为胜，而且在极短的时间内用枪精准地击中她和郑乃一，若不是知彼知已的老对手焉能有此高明的举动？她又上下打量了一下对方的相貌，发现这个女子的长相、身段和举止与传说中连江共产党游击队的领导人陈可珠极其相符。不错，就是她！陈可珠到福州来了！北郊夜战是她指挥的，郑乃一的死、我的枪伤都是拜她所赐！今天她利用表姐和我认亲，是黄鼠狼给鸡拜年，对我是莫大的侮辱。我不杀此人，不报这一枪之仇，难平心头之恨！想到这，王秀英怒火中烧，突然烦躁起来，她习惯性地在枕下摸枪，想一跃而起射杀老可，但是却无法如愿以偿，枕头下没有枪，自己也没有力气，力不从心的她哀叹了一声，沉默不语。老可看出了王秀英的心态，也静静地望着王秀英。护士长担心王秀英承受不了致使伤情恶化。在一旁不断地解劝，这个护士长是黄觉民院长的亲戚，她虽然不是一位革命者，但却同情革命，拥护共产党的主张，今天的“认亲”是经黄院长和她的撮合才得以顺利进行的。这时，陈淑珍也用一双泪眼望着这位杀人不眨眼的表妹，下狠心说道：“也许你猜到了，她就是游击队的陈政委，今天来看望你，没有半点恶意，她希望我们都成为堂堂正正的好人。如果你不愿和她谈下去，我就先陪她走，等你身体康复了我再来看你，你想吃什么尽管跟我讲，你小时最爱吃的东西我都记得，我会给你送来。如果你愿意认我这个受人压迫被人欺凌的表姐，我下午就来医院照顾你。”她边说边哭泣，十分动情，连护士长都发出唏嘘之声。淑珍情深意切的在哭声中断断续续地说：“秀英，我……一定……会来看你的。”这几句充满人情味的话，王秀英已经十多年没听到了。王秀英五岁丧母，六七岁时，姑妈经常将她搂在怀里，边抚摸她的头，边亲着她的腮帮亲切地说：“英子，你是个乖孩子，姑妈会经常来看你的。”离别时，她总抱着姑妈哭喊着不让走，几年后她听说姑妈和表弟都被人害死了，哭得死去活来。今天听到陈淑珍的这番话，王秀英想起往事，再也无法克制，“哇”的一声，像个孩子似的又大哭起来。淑珍和老可她们又安慰了她一会儿，正要离去。王秀英急忙叫住她们，要她们不要离开，王秀英想，陈可珠既然不是来侮辱我，也不是来乘人之危，混进医院追杀我的，那就看在我表姐的情分上，放她一马。这时，护士长细声细语地对她说：“王小姐，你不能激动，也不宜再说更多的话，否则我不好向你的上司交代。”王秀英冲她点点头，然后又让陈淑珍坐到她身边，像个孩子似的对淑珍说道：“表姐，你长得真像姑妈。”淑珍听完笑了笑，连忙用手绢帮王秀英擦去脸上的泪水。

一直以来，老可都把王秀英视为血债累累的顽敌，现在王秀英成了战败者，负了伤，没有武器也没有了抵抗能力。自己作为中共地下党的代表、游击队的领导，为了革命需要，有必要对顽敌宣传党的政策，让她认清自己的罪行，尽可能促使她改恶从善，改变与人民为敌的立场，说服她戴罪立功。陈可珠认为，要做好王秀英的争取工作，除了陈淑珍对她在感情上的影响外，自己的话语也必须谨慎得体，不能使王秀英产生对立情绪。当听到王秀英对陈淑珍说“你长得真像姑妈”时，老可压低了声音顺水推舟：“王小姐，我在东岱的时候就知道淑珍的母亲和弟弟是被官头镇的地主侮辱迫害致死的。她为了替母亲、弟弟报仇，在万般无奈之下选择了以自己的人格为代价进行孤立无援的斗争，我们都很同情她，因为‘野公鸡’的事，你和你的手下追捕她，逼得她东躲西藏，如果那时她被你们抓住杀害了，哪还会有今天的姐妹相会？后来我到福州见到淑珍，向她提起追捕她的女军官王秀英，她跟我说自己有一个表妹也叫王秀英，掐算一下年龄和你的年纪正好相仿，后来她拿出一张保存了十年的照片对我说，那是她舅舅王裕兴和她十五岁的表妹王秀英在上海女子体育学校大门口的合影。根据照片上的样貌和年龄推断，我认定淑珍的表妹就是你王小姐！”王秀英睁开眼瞧瞧陈可珠又望望淑珍，一句话也没说，紧紧地握着表姐的手，两眼仍是不断地流泪。

“淑珍的舅舅在上海做生意，淑珍十七岁那年，舅舅有一次从上海乘轮船到福州，途经闽江口遇上了海盗，惨遭杀害，尸体也找不到了。淑珍在东岱表叔家听到噩耗悲痛万分，急忙和表叔赶到上海想把你接到东岱来。体育学校的校长告诉他们，原本在校就读的你被一个叫陈昭宗的人接走了，此人原是黄埔军校的学生，后来在复旦大学后门开了家‘嘉宾’饭馆，由于你常在他店里用餐，陈昭宗对你印象很好，看你身体素质好，人又聪明伶俐，便向军统的戴笠举荐了你，将你送到杭州警官学校进行特训，你走的时候很高兴，淑珍和表叔打听到你的下落也放了心，由于路费不够就没有再到杭州去探望你。”老可说到这里望了望淑珍问：“是这样吗？”淑珍听罢点点头，又轻轻地将王秀英脸上的泪水擦干，她仔细看着表妹，发现表妹确实长得很迷人，于是，充满怜爱的将自己的脸和表妹的脸紧紧贴在一起……老可平静地看着王秀英，话锋一转：“从警官学校特训班毕业之后，你被分配到上海国民党军统局，从此便和日寇、汉奸开始了不屈不挠的斗争，在暗杀敌特高层人物时，你从未失手，被人传为枪口指处鬼神惊的巾帼英雄！王小姐，我说得没错吧？”王秀英听到这里，心情陡然开朗，顿觉舒畅，脸上渐渐露出了微笑。老可看出了她的神情变化，接着说道：“那时你和日伪的战斗，是令人称赞的，反侵略的正义行为，你的身后有千千万万的同胞做你的后盾，所以你和你手下的特工能够勇往直前，所向披靡，即使在最艰苦最困难的情况下，你们都信心满满，从而在残酷的对敌斗争中，赢得了一次次的胜利……”王秀英越听越兴奋，心想：没想到这个陈可珠如此了解我，尤其是抗战时期的那些事情，说的都是事实，正合我的心意，她今天来到我面前，到底有什么目的呢……眼见王秀英的心理戒备逐渐放松，陈可珠的神情也开始放松下来，她面露笑容，把话锋一转：“然而现在，你们却被我们这些装备低劣，人数处于劣势的游击队打得狼狈不堪，心慌意乱，你这位巾帼英雄，也被我们这些‘土八路’轻而易举地击伤，这又是为什么呢？”王秀英被老可这一问，半晌无言。老可停顿片刻，神色又变得严肃起来：“那是因为你现在的所作所为是非正义的，你现在是在为独夫民贼蒋介石卖命，为黑暗的旧社会卖命，完全违背了民心，是不可能得到老百姓的支持的。国民党反动派几百万美式装备的军队，之所以兵败如山倒，也就是因为遭到了全国老百姓的一致反对，得民心者才能得天下，难道不是这个道理吗？凭你王小姐的才华，要是能站在广大民众一边，为贫苦大众奔走，完全可以做出一番惊天动地的事，相信这会比你在抗日战争中所建立的功勋还要辉煌！”老可慷慨陈词，洞彻事理，一字一句重重地敲击着王秀英的心，令王秀英那腔混浊的血激起层层的波浪。此时的王秀英，受到了一股无法抗拒的冲击，她想起了自己的父母，想起了姑妈家的遭遇，想起了国民党的腐败无能……抗战胜利后，自己从军统转入保密局，处处与革命者、与贫苦的老百姓为敌，那些被捕的革命者被自己施以酷刑痛苦地折磨，甚至可怜的表姐也险些死在自己的手里……千头万绪，越想越难受。自己的内心此刻备受煎熬。王秀英紧锁双眉，再次陷入了沉默。

今天，王秀英算是彻彻底底长了见识，经过一番激烈的思想斗争之后，她对陈可珠产生了无比的钦佩。她赞同陈可珠的观点，自己也是一个女性，应该像陈可珠一样通情达理，为姑妈，为表姐，为普天下所有受压迫受欺凌的妇女去战斗，去争取做人的权利。想到这里，王秀英的精神防线彻底崩塌，她动情地哭了，哭得情真意切，撕心裂肺。现在，她把对陈可珠，对共产党的一切怨恨都抛弃了，犹如一个走出魔窟、大病初愈的人，重获了自由和阳光。最后她终于止住悲声，单刀直入地问陈可珠："我明白你的心意了，你想要我干什么，直说吧！"老可也觉得时机成熟了，便毫不隐瞒地说："我要你接受教训，等伤好之后，戴罪立功，为受苦受难的广大民众做些好事。尽你最大的可能，让那些被你们囚禁在秘密监牢里的革命者不受虐待，解放大军很快就要到达福州了，希望他们都能平安出狱。"淑珍和护士长此时也都非常激动，她们以期盼的眼光，笑容满面地看着王秀英。

这时，房门外一阵嘈杂，不一会儿，门被轻轻地推开，从门外伸进一个脑袋问道："徐营长来探视，能不能进来？"护士长回答说："请在门口稍等。"话音刚落，这个脑袋便缩回去了。王秀英对表姐说："你先送陈政委走，回头再来，我需要你。"

第十章 横眉冷对凶残敌，愿抛头颅换新天

一九四九年八月三日，中国人民解放军十兵团在叶飞、韦国清的指挥下，正式发起了福州战役。左路军（三十一军）从建瓯出发，翻山越岭，到达了罗源和连江的交界处，夺取了官头镇、马尾港，控制了闽江口北岸，切断了敌人的海上退路。右路军（二十九军）从南平出发，跨越沙县、永泰大山，攻占了福清，控制了福清的宏路镇，切断了福州朱绍良部和汤恩伯部的联系，粉碎了敌从陆上南逃的企图。

中路军（二十八军）则从古田向福州正面发起攻击，一天之内便占领了闽侯县。

三路大军向福州及其周围守军撒开了大网。

朱绍良意识到解放军已经对他们形成了瓮中捉鳖的态势，其凌厉的攻势根本无法阻挡，便暗中对身边的高级将领和机要、金融部门的官员们做了紧急撤退的安排。

此时福州的守敌已是惶惶不可终日，但那些特、警、宪仍旧十分猖狂。他们仍在忠实执行着上司的命令，日夜监视、搜捕共产党地下人员、民主党派进步人士和反蒋分子。

这几天，中共新任命的福建省委书记张鼎丞派遣地下党员苏华同志潜入福州，和谢筱乃在一起与国民党政府机关中的民主党派上层人物频频接触、一面收集敌情，一面紧张地进行着接管政权的准备工作。

王秀英伤愈出院，将秘密监狱里的政治犯全部交给了一个新提拔的姓肖的典狱长全权管理，并通过陈淑珍向老可保证，政治犯从此不受虐待，伺机全部交给地下党。不久之后，她见时机成熟，又让陈淑珍和老可取得联系，定下了移交俘虏的具体时间和地点。王秀英以换监转移为名，将监狱里的政治犯全部顺利地送了出来，神不知鬼不觉地完成了老可托付的解救任务。此时的王秀英已无心再为国民政府效力，事情办完后，她不敢耽搁，立刻找来陈淑珍，让她收拾行装，陪伴自己即日前往台湾定居，从此去过普通人的生活……

这一天，谢筱乃同志告诉陈可珠，吴石将军已接到台湾“总统府”侍从室主任林蔚的急电，让他即日携眷赴台。党组织已察觉蒋介石对吴石将军的行为产生了怀疑，再三动员他留下，立即撤往解放区。吴将军认为他的决心下得太晚了，为人民做的事太少了，现在既然还有机会，个人风险算不了什么。为了避免嫌疑，他带着夫人王碧奎和两个小儿女一同去了台湾，留下大儿子韶成，大女儿兰成在大陆继续为我党提供力所能及的帮助，并提出请吴仲禧同志（吴石将军黄埔同学，后来的同事，国民党高级将领，抗日战争中秘密加入共产党）在必要时给予照顾（一九五〇年吴石将军在台湾终于被蒋介石杀害）。陈可珠听到这个消息，对吴将军的深明大义备感钦佩，同时也对他的人身安全产生了深深的忧虑。

在完成了争取王秀英和解救被俘同志的特殊任务后，五县中心县委书记林白命令陈可珠在福州购买一至二斤奎宁药粉，然后立即赶赴连江蓼沿乡和连江县支前分会副主任林康官取得联系，为前线解放军官兵治疗疟疾。

通过黄觉民院长的关系，老可、珍珠、志龙、淑珍分头到医院、药店采购了奎宁药。随后，老可带着珍珠和志龙趁夜色从福州北岭摸黑翻山越岭直插蓼沿。山路崎岖，十分难行，但救人如救火，支前要支在点子上，老可他们深感责任重大，三个人不敢耽搁，一路快走，磨得连脚板都起了泡，他们想起了谢首长说的，解放军进军福建每人身上都驮着上百斤重的武器装备和三天的粮食，天气炎热，爬山路有时连气都喘不上，不少同志因为水土不服，行军时栽倒在地，但他们没有放弃，喘口气，以坚强的毅力爬起来接着走，许多官兵得了疟疾还带病急行军。与解放军同志对比，自己就是磨破了脚、走断了腿都是微不足道的，三个人就这样互相鼓励着，上山又下山，从夜间跑到天亮，饿了渴了便停下来喝几口泉水又继续赶路，飞快地在山间行进着，恨不得把奎宁立即送到解放军跟前，解除他们的痛苦。老可深知，没有解放大军进军福建消灭国民党几十万军队，光靠游击队小规模的游击战，是无法在短时间内彻底打垮敌人的，弄不好还会被敌人消灭掉，因此，决不能让解放军在这个关键时刻因病减员。一定要确保解放军兵强马壮地去追击敌人，好整团、整师甚至整军地消灭国民党军队，与他们声东击西、出其不意的麻雀战、骚扰战相比，解放军在正面战场上摧枯拉朽的大规模战役简直是势如江河、气贯长虹。老可越想越兴奋，对着前方一路小跑的林志龙喊道："志龙你别光顾着快走，千万小心别打掉了药粉，现在保护药粉比保护我们的生命还要重要。"林志龙听罢，神气十足地转过身来对她说道："政委你就放心吧，药在我身上万无一失，出了事，我愿意受军法处置！"珍珠听完笑着说道："可姐姐，你别听他吹，这牛皮大王要是没有我监督着，早出纰漏了。"志龙对珍珠的抢白早听惯了，他放慢速度倒走着，想以此逗乐珍珠和老可，以显示自己与众不同的风采："政委、珍珠，每当我快步从高处冲下去的时候，我的耳边总会响起一股催人前进的风声，那呼呼直响的声音犹如解放军的冲锋号，我感觉自己就是解放军队伍中的一员，珍珠同志，你有这种感触和想象吗？"话音刚落，"哧溜"一声，林志龙踩滑了脚摔了一跤，逗得老可姐妹笑个不停。摔倒后，林志龙又迅速地爬了起来，为了缓解尴尬连声说道："跌跤不能算是失败，这仅是个小意外！"……

就这样，三个人不顾一身的疲惫，怀着乐观的心情"马不停蹄"地赶路，一连翻越了好几座大山，连续奔走了一天一夜，终于在八月八日夜幕降临时到达了蓼沿乡外围。三个人打算找地方坐下歇一歇，然后整理一下服饰再进村打听县支前人员的驻处，结果坐下没多久，三个人便迷迷糊糊地睡过去了，也不知过了多久，一阵"快起来"的催促声，把珍珠和志龙从熟睡中惊醒，两人一惊，习惯性地把手伸向腰间掏枪，但却没想到枪支早已不见了，两人顿时慌了，抬眼看见老可正在不远处和两位解放军同志对话，这才把心放下来。就见一个解放军战士微笑着对老可说："刚才误会了，真是对不起！"然后拿过两支短枪，还给了志龙和珍珠。

老可他们遇见的是解放军三十一军九三师二七七团，部队刚到此地不久就和连江游击队的同志取得了联系，两名解放军战士告诉老可，游击队带领民工运送支前物资已经提前到达了廖沿。

老可他们心情激动地进了村子，和战友们久别重逢。副支队长林康官、县委情报组的詹定增、林蔚梓，政工组的林祥瑞等同志见到老可他们，心中无比的高兴。他们虽然运来了不少海产干货，但还是起不了多大的作用，无法为部队解决当务之急，深感惭愧，老可回来了，大家就又有了主心骨。游击队的同志在部队教导员的陪同下，看望了解放军同志的临时住处，只见许多战士都在紧张地擦拭武器、整理装具，还有十多个基层军官在一间农家的正厅里，围坐在通铺上，头顶吊着马灯，正在商议事情，指导员介绍说这是他们连的班以上干部正聚在一起开“战前诸葛亮会”。老可他们发现，几乎每个班的住处都有二三名解放军士兵躺在门板铺就的地铺上发抖哼叫，有的迷迷糊糊还在喊着“冲啊，杀啊！”陈康官对老可说：“这些战士都患了‘打摆子’病，大部队一进福建，就有不少战士出现这种症状，各团的卫生队把治疟疾的特效药奎宁都用光了，现在患病的同志得不到治疗，只好硬扛着，战斗一打响，这些病号还要跟部队继续冲锋，发烧严重的一上战场就又倒了下去，各部队都在不断减员，大家心里都很难过。陈政委，你们从福州出发，带了奎宁吗？”老可见到患病战士的痛苦状态，难过得胸中发闷，她冲着陈康官点了点头，然后立即通知支前的同志把自己带来的药分发到各连队去，协助部队的医护人员对疟疾病人开展救护工作。解除部队的后顾之忧。教导员激动地握了握老可的手，然后高声地向屋里屋外的解放军官兵说：“同志们，我们要感谢连江县地下党的同志们，他们给部队送来了治疟疾的特效药，这真是雪中送炭啊！”周围的解放军同志听了教导员的话，忽地一下全站了起来齐声高呼：“向连江地下党的同志学习！”“感谢游击队领导对部队的关怀！”大家越喊越激动，教导员于是带领大家振臂高呼：“打倒蒋介石，坚决消灭蒋匪军！”老可他们也深受感染，带领着地方上的同志高声喊道：“中国人民解放军万岁！”“中国共产党万岁！”“毛主席万岁！”“朱总司令万岁！”……

就这样，老可和地下党、游击队的同志们一起忙碌起来，配合着部队的医生、卫生员，给身患疟疾的解放军官兵端水送药。大家一直忙碌到深夜，解放军连队的炊事班给老可他们送来了热气腾腾的馒头和萝卜干，炊事班长很过意不去地说：“现在食物紧缺，没有好的东西招待你们，多多原谅啊！”老可听完问林康官、林祥瑞：“怎么，支前的海鲜干货没运到吗？”两个人面带惭愧地说：“早运来了，可是解放军对海鲜干货吃不惯，我们沿海地区又没有别的东西，实在是令人着急！”老可又问：“支前分会还有光洋吗？”“有的，还有数百块！”老可和蔼又认真地对他们说：“同志们，打仗要针锋相对，支前也要针锋相对，否则我们的支前就白支了，部队近日就要向丹阳及其周围阵地发起攻击，我们既要让解放军消除疾病，又要让解放军吃饱吃好，有足够的力气冲锋杀敌，这是我们支前人员的职责。现在我们立即分头做两件事：（一）向当地的村民购买猪羊，请民工宰杀，立即送到各连队，另外再用海鲜干货向当地民众换取鸡、鸭、鹅、蛋这些解放军所需要的食物。（二）向当地富户人家借用新被或干净的被褥，保证患疟疾的解放军同志吃了药之后睡得好，睡得暖（山区夜晚寒气重，解放军在进军福建的途中除了武器、装备、粮食外棉被等都全部丢弃了），及早恢复健康。”

分派好任务后，支前的同志们分头行动，第二天就将鸡鸭羊和干净被褥等物资筹措齐备，送到了解放军的驻地。陈可珠带领连江县委、支前分会的同志尽心尽责地在前线开展支前工作，为前线的解放军战士送去了生机勃勃的动力和连江人民的深情厚谊，受到了九三师全体官兵的高度赞扬。就在老可到达蓼沿山区的第三天，攻打丹阳的战斗打响了，经过一天一夜的激战，解放军全歼了丹阳周围几个山头的顽敌，俘获敌216师师长谷元怀及其手下官兵共计1500余人，在连江城北打开了一个大缺口。

战斗结束后，老可又率领支前分会的同志到达才溪乡，和凌尚武、郑荫敏带领的游击队以及支前的另一部分民工会合。

这天夜幕刚刚降临，空气沉闷，才溪乡周围的梯田、池塘、沟渠蛙声阵阵，数百民工肩挑大米、油、盐和各种海鲜咸味干品陆续拥进乡村，带队的县委支前分会的同志正忙碌着为他们安排夜间宿食。凌尚武、陈可珠等有关领导此时正聚集在一座祠堂里开会，研究明晨北上的行动计划，会议刚开没多久，就听村外响起了几声清脆的枪声，霎时，沸腾的山村变得万籁俱寂，凌尚武、陈可珠敏锐地意识到这很可能是敌情警报。不一会儿，哨兵气喘吁吁地跑来向他们报告："支队长、政委。附近几个山头都被敌人占领了，敌人来势凶猛，看样子想要合围村庄。"凌尚武略作思索后立即下令："詹定增、林蔚梓组织人员侦察敌情，选择突围路线；林祥瑞负责疏散民工，稳定好他们的情绪，郑荫敏和林康官各带一个排的队员掩护民工撤离，其他同志到各家各户通知老乡做好隐蔽，不要出门。"分派已毕，老可、郑荫敏、林康官都表示赞同。老可心想，敌人来得如此迅速，是从哪个方向来的？这种架势不像是一路跟踪而来的，看来这次要有一场恶战了，现在最主要的任务是要把民工和物资转移出去，否则战斗打响将乱成一团，损失就太大了，眼下还有一支民工队伍正从黄岐筱埕过来，估计他们今晚会在浦口过夜，要赶快派人通知他们绕道而行，不能再往这个方向走了。她向凌尚武谈了自己的看法，凌尚武连连点头，让林志龙和陈珍珠立即找一位当地老乡带路，找一条隐蔽的小道直插浦口，把到达浦口的民工带到幕浦，从蓼沿方向上山和前线的解放军接头。

这时，情报组的詹定增和林蔚梓匆匆跑来报告，说敌人有三四百人，正从附近的几个山头向村庄进逼合围，他们个个头戴钢盔，装备精良，是一支国民党的正规军，看着像是徐福生的特务营。因为天色逐渐变暗，他们合围的速度比较慢。尽管如此，敌强我弱，力量悬殊太大，现在，只有趁敌人未摸清我们的情况之前，迅速有秩序地撤出敌人的包围圈，向北转移方为上策。

老可听完报告陷入了深思：徐福生的特务营在福州，怎么会突然来连江呢？这次来的未必是他们，七十四军是不是也有一个特务营活动在连江一带……

出乎老可他们的意料，眼前气势汹汹杀奔而来的，正是他们的老对手徐福生！福州北郊夜战之后，王调勋福建站搜集到情报，是定安的“女匪首”陈可珠带着几个步枪手潜入福州指挥了那场战斗，王调勋决心要踏平安定，活捉陈可珠等人，他命令徐福生倾巢出动，长途奔袭定安，不活捉陈可珠不要回去见他，并答应打好这一仗和他们一起撤往台湾。徐福生此时已被提升为中校营长，这家伙为郑乃一、王秀英报仇心切，又急于撤往台湾，便爽快地领命出击，临行前他向手下的人下了死命令，对贻误军机，放跑共产党者就地正法！兵贵神速，他的部队拦截了福州到乌猪的客轮，乘着船顺流直下很快到达了乌猪码头，部队一上岸，就像着了魔似的直奔安定，出乎他预料的是，他的部队像梳子一样对整个安定村进行了反复搜索，却连一个像样的“匪首”都没有搜到，徐福生气急败坏地跑到一个地主家里，把一个老地主拖到厅堂喝问：“共党呢？他们都躲到哪里了！”老地主战战兢兢地告诉他，地下党、游击队和支前的民工在两个小时前就离开定安到浦口去了，看样子不会再回来了，听民工们讲，他们要到丹阳迎接解放军，解放连江城。徐福生听完怒不可遏，将一股怒气全撒在了这个老地主身上，他一脚把这个老地主踢开，嘴里大骂道：“你们也只好等死了！”

特务们怕挨骂受罚，只好抓了两个连江县委驻地的房东凑数交差。房东是一对老年夫妇，特务们一口咬定这对老夫妇是共产党的地下交通员。徐福生心里明白下属的诡计，却也只好借此抖抖自己的威风，彰显一下长途奔袭的成绩。于是他命令手下烧掉这对老夫妇的房子，把他们就地枪决。

行凶已毕，徐福生将队伍集合起来，挥着鞭子对手下人说：“共党已经向敖江北岸逃窜，给我立即追击，不能让他们跑了！”徐福生明白，民工们挑重担走山路速度快不了，天黑之前一定能追上他们。

天色越来越黑了，政工组和支前分会的同志们开始带着民工静悄悄地向北撤离。林康官带着两个班的队员在前方开道，郑荫敏带着三个班的队员在队伍后面断后，阻击敌人的追击。说也奇怪，从来没有受过军事训练，心里忐忑不安的这一百八十多个肩挑重担的民工，今晚个个都成了训练有素、听从指挥的士兵，他们有序地排着队列，一个跟着一个，没有发出任何响声，借着夜色的保护从敌人的眼皮下顺利撤出了才溪乡，消失在了逶迤的大山深处……

送走了民工，郑荫敏的心里踏实多了，他带领三个班随后隐蔽在一个山头上，准备接应走在后头的支队长、政委和一个班的预备队，这时，黑压压的敌人也已接近了山头，郑荫敏心想，如果敌人占领了这个山头，后面的同志就都出不来了，他立刻命令这三个班的队员。用猛烈的火力向敌人射击，阻止敌人向他们占据的山头靠拢。顿时，枪声大作，敌阵中的几条黑影应声倒地。敌人发现了目标，一边匍匐前进一边射击，开始了疯狂反扑。他们连滚带爬地利用地形和游击队作战，大有不占领山头誓不罢休的气势。

老可根据时间推算，估计民工已经脱险了，她要凌尚武他们从西面侧翼迅速接近郑荫敏占据的山头，兵合一处边打边撤，自己和预备队留下作掩护，否则再延误时机就都脱不了身了。凌尚武不肯先撤，命令陈可珠带着情报组先走。老可急了，不容分说对凌尚武嚷道："整个连江地区的支前工作都需要你指挥，你怎么能留下？"话音刚落，她便带着预备队从东侧杀出，开始向敌人开火，她一边打，一边回头对着正在发愣的凌尚武大喊："还愣着干吗？不相信我是吗？我和你同级，只许你领导我而不许我指挥你是吗？你太过分了！"说完，她带领队员占领了不远处一座乱坟岗，继续向敌人猛烈开火，打算把敌人的火力吸引到乱坟岗来。凌尚武第一次见到老可发这么大的火，无可奈何地哀叹了一声，带着情报组跑向郑荫敏占领的山头，边跑边命令情报组的队员占据制高点，组织火力掩护老可和预备队撤出包围圈。此时的陈可珠深刻的意识到，战场的情况瞬息万变，现在敌众我寡，游击队处于被动局面，如此你推我让，只会拖累大家全军覆没。她横下一条心，带头向面前包围上来的一群敌人冲去，预备队紧紧跟在她身后，边跑边射击，敌人虽然被击毙了不少，但却越聚越多，不断地围拢过来，此时敌阵中的枪声逐渐稀疏下来，有人大喊“抓活的！”老可心中明白，自己的身份恐怕暴露了，面对数倍于己的敌人，想要硬拼突围已是不可能了，她只好带着队员退回乱坟岗，找合适的地形隐蔽起来，并命令队员节省子弹，瞄准了再打。

凌尚武、郑荫敏见老可他们被团团围住，已经无发再接应了，他们要是硬拼下去，也会被敌人吃掉。凌尚武举起拳头在地上重重地砸了一下，眼含热泪地喊道：“陈可珠，我上了你的当，你把生的希望留给我们，自己却义无反顾地和敌人拼搏，你为什么不听我的！”这时，郑荫敏的阵地眼看也要被敌人围住了，凌尚武愤怒到极点，大喝一声“投弹！”队员们各自拿出了身上所有的手榴弹，刹那间，成批的手榴弹投向敌群，伴随着一阵阵轰隆的巨响，浓浓的硝烟弥漫了整个山谷，经久不散，凌尚武和郑荫敏借着硝烟的掩护，迅速带队消失在了茫茫的夜色中。待到硝烟散尽，敌人立刻组织兵力向前追赶，震耳欲聋的枪声震撼山野，连续不断，渐渐地，枪声由近到远，慢慢稀疏下来……

老可和十个队员被敌人死死围在了乱坟岗，岗里布满了大大小小的坟包，长满了荆棘野草，由于天黑不便搜索，敌人围而不攻，在坟岗外围示威性地放了一阵子枪。

这块乱坟岗形似一只巨大的蟹背壳，周围一层层的梯田像一只只弯曲的蟹脚。徐福生认为，只要围住了梯田的边沿，陈可珠就是插翅也难飞了，为了少死几个兄弟，等天亮了再瓮中捉鳖也不迟。村庄现在也落在了我们手里，今晚让兄弟们好好歇歇，明天一家一家地清剿，共产党不是要来“解放”这些刁民吗，就让他们在解放前好好感受一下国军的神威！此时的徐福生心情大好，他正想领略一下陈可珠这位共军女将的风韵，难道还能胜过王小姐？真想一枪杀了她为郑营长、王小姐报仇，不过，还是把她交给王调勋吧，说不定还能套出一些有用的情报，可惜王秀英已经先一步去了台湾，等回头见到她，一定要让她知道知道我徐福生不比郑营长逊色，感情丰富能体贴人是我最突出的优点……他越想越兴奋，迷迷糊糊地就在士兵为他铺就的军毯上睡着了。

坟地里，老可把队员们都召集在身边，压低声音若无其事地问大家，“我们已被敌人包围，出不去了，大家怕不怕？”“干革命刀山火海都敢上还怕什么？大不了是个死！”“我们临死前也要和敌人拼个鱼死网破、几百名支前民工挑着重担都转移了，五六十名战友都突围了，我们几个就是都拼光了也值了！”大家你一言我一语都说出了心里话，表达了革命者坚强不屈，视死如归的英雄气概。这些话也激发了老可的责任心。她要想方设法让这些可敬可爱的同志们冲出虎口，死里逃生。要以自己的生命来保护这些同志。想到这，她充满信心地对同志们说：“我们坚持在闽江口地区开展游击战争，目的是牵制敌人，不让国民党军队从海路逃往台湾，好让解放大军来彻底消灭他们，从而解放全福建，为新中国的成立献出我们的全部力量。我希望同志们都能冲出敌人的包围圈，去迎接解放大军，实现我们的目标。从敌情判断，我们眼前的敌人是徐福生的特务营，把我们围在这里，他的目的就是要活捉我，也就是说，除了我之外，其他同志都有可能突围，大家一定要在黎明前，也就是在敌人斗志最容易松懈的时刻，利用梯田的有利地形分散向北突围，由我掩护大家。”老可讲到这里，同志们都听不下去了，大家七嘴八舌地说：“政委，你一个人掩护我们，我们都走了，把你丢给敌人，那我们还算革命战士，还算人吗？”“不要说了，要冲一起冲，要死一起死！”“我们留下来掩护政委，让政委突出去为革命做更多的事，否则我们都成了叛徒了！”“对，对，说的对，我们掩护，人多力量大，兴许有希望！”陈可珠听完大家的话，连连摇头：“我们四面被围，有两位同志已经负了伤，走不动了，我和负伤的同志一起掩护你们，敌人只要发现我没走，他们就会放松对突围同志的追击，这样才有希望。”说到这，她突然严肃起来：“对不服从命令的要执行革命纪律！”大家听到这里，纷纷赌气起哄：“宁可被政委枪毙，我们也绝不丢下你！”有的同志哭出声说：“我们会背着负伤的同志一起走，也绝不会把他们扔下！”陈可珠心想：不能再这样纠结下去了，这是战场动员，不许任何人讨价还价。她急得嗓音都在发抖：“那就是说大家都不想活着出去，都想一起死？在敌人的重围中背着负伤的同志爬高山，走黑路，跃沟跳溪能行吗？被敌人发现了谁都别想逃脱！有希望的事情我们要极力去争取，没有希望的事情必须放弃！所有人必须服从命令听指挥！”

见到指挥员如此的严肃和激动，大家的脸色也都凝重起来，老可静静地看着队员们，为有这样一群无私无畏的战友而感到自豪。

天空像一只巨大的黑锅把大地紧紧地笼罩着，空中没有半点星光。山区的夏夜十分闷热，蚊虫在坟地上成群结队地飞旋，在每个人脸上、手臂上、脚上疯狂地叮咬，每个人都在用双手不停地拍打着驱赶着蚊虫，心情十分烦躁，负伤的同志也极力忍受着痛苦，不哼一声。进入下半夜，气候开始转凉，草地上出现了露水，湿气袭来，蚊虫也稀少了，田间只剩几只粗嗓子的青蛙在“呱呱”地叫唤。老可看看昏暗的天色，低声向大家命令道：“一组准备出发，利用梯田的地形，不得发出任何响声，分散行动直抵长龙，其余的同志准备掩护！”不一会儿，一切都已经准备停当，老可低沉地喊了一声：“出发！”随着她的一声令下，三个队员各自利用地形，小心翼翼地贴着田埂匍匐前进，在坟岗里准备掩护射击的同志，把心提到了嗓子眼，都希望突围出去的战友不被敌人发现。

老可紧紧握着手枪，枪把上满是汗水。此时她觉得口特别干渴，心里特别紧张，眼见三名队员悄悄突出了包围圈，她的心中开始激荡起一层兴奋的波浪。她接着命令道：“第二组按第一组前进的方向出发！”话音刚落，第二组的三名队员也开始匍匐突围，他们像三支黑色的梭镖一样，紧贴着梯田的田墙从低层开始悄悄地逐层爬跃，眨眼之间也消失在夜色的深处，四周一片寂静，敌人的阵营中也没有响起枪声。掩护的同志们个个激动得热血沸腾，他们都在无声地欢呼，欢呼战友冲出死亡的门槛，重获自由。

老可的心没有刚才跳得厉害了，但她的额角两鬓仍是汗津津的。她要争取时间，让同志们全部冲出去，这是她最大的心愿。

坟地上现在连她在内一共还有五个人，两个伤员伏卧在地上一动不动，另外两名队员正聚精会神地端着步枪向前方瞄准。老可十分兴奋地命令：“第三组出发！”这时，两名端枪的队员以极低的声音恳请道：“政委，我们各背一个伤员，你和我们一起走！”说完便去搀扶地上的伤员，他们刚一碰到伤员的手腕，就发现这两个伤员的手上黏糊糊的都是血，耷拉着头都已经断气了。老可和队员们见此情景悲痛欲绝，呜咽着不敢出声，以滚滚的泪水向两名伤员表示了崇高的敬意，他们为了不连累同志，为了让战友无牵无挂地冲出敌人的重围，用利刃割开了自己腕上的动脉，献出了宝贵的生命。他们在革命中无私无畏，为战友们默默奉献，用鲜血染红了才溪的土地，也为即将成立的新中国献上了一份红光灿灿永不褪色的厚礼。陈可珠心中默念着："战友啊，你们安息吧，你们的牺牲必将激励我们继续为党为革命勇敢坚强地战斗下去，我们一定会迎来光明，让红彤彤的太阳在祖国的大地上永放光芒，让你们在天上笑看人间处处鲜花怒放！"三个人向这两位烈士默哀已毕，立刻将两具遗体就地进行了简单的掩埋，随后便开始向北突围。

天色渐渐就要转亮了，东方升起了鱼肚白，三人一路匍匐前进，他们刚翻上一座山岗，一名队员腰间悬挂的刺刀所映射出的反光引起了敌人的察觉，敌阵中一阵激烈的枪声响起，老可他们和敌人接上了火，在激烈的枪战中，两个队员先后牺牲了，老可的短枪也早已没了子弹。徐福生下令手下不准向老可开枪，所以子弹一直没打在陈可珠身上。老可心痛欲裂，为了给战友报仇，她捡起了两位牺牲战友的枪支子弹，依托一处有利的地形，沉着地射杀敢于向她靠近的敌人。天亮了，在她藏身的不远处，已经有十几个敌人死在了她的枪下。敌人又一次围上来了，当官的让抓活的，他们不敢开枪，个个都怕挨陈可珠的枪子。早就听说陈可珠是个神枪手，郑营长和王小姐都在战场上吃过她的亏，眼前的兄弟们被撂倒了十几个，谁还敢逞能，这帮人个个提心吊胆，战战兢兢，嘴里哇哇乱叫，把老可围在当中。双方就这样对峙着，老可早已把生死置之度外了，这时候能多杀一个敌人，对死去的烈士就多一份安慰。她举起步枪，想把最前头的敌人射倒，结果连勾了三下扳机枪都没响，她认为子弹卡壳了，拉开枪栓一看，子弹已经打光了，老可顿时懵住了。敌人看清了她的动作，胆子一下子撞了起来，一个个都挺起腰杆狂喊道："女共党没有子弹了！上啊！捉活的！"陈可珠心想，反正都是死，不如和敌人拼了，她抄起步枪，猛地用枪托向围上来的敌人砸去，结果一下就被最前头的一个敌人用步枪磕开了，其余的敌人像群狼一般扑向陈可珠，把按在地上，用绑腿带将她五花大绑，而后七手八脚地把她提了起来。老可毕竟是个女同志，再加上一天一夜没吃没喝的疲劳征战，根本就抵不住狼群的围攻。被获遭擒后，高竹竿徐福生闻讯赶来，他两手叉腰，以胜利者的姿态对着陈可珠嘿嘿地笑个不停。一阵狂笑过后，他凶狠地说道："陈可珠，你没想到会落在我徐福生手里吧？姚大旺想吃你这只天鹅肉连命都搭上了，我的兄弟，那个前途无量的国军少壮派军官郑乃一也死在了你的手上，甚至连日本人都奈何不得的军统特工女精英都遭了你的暗算，你可真是位了不起的女共党！但不管怎么说，我还是比你高出一筹，你终归还是败在了我的手里。不过我和那个色令智昏的姚大旺不一样，我主张'政治第一'，只要你拥护党国，积极跟我们合作，从此不再和共产党为伍，我可以对你既往不咎，你可以得到超乎你想象的利益，怎么样？好好想想吧！"陈可珠用愤怒的目光瞪着他，斩钉截铁地说道："不要痴心妄想了！想让我叛变共产党，真是可笑不自量，要杀便杀，没什么好想的！"徐福生听了，心中恼怒不已，他命令士兵把老可绑在树上，严加看守，待清剿结束后再将她押往福州。

老可后悔在福州北郊的那天晚上没能击毙徐福生，以致留下后患，被徐福生杀害的林金福等同志的仇还没报，老可感到很难过。此时她挂念着突出重围的同志，他们是不是都安全归队了？尚武、荫敏、康官他们是不是带着民工都到达了解放军驻地？那些发疟疾的同志是不是都恢复了健康，支前的同志又帮解放军解决了哪些困难？解放大军几时能打到连江县城？她思绪万千，又想起了陈珍珠和林志龙，不知道他们现在在哪里？要是知道自己被特务营捉住，他们一定会为了救我不顾一切地和敌人拼搏，自己真不想离开他们……

老可越想越心痛，对珍珠和志龙越发的惦念。他们还年轻，解放之后两个人会怎么样呢？是参加解放军还是当工人？是去读书还是去参加工作？作为姐姐，老可深深地爱着他们。想到这里，她在心中默默念道："珍珠，志龙，姐姐要永远离开你们了，请不要为我悲伤，干革命，势必会有牺牲，希望你们今后努力学习，练就一套建设祖国的本领，为国家民族的富强贡献自己毕生的精力。我也希望你们能互相鼓励，互相帮助，再过若干年能成为终身伴侣，到时你们一定要告诉姐姐一声，姐姐在九泉之下一定会为你们感到高兴的！"

抒发完对两位年轻人的思念，老可思绪一转，又想到了林白书记，想起了自己的丈夫、女儿和母亲。她衷心感谢林书记对她的教育和培养，自己在马尾君竹小学教书的时候，是林书记带着她到定安和贫苦的农民、渔民同吃同住同劳动，把她培养成了党的女儿，也是林书记要她参加山门后军事训练，还专门派人指导，把她练就成一名神枪手，在多次反围剿的战斗中，给予了敌人沉重的打击……

令陈可珠感到遗憾的是，自己被胜利冲昏了头脑，在黎明前对垂死挣扎的敌人放松了警惕，最终落入敌手，自己为党为人民做的事情实在太少了，尤其是支前工作，无法再继续做下去了，现在，为了新中国的建立，必须做好抛头颅洒热血的准备，无论敌人对自己施加何种酷刑，自己都将横眉冷对，保持革命者的气节。

慷慨赴死的决心已定，老可又想起了自己的丈夫、女儿和母亲。三年前，陈可珠和丈夫刘大起结婚，丈夫因患急病，婚后不到一年就去世了，现在，两岁的女儿刘秀华正在由母亲抚养，女儿和她长得很像，希望长大后能继承她未竟的事业，为国家多做贡献。母亲是个善良、勤劳的人，吃尽了人间苦楚，能够参加革命后为母亲而战斗，老可心中备感自豪，二十五年的人生即将终结，很快就要和母亲诀别了，再也不能报答她老人家的养育之恩，只好让自己的女儿长大后再补偿吧！

老可的思绪越飘越远，她多想等连江解放后和战友们一起爬上云居山，坐在望夫塔上欣赏闽江口的“五虎”搏浪，那是闽江第一胜景。海上风云一变色，惊天动地的波涛就会不停地向“猛虎”冲去，声似雷鸣，势如倒海，“五虎”张口狂啸，挥爪搏浪，令飞溅的浪花狼狈逃窜，这样的景色对革命者是一种多好的激励啊，可惜，她今后再也看不到了。志龙和珍珠他们以后要是能把城工部的地下党游击队在闽江口的战斗故事写出来，让广大的民众都能了解这段历史，为伟大的祖国献礼，那该有多好啊，她在九泉之下也能瞑目了。想到这，陈可珠恍惚看见林志龙满脸泪花，冲着她不断点头，陈珍珠难舍难离地扑到她的怀里，哭喊着：“姐姐”……

也不知过了多久，老可从昏睡中醒了过来，她睁开朦胧湿润的双眼，看见两个头戴钢盔，手端步枪的国民党兵在她跟前来回走动，她意识到，不能让敌人发现她在流泪，于是她又闭上双眼，现在的陈可珠，体力透支严重，浑身软绵绵的，脑袋瓜也越来越沉，逐渐地，她的下巴垂到了胸口。她飘飘然仿佛又来到了解放军驻地，继续给“打摆子”的战士端水送药……

特务营得胜而归，王调勋命令徐福生，在与入闽解放军决战的前夕，务必全力以赴，剿灭闽江口一带的游击队，确保海上通道畅通无阻。

陈可珠被关进了连江监狱，入狱三天以来，她已经被审讯了两次了，第一次审讯，徐福生以礼相待开展政治攻势，劝说陈可珠向国民党政府投降，写下悔过书，随同他们撤到台湾，到自由世界尽情享受，她不断提醒陈可珠要珍惜生命，珍惜一闪即逝的青春，不要为共产党作无谓的牺牲。徐福生“循循善诱”，从胜败是兵家常事讲到历史上草寇为王终究败的教训，又讲到目前数十万美式装备的国军和几乎相当数量的共军在闽江口决战，最后鹿死谁手还未可知。徐福生在上海曾当过政训教官，善于引古证今，他认为女人最大的弱点无非是两个，一是怕死，二是爱享受，古代皇宫中的那些嫔妃媵嫱，就是因为怕死爱享受，才会被新人占为妻妾，难道陈可珠身上没有一点儿中国传统女性的共性？古语说：“只要功夫深，铁棒磨成针。”徐福生坚信，陈可珠不是铁人，自己动之以情晓之以理，一定能在这个女共产党身上打开一个缺口，成就出一条感化共党顽固分子的成功政训工作经验，让那些庸人对自己刮目相看。初次审讯，徐福生表现得既礼貌又慷慨，不但把陈可珠的手铐、脚链都取下，而且还让她坐在大堂中间，这阵势不像审讯犯人，倒像是对不规矩的下级进行训导。他讲完一段自以为能动人心弦的话语之后，总要观察一番陈可珠的神态，想从她细微的神情变化中检验自己的攻心效果，徐福生津津乐道一连讲了三个多小时。结果却发现陈可珠始终横眉冷对，一言不发，这对他来说无疑是当头的一盆冷水。

第二次审讯，大厅两旁增加了几个凶神恶煞的兵丁，但审讯的形式和第一次基本相同，问的问题都比较实际：（一）连江地下党主要负责人现在在哪？游击队都分散到什么地方去了？（二）支前民工分几批，支前物资在什么地方集中？（三）你潜入福州和哪些人取得过联系，这些人现在在哪？（四）详细说明福州北郊劫囚犯的经过。

徐福生别出心裁，将提出的问题一遍又一遍地念给陈可珠听，并反复地问："听清楚了吗？记住了吗？"他见陈可珠怒目而视，便耐着性子说道："现在不回答也可以，想清楚了再写出来。"当陈可珠毫无反应地被推回监牢后，他开始有些烦躁了，于是问身边的人，"怎么回事？陈可珠成了聋子还是哑巴了？！"其中一个打手不以为然地说："什么聋子哑巴，她根本不在乎营长你这一套！"另一个说："只要你把她交给我们，她就绝对不会是这个样子了！"徐福生不耐烦地说道："你们这些人除了动武还会什么？要她死，要她变成一摊烂泥再容易不过了，那仅仅是一种报复解恨的手段，那样能达到我们的目的吗？像陈可珠这样的人，她的大脑、躯体以及每一根神经都完全被赤化了，她不怕你打，也不怕你杀，你要折磨她，她会横下一条心和你硬扛到底。用刑也要看人，有的怕死鬼看到刑具一搬出来就会吓得跪地求饶，有的人意志不坚定，大刑伺候伤了他的皮肉，触动了他的灵魂，为了保命也会招供、投降。而陈可珠则完全不同，走着瞧吧，再试试攻心的招数，她要是再不吃这套就别怪我心狠手辣了。让她求生不得，求死不能，要是目的再达不到，就毁了她！到时候有的是你们用劲的机会。"这几个打手听了徐福生的一番训导，一起抱拳高声赞道："营长高见，属下佩服之极！"

陈可珠回到狱中，对敌人向她提出的写悔过书的要求不屑一顾，她利用看守送进的纸笔，挥毫成诗，写下了一篇“无声的战斗”：

无声的战斗

沉默，能仔细观察敌人的一言一行，
沉默，能透视敌人卑劣的心地；
沉默，最能医治敌人啰唆的舌头，
沉默，能叫敌人发狂、颤抖。
能叫敌人垂头丧气；
在张牙舞爪的魔鬼面前沉默，
是革命者人格的高贵
在受刑时保持沉默，
显示出革命者钢铁意志；
在狱中保持沉默，
总结胜利的经验
回顾失败的教训
定能给战友们新的启迪。
让魔鬼对我烧、杀、砍、击，
我始终保持沉默，
我愿在沉默中永生，
因为我心中埋藏着对党，对祖国，对人民的
深情厚谊！

老可的诗篇一气呵成，字里行间显露着极为坚定的革命斗志和视死如归的战斗精神，徐福生看了怒不可遏，他再也无法耐着性子和这个女共产党讲“大道理”，于是决定对老可施以酷刑。

第三次审讯很快就开始了，陈可珠戴着脚镣，被押进了一间只有二十多平方米的受刑室，室内摆满了木棒、夹棍、铁链、绳索、皮鞭等各种刑具。墙角还放着熊熊燃烧的木炭炉和烙铁，屋子的正当中摆放着一张老虎凳，周围站着四个穿短裤打赤膊的凶悍打手，离着老虎凳不远，横着一张笨重的长条木桌和几把竹背椅。王调勋、徐福生和一个做记录的少校军官拉开了架势，神气十足地坐在靠椅上盯着面前的陈可珠，老可一看这架势，心中明白，敌人已经原形毕露，要对她施行全套的刑讯手段了，她平静地看了看坐在正中间戴着少将军衔的人，见此人剃着平头、长着一张长脸，两腮无肉，断定他便是特务头子王调勋，老可心想，目前解放军逼近福州，这些人穷途末路，势必要用各种刑法逼自己招供、投降，好在福州地区破坏我党的地下网络，来一个最后的搜捕镇压，逃台之后也好向主子报功。老可此时早已视死如归，准备和敌人进行最后的较量。

王调勋见到老可神态自如，气质柔中带刚，虽长年在山野流窜且近来又羁狱多日，美女风韵却仍然不减。他微微点了点头，命令打手搬过一条椅子，让她坐在自己对面。王调勋装模作样地问：“你就是陈可珠？”老可听了，一语不发，王调勋提高了嗓门又问了一句：“你就是陈可珠吗？”问话已毕，回应他的又是横眉冷对。王调勋不耐烦了：“我看你最多二十五六岁，正是风华正茂的时候，你有文化有本事，可在我面前顽抗到底是没有半点好处的。你认为共军很快会解放连江、解放福州，我们马上会被消灭，其实根本没那么容易！我们还有几十万美式装备的正规军，要在福建与共军背水一战，鹿死谁手还不一定呢，退一万步说，就算我们败了，还可以乘兵舰飞机退往台湾休养生息，共军有什么？他们只能望洋兴叹。”说到这里他两眼一亮，带着兴奋和乐观的神情继续说道：“共军就是解放了连江，你又能得到什么呢？在这里丢了性命，你和你的亲人、同志、朋友就永无见面的日子了，何苦呢？你年纪轻轻的，在你们所谓的胜利就要到来的时候死去，太不值了，我劝你审时度势，做一个识时务的俊杰。只要你放弃荒谬的共产主义理想跟我们合作，就可以和我们一起到台湾去享受荣华富贵。我们绝对会为你保密，甚至还可以把你的家人全都带走！”说到这他上下打量了一下陈可珠，焦急地等待着她的回答。老可轻蔑地看了看他，又扫了边上的徐福生一眼，心中骂道：“一丘之貉，同出一辙，都是迂腐的刽子手，你们永远不会理解一个革命者崇高的思想和追求。”徐福生见她仍然沉默不语，便对着王调勋耳语了一阵，王调勋点点头，转身在徐福生的目送之下走出了刑讯室，徐福生转脸凶相毕露，猛地把桌子一拍，厉声大吼道：“陈可珠，你想不想回答问题！”此时的陈可珠毫不畏惧，对着徐福生怒目而视，依旧一声不哼。徐福生发狂似的吼叫：“好，就让你见识一下我特务营的威风。”说完他对着急不可耐的打手喊道：“先给我掌嘴！”一声令下，四个打手像狼群扑羊一般猛地冲过去，一个人左手抓住老可的头发往上提，右手掐住她的后脖颈儿，另外两人把凳子蹬开，各拉住老可的一条臂膀，最后一个家伙叉开腿抡起巨掌，使尽平生之力对着老可的脸颊左右开弓的扇起耳光来，没几下，老可清秀的脸庞就被打肿了，鲜血顺着鼻孔和嘴角“滴滴答答”流淌出来，十几个耳光过后，老可被这帮打手重重地掷在地上，这帮刽子手们都觉得奇怪，如此剧烈的毒打，陈可珠居然不叫一声，不喊一句。徐福生在一旁瞪眼吼道："你到底说不说！"此刻，陈可珠双眼爆肿，已经睁不开了，她干脆闭上眼睛，强忍着脸上火烧针刺一般的钻心疼痛，准备迎接更为残酷的折磨。徐福生见她依旧一言不发，气急败坏地把自己的上衣一脱，重重地抛在桌上，声嘶力竭地嚷道："好个女共党，我就不信整不服你！来啊，上烙铁！"刽子手个个犹如恶魔一般，不由分说将陈可珠倒剪两臂，绑在墙角的一根木桩上，烧红的烙铁疯狂地伸向她的胸部，霎时间，衣服和肉都燃起火冒起烟，发出一阵吱吱的响声和刺鼻的焦煳味，陈可珠痛苦难当，惨叫一声便昏死过去了。徐福生还不解恨，挥舞着拳头吼道："把她给我泼醒，今天我要为郑营长报仇，为王站长报仇！"话音未落，刽子手们拿过一盆冷水，猛地泼到陈可珠头上，不一会儿，老可又缓缓苏醒过来，徐福生面带杀气，操起一根沾水皮鞭走到陈可珠面前："你到底说不说？"陈可珠强睁双眼，冲着徐福生的脸喷吐了一口血，紧接着又垂下了头，徐福生躲闪不及，被啐了一脸，他厌恶地伸出手，抹去了脸上的血，然后挥动皮鞭疯狂地向老可抽去，那鞭子犹如雨点一般，打在身上发出惊心动魄，撕心裂肺的响声，老可的衣服被抽破了，身上皮开肉绽，鲜血直涌，她依旧没哼一声，不多时又昏死过去了。徐福生一顿酷刑下来一无所获，心中十分恼怒，无奈之下又让人将老可拖回了牢房。这次，老可昏厥的时间很久，以致狱中的难友们痛哭流涕地在身边照护她，她都毫无知觉。

连江县城有三个团的国民党军队把守着，林志龙、陈珍珠和支队的一些同志多次混进城里都无法接近监狱救自己的政委。他们哀叹着，只得急匆匆地返回前线，为解放军带路。8月15日，解放军第三十一军九十三师以雷霆万钧之势向连江县城进发，连江守敌闻风丧胆，开始慌乱逃窜，特务营仍不放过被摧残得奄奄一息的陈可珠，临逃之前，他们将陈可珠连推带搡地拉到江南桥头的沙滩上，残忍地用乱枪将她杀害了。

一时间，乌云翻滚雷声大作，大粒大粒的雨点把沙滩砸得满目疮痍。桥南的人民群众对敌人的暴行无比的愤怒，尤其是从定安、儒洋、山门后、龙山等地肩挑货物跑县城做小生意的青年男女。他们在抗丁废债，减租减息，打土豪分田地的斗争中和老可结下了深厚的情谊。听说敌人杀害了老可，他们不惧淫威，纷纷呼唤着老可的名字拥向沙滩。特务营怕被解放军追上，顾不得许多，仓皇溜之大吉。尽管陈可珠浑身是血，已经停止了呼吸，但民众们还是紧紧地围在一起，保护着她的遗体，发出一声声撕心裂肺的哭喊，为首的群众把她搂在怀里，痛哭流涕。大家似乎都希望能将陈可珠唤醒。众人痛哭了一阵，不少人人昂首对着敌人逃跑的方向大喊：“解放军快来吧，一定要追上这伙万恶的畜生，让他们血债血偿！一定要为老可报仇，为所有的受害者报仇啊……”

林志龙、陈珍珠及支队的部分同志配合解放军二七七、二七八和二七九团的官兵于八月十六日清晨五时抵达连江城北，他们听到老可被害的消息，悲痛万分，群情激怒，高呼着为陈可珠同志报仇的口号，兵分三路冲进城里，宛如像猛虎下山一般向敌人发起了进攻，数千名敌军无心恋战，慌慌张张地向着连江大桥方向溃逃。

敌人为了防止南线部队被解放军全歼，在连江大桥南岸的大榕树上架设了两挺重机枪，又在中洲临时构筑了两个暗堡，用交叉密集的火力封锁了桥面，组成了一张强大的火力网，罩向进攻的解放军战士。二七八团一营的战士一批批的冲上桥面，一批批的中弹倒下，指战员们看见自己的战友付出如此惨重的牺牲，一个个怒火万丈，咬牙切齿恨不得将负隅顽抗的敌人碎尸万段！解放军们前仆后继不怕流血牺牲的精神使得桥北人民大受感动，他们不顾流弹“啾啾”地在身边飞过，纷纷从隐蔽的地方跑到阵地前为解放军献计献策。他们和游击队员们一起，用装满沙袋的板车进行掩护，协助解放军战士向桥面冲锋。有些群众还建议战士们顺着桥梁边缘匍匐向前，抓住桥沿攀过一个个桥墩隐蔽前进。然而，敌人的火力实在太猛了，战斗持续了两三个钟头，解放军战士们始终无法有效地向前推进，游击队和群众也遭受了巨大的伤亡，战死的解放军战士更是不计其数，桥头阵地上满是英勇牺牲的解放军战士尸体。正在这危急关头，炮兵团赶到了，最终用六〇炮将敌人的火力点全部摧毁，打开了大军前进的通道。九三师的官兵们怀着满腔的愤怒，像一股势不可当的铁流一般向南追去，一路上，残敌一触即溃，不少败兵纷纷举枪投降。部队乘胜追击，在宏路[①]围歼了一个营的顽敌，大获全胜。

了解到杀害陈可珠同志的特务营已经逃到长门，陈珍珠和林志龙以及游击支队的战友们跟随二七七团全体指战员奋起直追，直插长门。他们耳边又响起了淮海战役所唱的嘹亮战歌：“追上去，不让敌人逃掉！追上去！不怕困难饥寒，逢山过山，逢水过水，乘胜追击，迅速赶上！包围它，歼灭它，包围它，歼灭它……”

来到长门的特务营不敢有丝毫喘息，正慌乱匆忙地驾着几艘木船强渡闽江逃遁，船只还未到江心，正巧被追击而来的解放军堵上。二七七团的官兵在江岸上架起轻重机枪和六〇炮，向着敌船猛烈开火，珍珠、

①距离福州五十二千米的一处区域，现为福清市的一个行政区。

志龙和其他游击队员们也在提枪在手，站在江岸上满腔怒火地朝着船上的敌人射击。随着一阵震耳欲聋的枪炮声，木船被全部击沉，船上的特务营长徐福生和数百名敌人全部丧命。战斗结束后，游击队和九三师的官兵们马不停蹄地向着福州的第二道防线官头进击，为陈可珠同志报仇的怒吼声震荡在闽江口，经久不息……

官头解放了，马尾解放了，九三师会同兄弟部队直逼福州，叫福州的敌人插翅难飞。最后的战斗终于打响，朱绍良、李延年、罗冠英、王调勋等敌酋均已提前逃往台湾，福州及周围守敌五个军十三个师共计六万余人负隅顽抗死伤惨重，最后，幸存下来的敌军全都举手投降当了解放军的俘虏。一九四九年八月十七日，福州市宣告解放。陈可珠和在解放连江战斗中牺牲的烈士们都被安葬在了玉泉山。

凌尚武、林志龙、陈珍珠和游击队的战友们怀着极为悲痛的心情来到老可和其他烈士的墓前，对他们一一进行了祭奠。经支队长凌尚武的同意，林志龙、陈珍珠参加了解放军，被编入了解放军第三十一军直属队，林志龙当了骑兵通信员，陈珍珠当了卫生员。他们融入解放军的钢铁洪流之中，和大部队一起浩浩荡荡继续向南挺近，福厦公路上日夜车轔轔马啸啸。步兵队伍在公路两旁日夜疾行，一路上，战士们唱起了嘹亮的战歌："向南进军打到南方去，向南进军解放全福建。到泉州去，到漳州去，到厦门去，到台湾去，到每一个城镇、每一个乡村、每一处人民受苦的地方去，我们是战无不胜的人民子弟兵，有毛主席领导我们前进，有全国人民支援我们前进，前进，前进！把每个城镇每个乡村的受苦的民众都解放……"